슬기로운
감옥생활

KB071924

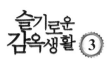

초판 인쇄 2023년 9월 11일
초판 발행 2023년 9월 15일

지은이 JS
펴낸이 김태헌
펴낸곳 문학홀릭

주소 경기도 고양시 일산서구 대산로 53
출판등록 2021년 3월 11일 제2021-000062호
전화 031-911-3416
팩스 031-911-3417

3

JS 장편 소설

슬기로운
감옥생활

Contents

차례

슬기로운
감옥생활

14

전방

징역 속에서 창살을 통해 바라보는 늦해거름이 더욱 처량하게 보여졌다. 차디찬 철창에 손이 닿을 때마다 섬뜩한 느낌이 들었다. 종태는 창살을 붙잡고 하는 팔당기기 운동이 손바닥에 느껴지는 차가움에 자꾸만 싫어지는 것이었다. 상호가 의정부 교도소로 이송을 가버리고 나자 자신의 왼팔을 잃어버린 것처럼 허전함만 기어들고 있었다. 어차피 징역이란 데가 그랬고, 만나면 곧 다른 방으로 전방을 가거나 아니면 재판이 끝나서 교도소로 넘어가게 되어 있다는 것을 모르는 바는 아니었으나 막상 자신의 왼팔 구실을 하던 충실한 부하가 없어지고 나자 허전함이 밀려왔다.

정말 알 수 없는 일이다. 여태껏 주먹세계에서만 살아온 자신이 이토록 나약해지다니.

　가끔 꿈속에서 은영의 희디흰 나신이 불쑥불쑥 나타나서 곤혹스럽게 하기도 했고, 그녀의 가느다란 신음처럼 알몸의 꿈틀거림이 자꾸만 눈에 어른거렸다. 그럴 때면 종태는 자신도 모르게 은영일 죽인 것에 대해 자신이 너무 성급하지 않았나 하는 마음이 들곤 했다. 그리고 요즘들어 부쩍 그러한 공상이 잦았다. 마땅히 해야 할 일을 한 것으로 결론을 내렸으면서도 마음 한구석에서는 아직 그녀에 대한 미련이 남아 있었던 것이다. 0.43평의 좁은 공간인 독방에 갇혀 있으면서 점점 쪼그라드는 기분에서 연유된 생각이라고 애써 자위를 했지만 어젯밤에 새로 들어온 신입들이 복도로 우르르 몰려나와 홑껍데기 퍼런 옷을 입고 쪼그리고 앉아 떨고 있는 것을 내다보면 얼핏 그러한 생각들이 비듬처럼 흘러나왔다. 저들도 어느 날 갑자기 붙잡혀 이 춥고 더러운 감방에 처넣어지면서 자신이 지은 죗값이 무엇이라는 것을 곰곰 느끼듯이, 종태는 그들을 바라보며 자신이 바깥에 있을 때의 일들이 불현듯 떠올라지는 거였다.

　어젯밤에 들어온 신입들은 종태가 있는 독방의 건너편 혼거방에서 아무렇게나 구겨져 잠을 자고는 부스스 일어나 어리둥절한 채, 찬 복도의 콘크리트 바닥에 두 줄로 열을 지어 쪼그리고 앉아 있었다. 그들은 독방에서 눈화살을 퍼부으며 자신들을 내려다보고 있는 것에 대해 괜히 따가움을 느끼며 힐끔거렸고, 아무런 죄없이 위축되다가 머리를 자꾸만 아래로 처박고 있었다.

말로만 듣던 징역 안, 흉포한 죄를 짓고 들어와 수갑을 찬 채 독방에 갇혀 있는 그들이 일부러 으스대기라도 하듯이 손목에 차고 있는 수갑을 들어 창살을 붙잡자 쇠와 쇠붙이가 서로 부딪치는 쩔그럭거리는 소리를 내었고, 신입들은 어두컴컴한 방 안에서 한 뼘밖에 피지 않는 시찰구를 통해 메마른 눈빛을 번득이며 자신들을 훑어보고 있다는 것에 미리 주눅이 들어 있었다.

"야, 너 뭘로 들어왔어?"

누군가 독방에서 소리를 질렀다.

"……."

처음 들어온 신입들은 누구에게 그러한 질문을 던졌는지를 몰라 잠시 멀뚱해하다가 서로의 얼굴들을 훑어보았다. 전부가 꾀죄죄한 몰골에다 머리카락들은 하나같이 제멋대로 드러눕고 일어서고 해서 한 마디로 가관이었다.

"너 말이야, 쌔끼야."

"…… 저, 말입니까?"

두 줄로 앉아 있는 데서 안경을 긴 신입 하나가 엉거주춤 일어나려다가 그만둔 채 가까스로 말을 꺼내들어 보였다.

"그래, 임마……."

"간통입니다……."

"그으래? 간통 조오치. 유부녀야?"

"네……."

"얼씨구. 넌 여자들의 욕구불만을 많이 해소해 줬겠구나."

신입은 독방에서 하는 말들이 전부 혼자 성희를 즐기는 거라는 것을 알고 나서 더 이상 말하는 것을 머뭇거리고 있었다. 그때 마침 이발 면도 담당이 꽥 소리쳤다.

"야 이 자식아, 누가 통방을 하라고 했어. 너 맛 좀 볼래?"

담당이 소리치자 신입은 금세 자라 모가지가 되었다. 찔끔한 표정이었다. 그렇지 않아도 어젯밤 신입 대기실에서 이유없이 혹독하게 당하고 난 뒤였다. 어젯밤 신입실에선 유난히도 항문에서 담배나 라이터돌 같은 게 많이 나왔고 수표도 몇 장 나왔는데 그것이 신입 담당의 심기를 건드려서 발가벗기운 채 좌로 굴러, 우로 굴러 하면서 기합을 받았던 터였다. 그런데다 지금 독방의 재소자와 이야기를 하다가 들켰으니 찔끔할 수밖에.

"차암, 담당님도. 독방에서 시간 죽이느라 신입 데리고 몇 마디 한 건데 그걸 갖고 뭘 그러쇼."

종태의 방에서 서너 방 떨어져 있는 28방이었다.

"뭐? 이 개자식이. 누구한테 엉겨."

신입 담당이 대뜸 얼굴이 벌개져 후닥닥 다가가는 게 보였다. 아직 복도의 시멘트 바닥에는 신입들이 두 줄로 쪼그리고 앉아 있는 상태였다.

"너, 이 자식. 이리 나와."

화가 난 담당이 28방 앞에서 허리에 양손을 올리고 있었다. 그러나 당장 방에서 끌어내려고 해도 사방키가 없으니 끌어낼 수 없는 일이었다. 사방키는 사방 담당이 갖고 있었기 때문에 그 직원은 그렇게 화만 내고 있는 중이었다.

"이 자식? 그럼 넌 뭐냐? 독방에 처박혀 있으니까 사람으로 안 보이는가 본데…… 재소자한테 왜 반말로 찍찍대고 그래?"

독방에서도 지지 않겠다는 듯이 대들고 있었다. 좁은 철문에 난 한 뼘 정도의 시찰구를 통해 서로 욕설이 오가고 있었다. 살인죄로 들어온 28방의 성찬이는 성질이 아주 보통 고약한 게 아니었고 담당들도 감히 함부로 할 수 없는 골치아픈 존재였다. 담당은 아직 신참 직원인지라 그 재소자에 대한 신상에 대해서는 아무것도 모르는 모양이었다.

"이 개새끼가 주둥이만 살아서. 그래, 너 통방을 했으니 맛 좀 봐라 어디."

담당은 화가 머리끝까지 났는지 얼굴이 다 벌개졌다. 그는 워커를 신은 발로 철문을 쾅 찼다. 그러자 독방에서도 기다렸다는 듯이 악을 써댔다.

"그래, 너 잘 만났다. 나 이제 곧 목매달 몸인데 너한테 죽어 줄게."

28방의 성찬은 있는 힘을 다해 머리를 철문에다 들이박고 있었다. 복도를 양옆으로 해서 왼편으로 늘어서 있는 독방과 오른편으로 늘어서 있는 혼거방에서 창살을 통해 재소자들이 흘끔거리고 있었다. 이제 독방에 있는 성찬은 있는 악을 다 써대며 머리통을 계속 철문에다 들이박아대는 통에 피투성이가 다 되어 있었다.

"야 이 개새끼들아, 이왕 죽을 몸, 좀 안 괴롭히면 안 되냐. 이 씨팔놈들아아……."

성찬의 눈으로 붉은 핏방울이 흘러내려 눈알마저 빨갛다. 그런데도 그는 손목에 찬 수갑을 쩔렁거리며 계속 머리를 짓찧고 있었다.

"니는 니 형도 안 키우고 애비도 없냐, 이눔아. 난 죽어도 니 얼굴을 갖고 저승 갈란다아.(으드득). 니 이름이라도 알고 갈란다아……."

성찬은 생이빨을 으드득 갈아대면서 문짝에다 머리를 짓찧었다가 발로 차면서 악을 쓰고 있었다. 그때 사방 입구 쪽에서 사방 담당과 관구부장이 달려왔다. 아마 성찬이 고래고래 고함을 지르는 것을 듣고 달려오는 모양이었다. 이발 담당은 28방 앞에서 혼자 씩씩거리며 서 있었고, 각방에서는 재소자들이 조마조마한 얼굴로 밖에서 일어나고 있는 일들을 내다보고 있는 중이었다.

"야, 성찬이. 왜 그래?"

관구부장이 한 번 소리쳤다. 그리곤 옆에 서 있던 담당에게 고개를 돌렸다. 이미 성찬의 머리가 터져 피범벅이 된 상태인지라 곧 사태를 알아차린 관구부장은 성찬에게보다도 담당에게 묻는 쪽이었다.

"왜 이래?"

"……."

담당은 그저 말없이 성찬이 쪽을 노려보고만 있었고 성찬은 다시 그게 서러워서 피탈이 난 머리를 짓찧어대고 있는 중이었다.

"빨리 문 열어!"

관구부장이 소리치자 사방 담당이 얼른 철문을 열었는데 성찬이 밖으로 튕겨나옴과 동시에 이발 담당의 멱살을 움켜잡았다. 그것은 순식간의 일이었다.

"이 개새끼야, 내가 누군줄 알어? 니 죽고 나 죽자. 어차피 죽을 몸 어디 니 손에 죽을란다아."

성찬이 피범벅이 되어 담당의 멱살을 잡자, 담당은 워커발을 들어 성찬의 옆구리를 걷어찼다. 성찬이 퍽 나가떨어졌다. 그리곤 다시 벌떡 일어나서 담당의 멱살을 잡으려 하자, 담당은 다시 발을 올려 걷어찼다. 성찬은 수갑을 두 개씩이나 찬 데다 허리와 팔목을 단단히 조인 혁수정을 차고 있어서 담당의 발길질에 그대로 나가떨어졌다. 바닥은 이제 온통 피바다가 되었고 관구부장은 사태가 너무 심각하게 번진 데 대해 놀라 눈을 휘둥그래 뜨고는 담당의 뒷덜미를 탁 쳤다.

"저리 가!"

"부장님, 도저히 못 참겠습니다! 지가 살인이면 살인이지. 행패를 부리는 놈을 어떻게 가만 놔둡니까!"

"글쎄, 저쪽으로 가라면 가래도!"

관구부장이 한 번 인상을 써 보이자 담당은 마지못해 물러나는 듯했다. 그 사이, 성찬은 이번에는 시멘트 바닥에다 자신의 머리를 들이박더니 혀를 깨물어 버렸는지 혓조각이 덜렁거렸다. 피다! 하는 외침이 각방에서 들렸고 재소자들은 전부 복도 쪽으로 호기심 어린 눈들을 내어놓고 있었다.

"야, 이 새끼들아! 전부 안 앉아!"

관구부장이 꽥 소리를 지르자 고개를 내밀고 밖을 내다보던 재소자들이 삽시간에 방으로 내려앉았다. 그때까지 이발을 하러 가려고 복도에 쪼그리고 앉아 있던 신입들은 사방 담당이 전부 방으로 처넣어버렸다.

1동 하 사방은 이제 온통 아수라장이 되어서, 복도에는 벌건 피들이 엉겨붙어 있었고 성찬은 성찬대로 분을 참지 못해 수갑을 찬 손으로 머리칼을 쥐어뜯고 있었다. 종태는 성찬의 그런 몰골을 묵묵히 내다보다가 한 마디 했다.

"야 성찬이, 좀 진정해라. 별 것 아닌 걸 가지고 왜 그러냐."

그러자 성찬은 뒹굴던 몸을 멈추고 종태가 있는 방을 올려다보았다. 이미 얼굴은 머리에서 번져내린 피로 흉칙하게 되었고 한복을 입은 옷은 빨갛게 물이 배어 있었다. 그의 몸을 여러 겹 묶은 수갑과 혁수정이 그의 온몸을 다 덮어버린 것처럼 보였고 한복의 윗자락이 비어져 나와 속살이 보였는데 몸의 구석까지 다 핏빛으로 물들어 있었다. 죽은 듯이 옆으로 웅크리고 있던 그가 종태를 올려다보다가 쇠창살 사이로 종태의 얼굴이 보이자 서럽게 한탄하기 시작했다.

"아이고오, 형님요. 나 이제 언제 목매달아 죽을는지 모르는데 이렇게 설움 받아가며 우뜧게 살겠는기요. 차라리 카악 죽어버릴랍니다…… 카악."

성찬은 입안으로 흘러든 가래 핏물을 끌어모아서는 저만치 복도의 끝 쪽에 서서 자신을 노려보고 있는 이발 담당을 향해 내뱉었다. 그러자 그 가래 핏물은 멀리도 못 가서 복도에 떨어졌다. 피로 엉긴 가래침이었다.

"성찬이! 너 정말 이럴래?"

이번에는 관구부장이 양 허리에 팔을 올린 채 내려다보며 험악한 인상을 써 보였다. 더는 못 참겠다는 투였다.

"관구부장님도 날 괄시하는 겁니까? 아직 새파란 신참 담당이 신입한테 뭘로 들어왔느냐고 묻는 걸 가지고 이렇게 마구 재소자한테 욕설을 퍼부어도 되는가 말입니다……."

"그러니까 일어나란 말야. 관구실로 가서 조사를 해봐야 할 거 아냐?"

"차라리 날 죽여주이소 마. 난 이제 살아봐야 얼마 못 살 거 잉게…… 저놈 죽이고 나도 같이 죽는 게 낫겠구만요."

성찬은 그대로 누운 채 일어날 생각도 하지 않았다. 아예 땅바닥에 찰싹 붙어서 누군가 떼려고 한다면 더욱 시멘트 바닥으로 파고들 기세였다. 그리고 그는 이빨을 으드득 갈아보이기까지 했다. 피로 범벅이 된 얼굴에서 이빨만 하얗게 보였다.

"야, 성찬아. 관구부장님 말씀 들어라. 가서 자초지종을 이야기하면 되잖아."

"형니임, 형님도 봤잖습니까? 내가 뭐 잘못한 거라도 있습니까? 그냥 신입한테 어떻게 들어왔느냐고 물어본 건데 이럴 수가 있습니까, 그래? 내가 뭐 공범이 있습니까, 그렇다고 통방할 일이 있습니까……."

성찬은 종태의 말에는 복종하듯 고분고분했지만 아직 일어나지는 않고 있었다. 그의 깨어진 머리에서 흘러내린 피가 복도를 적시고 있었다. 관구부장도 점점 난처해지는 모양이었다. 그의 몸에 손을 대었다가는 온통 피범벅이 될 것 같아서 쉽사리 일으켜 세울 수도 없었다. 그저 스스로 일어나기를 기다리는 중이었다.

"야, 성찬아. 관구부장님이 서 계시니까 일어나서 관구실로 가라. 거기서 해결해."

"형님, 나 원통해서 징역 못 살겠습니다아. 두고두고 그놈의 이름을 외워둘랍니다."

종태와 성찬이 하는 대화를 그저 듣고 있던 관구부장도 이제 슬슬 성찬의 노여움이 풀어지는 것을 느끼는 것 같았다. 그는 저러는 성찬 역시 종태의 말이라면 껌벅 죽는다는 것을 알고 있었다. 이럴 땐 너무 서두르지 않는 것이 좋았다. 스스로 일어서기를 기다리는 것이 좋은 방법이었다. 성찬이 종태와 잠깐 대화를 나누는 동안에 느낀 것으로 역시 주먹세계에서는 보스를 알아주는 것이 대견할 따름이었다.

성찬이 종태의 충고를 듣고서 부스스 일어나려고 했지만 온몸에 칭칭 두른 혁수정 때문에 제대로 일어나질 못하자 관구부장이 소리쳤다.

"어이, 소지. 좀 일으켜줘라."

그러자 곁에 서 있던 노지가 얼른 성찬의 양팔을 잡아 일으켜 세웠다. 물론 소지의 옷소매는 피로 물들었다. 소지가 일으켜 세우는 데 성찬이 일어서면서 뒤뚱거렸으므로 소지의 몸 쪽으로 찰싹 달라 붙어버린 꼴이 되었다. 소지란 사방에서 청소를 하면서 징역을 깨는 죄수를 말하는데 사방 안에서 각방에 배식을 하거나, 연탄불을 갈거나, 독방에 잡수를 넣어주는 일을 도맡아하고 있었다.

19

"먼저 의무실로 가자."

관구부장이 사방 출입구 쪽으로 걸어가자 그 뒤를 성찬을 업다시피한 소지가 뒤따랐다. 성찬은 이미 절뚝거리고 있었다. 성찬의 뒷모습을 바라보자 종태는 자신이 함 주임에게 고문을 받던 기억이 새로이 떠올랐다. 그때의 맵고 쓰라린 고문을 잊을 수가 없었다. 종태도 그 당시에는 주임을 죽이고 싶도록 이를 갈았던 것이다. 사람이 살고 죽는 건 정말 아무것도 아닌 것처럼 쉽게 여겨졌다. 몸에 가해지는 고통이 크면 클수록 원한이 더욱 깊게 사무쳤다. 그러나 지금은 비록 독방에 갇혀 있지만 그 당시의 고통과 그러한 원한은 눈녹듯이 사라지고 없었다. 다만 주임의 꾀죄죄한 얼굴만 기억에서 얼룩진 형상으로 남아 있을 뿐이었다. 결코 깨끗하지 못한 기억이었다.

거래가 끝난 뒤의 어지러운 기억이었다. 주임은 이제 종태가 있는 곳을 아예 잊어버린 듯 종태가 있는 사방에는 얼씬도 하지 않았다. 혹시 과장이 순시를 하는 동안에 과장을 수행해서 각방을 돌아보게 되어도 종태의 방 앞은 쏜살같이 지나갈 뿐이었다. 달면 삼키고 쓰면 뱉는다는 것을 누가 모르랴. 모르긴 몰라도 종태의 영치금 카드에서 빠져나간 1억 원이라는 돈 중에서 얼마의 돈을 하사받았을 것은 틀림없을 것이다. 종태는 과장이 혼자 꿀꺽했을 리는 없다고 생각했다. 밑에서부터 위로 상납하는 때도 있었지만 큰돈이 오갔을 경우에는 과장이라도 혹시 나중을 대비해서 밑에 있는 주임에게 얼마의 돈을 쥐어줌으로써 재소자가 그걸 트집거리로 잡아 행패를 부릴 경우를 미리 염두에 두는 것이 이곳의 생리였다. 그러면 과장은 뒤로 빠지고 약간의 돈을 먹은 주임이 전면에 나서서 모든 일을 처리하게끔 되어 있었다. 그것은 이곳의 생리였고 그리고 계급사회의 먹이고리었다.

해가 저물도록 성찬은 돌아오지 않았다. 저녁때쯤 해서 소지가 사방 담당에게서 키를 가져와 28방을 따고 성찬의 이불을 꺼내가는 것이 보였다.

"야, 소지. 성찬이는 어딨냐?"

"예. 아마 병동에 입원을 시킬려나 봐요. 관구부장이 성찬씨 이불이랑 사물을 다 갖고 오라는데요."

하긴, 병동에도 집시법들을 가두는 독방이 있으니까 거기에다 수용할 모양이었다. 병동은 의무과 바로 옆에 있으므로 치료를 하려면 그곳이 더 좋을 것도 같았다. 어쩌면 관에서 성찬의 행패를 무마하기 위해 선심을 쓰듯 병동으로 모신(?) 건지도 몰랐다.

병동이란 원래, 아픈 환자들만 가는 곳이었는데도 아프지 않은 나이롱환자들도 많이 있었다. 말하자면 빽이 있거나 돈이 많은 재소자들이 이곳의 직원을 알아 몰라 뒷거래를 한 덕에 좀 더 편하게 징역을 깨려고 가는 곳이 그곳이었다. 병동은 다른 사방에 비해 방수도 적었고 복도에는 다른 사방에 비해 큰 난로가 놓여 있어서 훈훈한 느낌을 주었으며 우선 칼잠을 자야 할 만큼 비좁질 않아서 좋았다. 그리고 일단 병동으로 가게 되면 돈 많은 사장이나 유명 인사들이 많았으므로 방에 먹을 것들이 많아서 좋았다. 그곳은 여느 방보다도 풍족해서 눈만 뜨면 먹고 히히덕거리는 게 일이었다. 그리고 틈틈이 먹을 것들을 소지를 시켜서 의무과로 보내면 각종 영양제 주사라든지 알약들을 나누어주는 알량한 선심도 있는 곳이었다. 일단 징역에서의 병동은 마치 서울에서 가장 부자들만 사는 곳인 강남과 같은 상징을 가진 곳이었다.

환자라는 핑계를 대고 무한정으로 봐주는 곳이기도 했다. 징역을 살아본 사람이라면 바깥에서 무슨 수를 쓰든지 간에 직원이나 높은 간부들을 꾀어 병동으로 빠지는 것이 우선 징역을 잘사는 거였다.

가끔, 직원들이 검방을 하다가 말썽을 부리는 재소자를 걷어차서 갈비뼈라도 부러지게 되면 직원은 직원대로 문책을 하겠지만 갈빗대가 부러진 재소자를 회유해서 어떻게든 그러한 소문이 밖으로 흘러나가지 않도록 구슬리는 곳으로도 병동만큼 좋은 데는 없었다. 일단 병동으로 보내지게 되면 그 재소자는 재판이 끝날 때까지 편안히 잘 먹어가며 징역을 깰 수가 있는 것이다.

그리고 의무과 직원에게 바깥에서 돈만 집어주면 매일 영양제 주사를 맞을 수가 있었고, 간혹 돈에 눈이 먼 직원에게서 담배를 얻을 수가 있었다. 여기서는 항상 반대급부라는 것이 따랐다. 그것은 어디까지나 철칙이라면 철칙이었다. 공짜로 주어지는 혜택이란 눈을 씻고 봐도 없는 곳이기도 했다. 무언가를 주면 꼭 무언가가 되돌아왔다. 가령 직원이 주사를 놓아주면서 이건 특별한 약이오, 라고 한다면, 그 주사를 맞은 재소자는 그게 무슨 뜻이라는 걸 알아야 했다. 만일 깜박 모르고 그것을 그냥 지나친다면 어느 날 갑자기 일반 사동으로 전방을 보내어버리는 것이었다. 그것이 직원이 베푼 은혜에 감지덕지하지 못한 앙갚음이었다. 이유란 간단했다. 이미 당신은 병이 다 나아서 일반 혼거실로가야 한다는 데에는 달리 할 말이 없을 것이다.

간호조무사에 불과한 간호직원에게 아부를 해야 좀 더 많이 약을 탈 수가 있을 것이고, 연고라도 듬뿍 얻어올 수 있을 것이다. 그리고 재소자들은 하나같이 박사라는 칭호를 부름으로써 간호조무사의 기분을 맞추려 했다. 일개 조무사에게 박사라니, 정말 얼토당토 않는 이야기들이 이곳에서는 버젓이 통하고 있었다.

종태는 독방으로 온 이후 차츰 지루해지는 것을 느꼈다.

이때까지 혼거방에서 여러 사람들과 같이 먹고 마시며, 장난을 치거나 재미있는 이야기를 듣는 것만으로도 하루해가 잘도 지나갔건만 지금처럼 독방에 갇혀 있자니 슬슬 갑갑증이 생겨났고 바로 앞에 보이는 혼거방에서 나는 장난을 치는 소리들이 행복에 겨워 내지르는 소리처럼 들렸다. 그동안 반성하는 척 독방에 있으면 꺼내주겠다는 주임의 말이 어쩌면 공포탄이었는지도 모른다는 생각이 들었다. 함 주임은 아예 종태를 피하는 기색이 완연했다. 운동장으로 운동을 나가다가 우연히 복도에서 만나더라도 주임은 괜히 바쁜 척하면서 허둥대며 달려가기가 일쑤였다. 한눈에 봐도 거짓행동이라는 것을 알 수 있었다. 종태가 인사를 꾸벅 해도 그는 받는 둥 마는 둥 하면서 휑하니 달아나는 거였다. 종태는 주임의 그러한 모습이 눈에 가시처럼 걸렸다. 사나이끼리 한 약속을 개똥처럼 처박아버리다니.

"담당님, 함 주임님께 면담 좀 하겠다고 해주십시오."

종태가 느닷없이 말을 꺼내자 사방 담당은 왜 그러느냐는 듯한 눈치였다. 어쩌면 종태와 주임과의 모종의 거래를 알아보고자 내심 기다리는 눈빛 같기도 했다.

"왜 그러는데?"

"좀 할 말이 있어서요."

"나한테 하지. 내가 들으면 안 되나?"

담당은 대충 눈치는 긁고 있었지만 확실한 내역은 모를 것이다. 이 좁은 담장 안에서는 비밀이 있을 수 없었다. 뜬구름처럼 떠도는 소문의 진상을 확인하려는 눈치였다.

"뭐 좀 부탁하려고 그래요."

"뭔데?"

담당의 눈빛이 반짝 빛났다. 종태가 순순히 이야기할 것처럼 보였는지 시찰구로 바짝 다가섰다. 그 눈빛은 아무 이유없이 반짝이는 눈빛이 아니었다. 종태의 옆 방에 있는 춘삼에게 몰래 담배를 넣어주고 있는 사방 담당이었다. 춘삼이 건네주는 담배를 뺑끼통에서 피우며 종태는 자신이 먼젓방에서 누렸던 영화가 간절해졌다. 그 방에는 먹을 것, 입을 것, 담배, 여자 팬티, 히로뽕 등이 있었잖은가. 그리고 자신을 왕처럼 떠받드는 수하들이 있었다. 뭐 하나 부러울 게 없는 방이었다. 지금 종태의 내부에서는 서서히 독방에서 풀려나야겠다는 강한 욕망이 꿈틀거리고 있었다.

"혼거방으로 전방을 보내달라고요."

종태가 그렇게 말하자 담당은 싱긋 웃었다.

"주임이 전방을 보내준다고 그랬어?"

"한 보름만 있으면 풀어준다고 그랬지요. 보름만 고생을 하라고 해놓고선 꿩 구워먹은 소식이잖아요?"

종태는 어느덧 짜증기를 드러내고 있었다. 말하자면 돈을 쓴 약발을 보겠다는 것이었다. 약속을 지키지 않는 주임을 물고 늘어지는 수밖에 없다는 결론에서 한 말이었다.

"차종태 씨. 저번에 옆 사동에 있을 때, 뼁끼통에서 뽕이 나왔다는데도 그냥 독방으로 온 걸 보면 약을 꽤나 쓴 것 같던데."

담당은 은근히 종태를 어르고 있는 중이었다. 이름자 뒤에 씨자를 붙여서 부르는 것이나 반말도 아니고, 그렇다고 존칭어도 아닌 어정정한 말투를 쓰고 있는 것이 그랬다.

"뭐 약 좀 썼죠."

"얼마나?"

종태는 힐끗 담당을 쳐다봤지만 그 액수까진 밝히고 싶지 않았다. 담당은 그게 궁금하다는 표정이었다. 담당의 조급해하는 얼굴을 보자 종태는 마치 자신이 담당을 갖고 노는 것 같은 느낌이 들었다. 시찰구의 한 뼘만한 쇠창살을 사이에 두고 누가 갇혀 있는 사람인지 모를 정도였다. 둘은 바투 얼굴을 맞대고 있는 중이었다.

"에이, 담당님두. 그건 알아서 뭣 하게요."

"그냥 알고 싶어서 그래. 나도 알아야 나중에 방에서 일어난 사고에 대해 합의를 끌어낼 수 있는 거 아냐?"

"큰 거 한 장 줬어요."

담당의 눈이 휘둥그레졌다. 한 마디로 그저 놀랍다는 눈치였다. 그에게는 1천만 원이든, 1억이든 큰돈이었기 때문이다.

"천이야, 억이야?"

26

담당은 다시 침을 꼴깍 삼키며 물었다.

"1억이요."

"억씩이나……?"

"그거 아니면 그냥 됐겠어요? 과장이 내달이면 부소장으로 승진을 한다는데 1억을 요구합디다. 다른 거 같으면 또 모르겠는데 뽕이라서 그냥 줘버렸지요."

그러는 종태의 얼굴을 들여다보며 담당은 자신도 모르게 가느다란 한숨을 내쉬었다. 1억이 누구네 집 개이름이냐는 그런 식의 자탄이었다. 담당이란 몇 십만 원 내지 몇 백의 부정한 돈이라도 발각이 되면 당장 모가지인데 과장이란 작자는 한 번에 억씩이나 당겨버린 것이었다. 정말 이거 원 서러워서 살겠나. 담당은 점점 서러워지는 눈빛으로 종태를 바라보고 있었다.

겨울철의 스산한 바람이 심하게 부는지 창살 너머로 낙엽이나 비닐봉지들이 흩날리는 것 같은 소리가 들려왔다. 종태는 초저녁쯤 4감시대에서 근무교대를 하느라 서로 복창하는 경비효도대의 '이상 무' 소리를 들으며 얼핏 잠에 빠져들었다. 요즘은 독방에 있어서인지 누구와 대화를 나눌 만한 상대가 없었으므로 혼자 책을 보다가도 금방 스르르 눈꺼풀이 내려앉았다. 옆 방에 있는 춘삼과 몇 마디 말을 주고받으며 이야기를 할 순 있었지만 그것도 그리 오래가지 못했다. 이야기를 하려면 서로 시찰구에 붙어서서 해야 했는데 얼굴이 보이지 않아 이야기를 하는 실감이 나지 않았고 그들이 하는 대화는 일단 건너편에 있는 혼거방에도 다 들렸으며 복도에 있는 근무자인 직원에게도 들렸으므로 둘이 서로 소곤거리는 말들은 할 수가 없었다. 그리고 우선 창살에 붙어서서 이야기를 한다는 것이 뻥끼통을 통해 들어오는 황소 같은 바람에 아랫도리가 시려워서 오래도록 이야기를 할 수 없게 만들었다. 사람이 마음대로 이야기를 할 수 있고 재미난 것을 듣는다는 것이 얼마나 행복한 일인가. 종태는 혼거방에 여럿이 있을 적에는 느끼지 못했던 아기자기한 재미가 저절로 떠올랐다. 방 안의 사람들이 늘어놓는 담 안의 이야기들, 그리고 바깥에서 있었던 지저분한 이야기들을 자신은 비스듬히 누워서 즐겁게 듣고 있었던 때가 그래도 좋았던 것이다.

내일은 어떻게든 주임과 면담해서 혼거방으로 다시 돌아가리라.

종태는 초저녁부터 침낭 속으로 쏘옥 들어가 지퍼를 끝까지 올려서 얼굴만 내어놓고 있다가 언제 잠이 들어버렸는지 모른다. 꿈결에 얼핏 몇 번인가 감시대의 근무교대를 하는 경교대의 악쓰는 목소릴 들은 것 같았는데 코끝이 시려운 방 안의 찬 공기에 눈도 뜨기가 싫어서 그대로 또 잠이 들었다. 가끔 담당이 난로 옆에 앉아서 책을 보다가도 고양이처럼 살금살금 사방 안을 살피러 다니는 발자국 소리도 들렸지만 그것이라도 없으면 정말 절해고도에 혼자 버려진 것처럼 처량함만 잔뜩 들었을 것이다. 담당은 으레 쥐죽은 듯이 고요한 복도를 살금거리면서, 혹시라도 뻥끼통에서 목이라도 매달아 자살하는 재소자는 없는지, 아니면 몰래 담배를 피우는 놈은 없는지 살피러 다녔지만 그것마저 그리 신경에 거슬리진 않았다. 종태도 이미 잠자리에 들기 전에 한 개비를 다 피웠는데 이곳에 오래 살다보면 담당이 언제쯤 일어나서 사방을 순시할지를 미리 알고 있는 터였다. 대개 담당들은 재소자들이 저녁 취침을 하고 나면 바짝 긴장을 하지만 어느 정도 조용해지면 난로 곁에 붙어 앉아서 졸고 있거나 시시껄렁한 책이나 보며 시간을 죽이고 있기가 일쑤였다.

종태는 담당이 처음 시찰을 하면서 지나간 바로 다음이 담배를 피우기에 제일 안성맞춤인 시간이라는 것을 알고 있었다. 담당은 감방을 한 번 돌고 나면 자연히 의자에 앉아 있게 마련이었다. 그때 뻥끼통으로 들어가 감춰두었던 담배를 끌어올려 불을 붙였는데 칫솔대를 분질러 그 사이에다 라이터돌을 박은 탁이라는 것에다 한복에서 뜯어낸 솜을 붙여서 시멘트벽에 문지르면 금세 불이 일어났다. 뻥끼통에서 바깥의 시린 달빛을 바라다보며 피우는 담배맛은 이때까지 바깥에서는 맛볼 수 없었던 기가 막힌 것이었다. 한 모금씩 빨아들일 때마다 빠알갛

게 타들어가는 불빛이 따스하게 느껴졌다. 손바닥을 오므려서 온기를 감싸면 그 손바닥 안에 가느다란 따스함이 그대로 묻어 있었다.

추운 날에는 방에 둔 식수가 꽁꽁 얼어서 목이 말라 먹으려고 해도 먹지 못할 때가 많았으니 담뱃불이야말로 난로나 마찬가지였다. 이제 종태는 징역 안에서의 낙이라면 오로지 담배를 피우는 것뿐이었다.

우당탕.

철문이 열어젖히는 소리가 나더니 발자국 소리가 어지럽게 들려왔다.

"어이, 이리 나와!"

"……."

그 소리는 다름아닌 옆 방에서 나는 소리였는데 직원의 목소리였다. 종태는 갑자기 소란스러워진 바깥의 소음에 놀라 눈을 떴다. 솜으로 만든 침낭 안에서 얼른 일어나지는 않았지만 또 무슨 일인가 하는 멀뚱함이 잠시 그를 어리둥절하게 했다.

"춘삼이, 다 알고 왔어. 뺑끼통에서 나와!"

옆 방에서 들리는 소리는 이미 하나가 아니라 여럿의 목소리였다. 사방문을 여는지 끼익 하고 철문 열리는 소리가 났다.

"야 이 자식아, 나오라면 나오는 거지 왜 안 나와!"

버럭 화를 내는 목소리의 주인공은 다름 아닌 함 주임의 목소리였다. 종태는 자신도 모르게 벌떡 일어났다. 한겨울이었지만 팬티만 걸치고 자던 그가 시찰구에 바짝 얼굴을 대고 옆 방을 보니 이미 거기에는 경교대와 여러 직원들이 같이 보였다. 그 중간에 함 주임이 서 있는 게 보였다. 함 주임은 지금 양 허리에 팔을 갖다 붙이고 떡 버티고 서 있었다.

잠시 뒤에 삥끼통의 문이 닫히는 소리가 들리더니 춘삼이 걷는 발소리가 쿵쿵 들렸다.

"너, 뭐 했어?"

"하긴 뭘 했다는 겁니까?"

"어어, 이 자식 보게? 아무것도 안했단 말이지? 그래, 검방을 해서 나오면 알아서 해. 어이, 들어가서 검방을 해. 삥끼통을 샅샅이 뒤져."

그러자 직원들이 우르르 몰려들어갔다. 구둣발로 마루를 밟는 소리에 이어 삥끼통을 여는 소리가 났다. 그리고 물건들을 아무렇게나 팽개치는 소리들이 들려왔다.

"너, 오리발을 내미는데 경교대가 순찰을 돌다가 바깥에서 다 봤단 말이야. 이래도 바른 말을 안 할 테야?"

"누가 뭘 봤다는 겁니까? 난 그저 삥끼통에 앉아서 볼 일을 보고 있었던 겁니다아."

춘삼이 담배를 하다가 들킨 모양이었다.

"너, 징벌을 받고 있으면서도 또 담밸 해? 너 이거 어디서 났어?”

아마 어디서 담배를 찾아낸 모양이었다. 지금쯤 주임은 담배를 춘삼의 코앞에 갖다 들이대며 득의의 웃음을 흘리고 있을 것이란 상상이 절로 들었다. 종태는 함 주임의 비굴한 웃음이 떠올랐다. 마치 먹이를 앞에 둔 늙은 개가 흘리는 침마냥 끈적끈적한 기가 묻어 있을 것이다.

“이놈을 끌어내!”

종태는 시찰구를 통해 복도의 직원들을 보고 있었다. 춘삼이 내의 바람으로 복도로 내려서는 게 보였고 이미 그의 양팔은 옆에 선 직원들에 의해 꼼짝 못하게 뒤로 꺾여져 있었다.

“이거 놓고 갑시다. 아파요.”

춘삼이 한 번 몸을 뒤틀자 정말 아픈 것 같은 그의 찡그린 얼굴이 보였다.

“미친 자슥이, 뭐가 아파. 패대기를 쳐버릴까보다.”

직원들이 더욱 힘주어 조이는 게 보였다. 춘삼은 이제 아무 소용도 없다는 것을 알았는지 포기하듯이 걷기 시작했다.

“주임님.”

종태는 주임이 막 지나가려는 것을 놓치지 않았다.

“어, 종태 아냐? 왜 그래?”

“내일 면담 좀 합시다. 할 말도 있고.”

종태는 나직했지만 단호하고도 짧게 말했다. 그러자 주임은 잠시 멈칫하다가 발걸음을 옮기면서 툭 내뱉었다.

"알았어, 내일 올게."

주임의 말소리는 귀찮다는 뜻 같기도 했고 아무튼 메말라 있었다. 더 이상 바쁜 사람 잡지 말라는 투였다. 그가 마지막으로 뚜벅뚜벅 복도를 빠져나가자 그제야 앞쪽에 있는 혼거방의 재소자들이 하나 둘 머리를 아래로 내리는 것이 보였다.

"담배 피우다가 들켰나 보다."

"재수 없게."

앞방의 그들이 밑으로 내려앉으면서 하는 말들이었다. 종태는 괜히 화가 치밀었다. 자식들이, 아직 신입인 주제에 이러쿵저러쿵 말들이 많아. 아마 오늘밤 근무를 하던 직원은 또 시말서를 써야 할 것이었다. 아까 보니까 그 직원은 아직 신참인 교대 담당이 선번 근무자인 걸로 봐서 본부 담당은 아마 후번 근무인 모양이었다.

징역에서는 이것도 요령이라고 했던가. 고참직원이 근무를 설 때는 안 들키던 일도 신참직원이 근무를 하는 시간에는 꼭 그러한 문제가 터지는 것을 두고 하는 말이었다. 고참은 의자에 가만히 앉아서 자고 있어도 별 문제가 없는데도 신참이 있을 때엔 잘도 문제가 터졌다. 사실, 그러한 것에도 이유는 있었다.

재소자들은 흔히 본부 담당이 일을 때에는 담배를 하고 싶어도 조금은 긴장을 하게 된다. 고참은 이곳에서만 몇 년째 늙어서 방 안에서 쿵 하는 소리만 듣고서도 그 소리가 무엇이라는 것쯤을 알았고 눈치로 때려잡는 요령이 있지만 신참직원은 아직 요령이 없어서 아무것도 몰랐다. 그러니 자연 방 안에서는 신참직원이 있을 때에 더 장난질을 쳐댔고 부정을 저지르는 거였다. 만일, 문제가 터져서 주임이 고문을 가하면서 사건이 발생한 시간이 언제쯤이었느냐라고 재소자에게 묻는다면 열이면 열 모두 다 신참직원이 근무를 했던 시간에 일어났다고 입들을 맞추는 것이었다.

그것은 본부 담당보다는 신참직원에게 책임을 미루기 위해서다. 본부 담당과는 매일 얼굴을 마주 대하므로 어쩐지 그에게 죄를 뒤집어씌우는 게 미안해서일 것이다. 본부 담당은 대개 이곳에서 오래도록 근무한 직원이므로 나중에라도 언제 다시 이곳엘 들어왔을 때 다시 만날 확률이 높은 까닭에 일말의 동정표를 던져주는 셈이었다. 그러니 자연 모든 책임은 신참에게 미루는 것이 당연했다.

신참이란 발령을 받은 지 얼마 되지 않은 직원이어서 아직은 이곳의 생리에 대해 모르는 것이 많았기 때문에 그렇게 함으로써 골탕을 먹이자는 계산도 다분히 깔려 있었다.

이곳에서는 참 어처구니없게도 사건이 일어난 시간에 의해 담당이 시말서를 쓰거나 징계를 먹어야 했다. 그것도 직원에게 묻는 것이 아니라 재소자에게 시간을 물어서 처리를 했기 때문에 칼자루는 재소자가 쥐고 있었다. 자신이 평소 마음에 들었던 직원은 빼놓고, 마음에 들지 않았던 직원이 근무했던 시간이라고 한다면 그는 영락없이 책임을 져야 했다. 정말 어처구니없는 일이었다.

날이 밝으려면 밤새도록 몇 번인가 사방 출입구의 자물쇠를 따는 소리, 경교대가 복창하는 소리, 순찰을 도는 경교대의 워커발 소리, 교대근무를 들어온 직원의 사방을 순시하는 발자국 소리를 들어야만 했다. 그러나 그것도 이제는 아예 습관처럼 되어버려서 잠을 자는 동안에 그러한 소리들이 들려도 잠이 깨이거나 하진 않았다. 매일 듣는 소리들이 그것이었다. 이제는 그것들도 귀에 익어서 오히려 아무 소리도 들리지 않으면 도리어 불안해지는 것이었다. 뻥끼통으로 들어가서 담배를 피우고 싶은데 담당이 꼼짝도 않고 있으면 도리어 불안해졌다. 저쪽에 있는 의자에 앉아서 지루한 몸짓으로 삐그덕거리기라도 한다면 그는 분명 책을 보고 있다거나 설잠을 자는 중일 것이고, 가는 코를 고는 소리가 들린다면 좀 더 깊은 잠에 빠진 것이며, 부스럭거리는 소리가 난다면 아마 식구통에다 재소자들이 넣어둔 빵조각을 꺼내 심심풀이로 먹고 있는 중일 것이었다. 그럴 때는 담배를 해도 들킬 염려는 없었다. 오히려 조용하면 그게 더 불안했다.

　그래서 밖에서 아무런 기척이 없으면 담당이 무얼 하고 있는지를 살피기 위해 뺑을 보는 물건을 만들곤 했다. 뺑을 본다는 말은 과자 포장지의 금박지를 떼어내서 만든 거울을 몰래 시찰구 밖으로 내밀어서 복도에서 일어나고 있는 일들을 살피는 것을 말했다. 징역이란 어차피 눈치로 때려잡는 곳이었다. 눈치껏 담당을 속이는 일만이 요령이었다.

　하루하루가 담당들과의 눈치싸움이거나 스릴의 연속이었다.

　이곳의 하루는 기상나팔 소리로부터 시작되었다. 만일 기상나팔 소리가 들리지 않으면 재소자들은 아예 일어나지 않을 터였고 어쩌면 영원히 일어나지 않을는지도 모른다. 매일 기상나팔소리와 함께 일어났으며 이불을 개었고, 세수를 했으며 양치질을 했고, 아침밥을 먹었다. 사람이 어떤 틀 속에 갇혀 지내다가 보면 어느새 그것에 익숙해져 버리는 것처럼 시계가 주어지지 않는 이곳에서는 모든 것이 나팔로써 재소자들이 취할 행동을 알리는 것이었다.

　추운 겨울의 기상은 몸의 훈기가 묻은 이불 속에서 빠져나오는 것이 서운할 정도로 마뜩찮았다. 그리고 우선 고무신을 신는 순간부터 시작해서 차가운 물에 손을 담그는 것까지 모두 얼어붙어 버린 쇠붙이를 만지는 것처럼 쭈뼛거리게 했다. 종태는 이불을 개면서 혼거방에서 날아오는 두터운 먼지에 눈이 따가울 정도였다. 마스크를 했지만 눈에 무언가 들어가서 섬벅거리는 것 같아 괜히 눈을 껌벅거렸다. 세수를 하러 나오는 혼거방의 재소자들이 검정고무신을 꿰어신고 우르르 몰려나오는 것이 마치 촌닭들 같았다. 그들은 복도에 나와 두 줄로 앉아서 먼저 들어간 방이 오글거리며 세수를 마칠 때까지 기다렸다. 세수래야 두 평 방만한 공간에 열두엇이나 되는 덩치 큰 남정들이 한꺼번에 들어가서 손바닥에 물을 찍어 얼굴의 눈꼽을 떼는 것이 전부였다. 본부 담당이 사방문을 열자 세면시간에만 지원을 나와 근무를 돕는 보조 담당이 세면장 입구에 붙어서서 자꾸만 빨리하라고 다그쳤다.

"하나, 두울, 세엣…… 빨리 해!"

그 직원은 추운 곳에서 벗어나 조금이라도 빨리 직원 휴게실로 가고 싶은 모양인지 눈에 물을 묻히기도 전에 '세면 끝'이라고 소리쳐댔다. 후닥닥 밀치고 엉키는 사람들의 세면시간은 마치 창살 밖으로 가다밥을 던졌을 때 비둘기들이 몰려드는 것처럼 바쁘기 그지없었다.

어젯밤 들어온 신입 중에 누군가 머리카락에 물을 묻혔다가 직원에게 들켜 복도 바닥에 꿇어앉혀졌다.

"손 들어!"

차가운 물이 재소자의 머리를 타고 얼굴로 흘렀다. 일벌백계. 그렇다, 이곳에서는 한 사람의 시범타로 해서 일벌백계를 노리는 것이다. 지금 복도의 차가운 바닥에 무릎을 꿇고 있는 재소자를 보면서 이제 마악 세면장으로 들어가는 재소자들은 머리를 감을 엄두도 내지 못할 것이다. 경찰서 유치장에서 근 십일 동안 머릴 감지 못했을 것이고 비듬이 허옇게 번져나와 있어도, 머리가죽이 벗겨져버릴 만큼 근지러워도 머리를 감지 못한다. 저렇게 머리에 물만 묻혀도 뼈마디가 얼어붙도록 벌을 받는데 누가 감히 머릴 감겠는가.

끝방에까지 세면이 끝나면 보조 담당은 돌아가는데, 돌아가면서도 본부 담당에게 인계를 해서 기합이 더 오래도록 이어지기를 당부하고 있었다. 그러자 화가 난 본부 담당이 아예 주 복도의 휑한 곳으로 끌고 나가더니 그곳에다 무릎을 꿇게 하였다. 그곳은 사람들이 다니는 통로라서 마침 세면을 끝낸 직원들이 지나다니고 있었고 취장에서 아침 배식을 나오는 리어카들이 이리저리 지나가면서 눈총을 쏘아대고 있었다. 짜식, 머릴 감다가 들켰구먼. 조금만 앉아 있으면 무릎에 쥐가 날 것이다. 대개 그런 눈총이었다. 어떤 직원은 그냥 지나가질 못하고 한 마디 내뱉고 지나간다.

"머리나 꽁꽁 얼어버려라."

"아예 옷도 벗기고 벌을 세우지, 저런다고 말이나 들을까."

눈총, 눈총, 눈총…… 차라리 때리고 말지…… 하는 생각이

다 들 정도였다. 취장에서 나오는 밥차인 리어카가 사방마다 밥통이며 국통을 내려놓곤 돌아가 버리면 이번에는 소지들이 밖으로 나와서는 그것들을 옮기면서 힐끗힐끗 눈총을 쏘아댄다. 제기랄, 머리 한 번 감았다고 되게 벌주네. 덜덜 떨면서도 울화통이 치민다. 벌떡 일어나서 복도의 창살에 머릴 박고 뒈져버리고 싶다. 잇몸을 깨물수록 더욱 떨려올 때쯤 담당은 겨우 불러들인다. 마치 인간의 한계를 시험이라도 한 듯이. 바깥에 있다가 복도로만 들어가도 방 안처럼 아늑하다. 눈물이 솟구치려 한다. 아아, 죄라는 것을 짓질 말아야지. 골백번도 더 다짐을 하지만 이미 자신은 이 안에 갇혀 있잖은가.

점심때가 되었을까. 사방 담당이 종태를 밖으로 불러냈다. 어제 옆 방에서 춘삼이가 느닷없이 한밤중에 보안과로 잡혀가고나서 초조해하던 문 부장은 아침 기상시간이 되자 종태에게 무언가 할 말이 있을 듯하면서도 말을 꺼내지 않고 퇴근을 했다가 다시 출근을 해서 오전의 바쁜 시간이 조금 지나자 난로 옆으로 종태를 불러낸 것이었다.

담당은 아예 소지한테 출입구에서 간부가 오는가를 삥을 보라고 하더니 사방문을 딸 일이 있으면 또 다른 소지에게 키를 넘겨주며 따게 만들었다.

"종태, 춘삼이가 함 주임한테 다 불었는가 보더라."

"……."

종태는 지금 문 부장이 하는 말뜻을 알아차렸다. 춘삼을 통해 담배를 대어주는 사람이 누구라는 것쯤은 미리 알고 있던 터였다. 그러나 짐짓 모르는 체했다. 이곳에서 강아지가 돈다는 것은, 주로 강아지를 넣어주는 사람으로는 출역수들이나 직원밖엔 없었다. 그것도 출역수들보다도 담당이 직접 선이 닿아 있으면 여러모로 유리한 점이 많았다. 일단 그 안에서 각종 편의를 보장받을 수가 있었다. 가령 전방을 가고 싶다거나, 이발 면도를 하고 싶다거나, 의무과에라도 가고 싶을 때, 부탁만 하면 뭐든지 척척 들어주는 그러한 이점이 있었다. 물론 담배를 받을 적에 제법 큰돈을 건네주었기 때문에 그 외의 부수적인 편의는 의당 따르는 것일 뿐이었다.

"그래서 말인데…… 춘삼이가 나를 물고 늘어지거든…… 함 주임이 가만있을 거 같질 않아…… 지독한 놈이지……."

문 부장은 더 이상 말을 잇지 못하고 있었다. 아마 어젯밤에 집에서 한잠도 자지 못한 모양이었다. 눈가에 푸스스한 기가 그대로 묻어 있었다. 문 부장은 벌써 이곳에서만 쭉 20년 가까이 근무를 해온 베테랑이었다. 척하면 된장인지 똥인지를 구분할 수 있는 고참인 것이었다. 그리고 여러 폭력배들과도 친한 그런 직원이었다.

"종태는 대충 알 거야. 춘삼이에게 내가 담뱅 대줬다는 사실을. 이번에 까딱 잘못하다간 크게 벌어질 것 같아. 어제 보안과에서 연락이 와서 집에 있다가 불려나왔는데 이미 춘삼이가 함 주임이 조이니까 그대로 술술 불어버렸는가 보더라…… 아마 중징계를 당할 것 같아…… 액수가 너무 크게 돼 있어서…….”

종태는 그냥 물끄러미 문 부장을 쳐다보기만 했다. 문 부장은 입술이 타는지 소지가 갖다놓은 음료수에 빨대를 꽂아 꾸르륵 소리가 나도록 빨아들이고 있었다. 종태는 먹고 싶지 않았지만 문 부장이 내민 것에다 빨대를 꽂아 천천히 빨아들였다. 지금 문 부장이 무슨 말을 하려는지 알 수 없었다.

“내가 이 나이에 나가면 뭘 해먹겠냐? 배운 게 도둑질이라고…… 담 안에서만 20년을 살았으니 니들하고 10년은 징역을 같이 산 셈이지, 소장은 파면을 시키겠다고 아우성이라는데…… 액수가 전부 2천만 원으로 되어 있어서…….”

그러면서 담당은 담담하게 난로 곁의 의자에서 일어났다. 천천히 일어나서 세면장으로 들어가는 폼이 종태더러 따라오라는 시늉이었다. 종태가 세면장으로 들어서자 담당은 세면장의 문을 잠그라는 눈짓을 보냈다. 몹시 착잡해하는 그의 마음을 읽을 수 있었다.

“그래서 말인데…… 보안과장이나 소장한테 한 번 찾아가려고 그래. 그 수밖엔 없어. 그러려면 돈이 좀 있어야 하는데…… 니가 좀 어떻게 해줘라. 일단 살고 봐야지…… 나중에 너에 대한 보답은 천천히 해줄게."

담당은 주머니에서 불쑥 담뱃갑을 꺼내더니 한 개비를 뽑아 내밀었다. 종태는 아직 대낮이라 세면장에서 담배를 피운다는 것은 있을 수 없는 일이라는 것을 알고 있었기 때문에 사양했다. 대신, 얼마나 답답했으면 이런 대낮에 그것도 세면장에서 담배를 권하는가 싶었다. 가만히 보니 문 부장의 얼굴은 완전히 죽은 똥색이었다.

입술은 말라 허옇게 부르터 있었고 눈빛은 초점이 없이 흐트러진 애매한 눈빛이었다. 종태가 사양을 하자 그는 담배를 입에 물고는 처음부터 급하게 빨아댔다.

"얼마면 되겠습니까?"

"한…… 천만 원이면 되겠지. 돈보따릴 싸들고 가서 사정을 하면 봐주겠지. 최소한 감봉 정도만 먹어도 다행이야. 이 은혜는 나중에 두고두고 천천히 갚을게."

"알겠습니다, 담당님. 그럼 우선 내일 나가시면 동생들을 좀 만나서 내가 그러더라고 하고 말씀하십시오. 걔들이 만들어줄 겁니다. 내 영치금 카드에도 15억이 들어 있습니다만 빼내갈 것이 더 큰 문제니깐 바깥에서 만들도록 하지요."

"고맙네, 종태."

담당은 그제야 얼굴에 조금 화색이 도는 듯했다. 서둘러 담배를 비벼끈 그가 종태의 어깨를 쳤다.

"뭘요, 우리들이야 어차피 이곳이 집이나 마찬가지 아닙니까?

언제 담당님의 신세를 또 져야 할지 모르는데 너무 부담은 갖지 마십시오."

"그래, 알았어. 될 수 있으면 빨리 처리를 해야 돼. 내일 퇴근을 하면 영등포로 나갈게. 이따가 소지가 볼펜하고 종이를 독방으로 넣어줄 테니까 몇 자 적어놔."

"알았습니다."

말하자면 말로 하기보다는 보스인 종태가 쓴 친서를 가지고 가는 게 약효가 빠를 것임을 그는 알고 있었다. 그것은 일종의 사신이었는데 여기서는 흔히 비둘기를 날린다고 표현을 했다. 그 비둘기를 가지고 가면 그쪽에서는 으레 환대를 하는 게 보통이었다. 칙사의 대접을 받는 것이었다. 말하자면 종태의 지불보증서 같은 그런 효과가 있었다.

문 부장은 이제 조금은 마음이 놓이는 것 같았다. 일단 돈보따리를 싸들고 찾아가서 사정을 하는 수밖엔 없었다. 단지 마음에 걸리는 것은 이때까지 자신이 춘삼에게서 받은 액수가 너무 크다는 데에 일말의 불안감도 없진 않았으나 이곳의 생리상 자신만 혼자 독식한 데에 대한 보복이라고만 생각되어지고 있었다. 만일의 경우를 대비해서 주임이나 과장 선까지 조금씩 나누어줬더라면 이러한 불상사는 미리 막을 수도 있었을 것이었다. 지금까지 자신은 비번인 날을 골라 춘삼이 써준 비둘기를 가지고 춘삼의 본거지인 이태원으로 가면 으레 융숭한 대접을 받았으며 최고급 일류 요리에다가 삼삼한 영계까지 붙여줘서 진이 다 빠지도록 외박을 하곤 했다. 그러고 나서 아침에 호텔을 나설 때에 지배인이 맡아두었다가 알아서 선네수는 돈 봉투에는 백만 원짜리 수표가 들어 있는 게 보통이었다. 전날 밤에 흥청망청 쓰고도, 그것도 미치도록 쫙 빠진 영계에게 팁까지 줘가며 따라붙여 줬으니까 문 부장이 한 번 행차를 할 때마다 그쪽에서는 상당한 지출을 감수하는 셈이었다.

그렇게 선보이는 영계들이란 요즘 압구정동쯤에서 한창 머리 팔랑거리며 발랄한, 아직 비린내가 실실 날 만큼 군더더기 하나 안 붙은, 탤런트 뺨칠 만큼 예쁜 아가씨들이어서 밤새도록 잠을 안자고 그짓을 해도 시간이 아까울 지경이었다. 아직 그런 여자들의 몸값이 얼마인지는 모른다. 다만 자신의 월급으로는 감히 엄두도 못낼 정도일 거라는 것밖에는.

아마 그 계집아이들은 문 부장을 따라나오면서, 그들이 문 부장과 자신을 그랜저로 모시는 동안, 호텔에 들어와서도 그저 대단한 인물일 거라는 상상만 잔뜩 했을 것이다. 호텔 앞까지 모셔놓고 돌아가는 그들은 문 부장에게 깍듯이 고개를 숙여 '잘 주무십시오.' 라고 인사를 했고 미리 영계에게는 잘 모셔야 한다는 엄명과 함께 따로 봉투가 주어졌던 것이다. 그러니 문 부장이 밤잠을 설쳐가며 아무리 자신의 몸을 헤집으려 해도 척척 몸을 돌려 대어주는 데 인색할 리가 없었다. 오히려 큰 봉이나 잡는 게 아니냐는 심정으로 도리어 적극적이 될 수밖에 없었다. 그리고 그들이 필요하면 쓰라고 주고 간 일회용 주사기와 하얀 가루는 영 죽여주는 것들이었다. 밤새도록 침대가 부서지도록 그짓을 해도 하나도 피곤하질 않았으며 오히려 구름 위를 둥둥 떠다니는 그런 기분이었다.

사십대와 십대의 만남.

문 부장은 언제 그런 수술을 했는지 성기에 다마를 잔뜩 박고 있어서 십대의 팔팔한 영계를 밤새도록 놓아주질 않았다. 마치 걸신들린 것처럼. 그의 울퉁불퉁한 성기가 이리저리 요동을 칠 때마다 영계들은 하늘을 빙빙 날아다녔을 것이다. 그것은 착륙할 지점을 찾지 못해 상공을 선회하는 여유작작한 밀회였다. 공중에서 급유만 받으면 무한정으로 떠 있을 비행기였다. 그리고 온갖 기교. 히로뽕에 취하고 그리고 절묘하게 생겨먹은 성기의 간지러움에 녹초가 될 만큼 취하고.

문 부장은 그런 일이 있은 다음날은, 출근을 해서는 아예 의자에서 일어나질 않았다. 웬만한 것들은 모두 소지들에게 시켰고 뻥을 보게 해서 낮잠을 자도 누가 뭐라고 할 사람이 없었다. 자신이 데리고 있는 재소자들은 총 백사십 명이나 되었지만 면회나 재판을 받으러 나가는 사람들을 따주는 일 외엔 특별히 신경을 쓸 일이 없었다. 그리고 하루에 한 번씩 시간을 맞춰서 도는 과장의 순시만 지나고 나면 난로 옆에 앉아서 정말 늘어지게 잠을 자도 누가 뭐랄 사람이 없었다.

문 부장이 그런 피곤함을 보일 때마다, 소지들은 야쿠르트를 부은 그릇에다 우루사니 삐콤이나 인코라민과 같은 각종 영양제에다 큐란과 같은 비싼 위장약도 같이 건네주었는데 그것은 문 부장이 잠깐 눈을 붙이는 동안에 자신들이 사방을 상대로 뺑땅을 치거나 허세를 부리기 위해서였을 것이다. 소지들은 사방을 상대로 온갖 먹을 것들을 우려내었고 담당대신 문을 따면서 마치 자신이 직원인 양 거들먹거릴 판이었다. 물론 소지가 문을 딸 때에는 소지 한 명이 사방 출입구 쪽에 붙어서 바깥을 살펴야 했다. 그러다가 불시에 간부라도 나타난다면 우선 복도에 있는 소지에게 알려서 사방키를 담당에게 인계를 하고 담당을 깨워야 했기 때문이다.

문 부장은 낮 동안에 몇 번인가 보안과로 불려갔다.

낮 근무 중간에 근무교대를 할 때쯤이면 뚜르르 인터폰이 와서 보안과로 오라는 연락이 왔다. 한 번 갔다올 때마다 점점 굳어지는 그의 얼굴에는 흙빛이 감돌았다. 일이 제대로 이뤄지지 않고 있다는 표시였다.

종태는 낮에 여러 번 밖으로 나왔다가 문 부장의 그러한 얼굴을 보았다. 종태가 난로 곁에 쪼그리고 앉아 있는 동안 그는 멍하니 종태를 쳐다보거나 떠드는 사방 쪽에다 대고 괜히 고함을 질러대곤 하였다.

"야, 이 개새끼덜아! 좀 조용히 안 할래!"

담당이 조금 심각한 표정을 짓고 있으면 으레 방 안은 쥐죽은 듯이 고요한 법이었는데 오늘은 그렇질 않았다. 소지들이 쪼르르 달려가서 그 방을 나무랐다. '니들 좀 조용히 해. 지금 담당님이 잔뜩 화가 나 있어.' 그러자 금방 울음을 뚝 그친 아이처럼 조용해졌다. 괜히 담당의 심기를 건드려놔 봐야 좋을게 없기 때문이었다.

소지가 와서 문을 따는 소리가 났다.

덜커덩.

"형님, 주임님이 관구실로 오라는데요."

"알았어."

종태는 내의 바람으로 침낭 속에 들어가 있던 몸을 빼내 한복을 입었다. 어저께 함 주임에게 면담을 하자고 말을 던진 것 때문에 자신을 부르고 있다는 것을 알았다. 개새끼. 마지못해 미적거리다가 이제야 부른 것에 대해 분노가 치솟았다. 돈을 빼내갈 때는 번갯불에 콩이라도 구워먹을 듯이 설쳐대더니 종태가 면담을 하자니까 슬슬 꽁무니를 뺐던 것이다.

47

함 주임이라는 작자는 그랬다. 약아서 돈이 될 만한 것이라면 눈에 불똥이 튈 정도로 날렵했고 높은 상사에게는 아부도 잘했지만 밑의 직원에게는 눈꼽만큼의 아량도 베풀지 않았다. 자신을 철두철미하게 챙기는 그런 인간이었다.

어느 땐가, 어느 직원이 신앙심이 넘친 나머지 9동 하에 있는 출역수들의 거실인 기독교 방에서 신앙간증 테이프를 들려주고 있었는데 마침 순찰을 돌던 경비교도대원이 바깥에서 그것을 발견하고는 보안과 사무실로 가서 보고를 한 적이 있었다. 마침 함 주임이 당직을 서고 있다가 그 보고를 받고 달려갔다.

아무리 재소자들이라지만 이곳에서도 종교의 자유는 있었다. 그래서 출역수들에겐 자신이 믿는 종교에 따라 기독교, 불교, 천주교 방을 만들어서 신앙심을 기르도록 하고 있었는데 그 직원이 열렬한 신앙심으로 재소자들을 하나라도 참회케 하기 위해서 간증을 들려주고 있는 현장을 덮쳐서는, 독수리가 병아리를 채듯 보안과로 낚아갔다.

초저녁이었으므로 아직 재소자들은 자지 않을 시간이었고 9동 상층에 있던 직원이 아래층으로 내려와 아래층 직원이 보는 앞에서 재소자들에게 간증을 들려주고 있다가 들킨 것이었다.

"보안과로 와!"

직원과 재소자가 동시에 불려나갔다.

"누가 이런 걸 들려주라고 했어?"

"……."

그 직원은 아무 말이 없었다. 계호상에는 엄연히 금지되어 있었던 것이나 교화상 스스로 내린 판단은 아예 묵살되고 있었다. 직원이 보는 앞에서 신앙 테이프를 듣게 했는데도 그는 굳이 그러한 이유를 들어 징계서를 위로 올렸다. 많은 다른 직원들이 함 주임이 너무한다는 공론이 있었으나 그것은 반영되지 않았다. 그는 종교활동을 싫어했고, 그리고 개인적인 감정을 앞세웠다.

"소장님, 이런 직원은 잘라버려야 합니다."

"……."

소장은 마침 여의도에 있는 큰 교회의 집사여서 그가 내민 징계서류를 보고만 있었다. 소장은 아무말을 못 하고 있었다. 자신이 알기로도 교화상으론 재소자들에게 그러한 것들을 들려주는 게 좋은 일이겠으나 계호법으로는 엄연히 금지되어 있기 때문이었다. 법무부에서는 겉으로는 교정의 사회화와 사회참여, 그리고 재소자들의 실질적인 처우를 신경쓰는 것처럼 떠들어대었지만 속으로는 절대 그렇질 못했다. 그것은 어디까지나 국민에게 던져지는 공수표에 불과한 구호일 뿐이었다. 운동권 학생들이 보고자 하는 사회과학서적은 어떠한 이유로도 불허되었고 심지어는 면회하는 것조차도 직계나 가족에만 한정을 하여서 책을 넣고 뒷수발을 하는 바깥에 있는 과학생들과 거짓으로 약혼을 한 서류를 만들어와야 면회를 시켜주는 판국이었다. 서류라고 해봐야 눈감고 아웅 하는 식으로 편지지에다 아무렇게나 어느 날 몇 시에 누구와 누구는 약혼을 했으므로 약혼자임을 확인합니다, 라는 글귀만 씌어 있으며 되는, 정말 어처구니없는 것이었다.

마치 몽고군이 쳐들어왔을 때, 어른들이 어린 여식들을 그놈들에게 욕보이지 않으려고 조혼이라는 풍습을 만들어내었던 것처럼 운동권에서는 조혼(?)이 성행하고 있었다. 바로 옆에서 일반인들이 본다면 코웃음밖엔 나오지 않을 그런 일들이 담 안에서 일어나고 있었던 것이다. 아무리 학생들이 단식을 하면서 구호를 외쳐봐야 부식은 나아지질 않았고 금서는 풀려지질 않았다. 짖다가 목이 터져 죽어 나자빠져도 그들은 결코 눈 하나 깜짝하지 않았다. 사회가 그러한 시대였고 정권이 또한 그러한 일을 하도록 방종하면서 돕고 있었다.

하여튼 함 주임이 올린 징계서류는 그 직원의 신상에 적지 않은 타격을 주었고 그 직원은 직업에 대한 회의를 느낀 나머지 얼마 후 사표를 내고 말았다. 한 마디로 함 주임은 강한 자에게 갖은 아첨을 다 하는 자였고 낮은 직원들이나 재소자들에겐 철저히 냉혈인이었다. 뒤로 돈이 생기는 일이라면 쥐도 새도 모르게 챙겼다가 높은 양반들에게 다음번 인사에 반영이 될 만큼 약을 쓰는 그런 인물이었다.

　종태가 관구실의 문을 밀고 들어가자, 옆에 있던 관구부장이 슬그머니 일어나 밖으로 나갔다. 그것은 이를테면 계급이 낮은 관구부장이 함 주임과 종태의 면담을 모르는 척 자리를 피해주는 그런 거였다. 간부가 무언가를 해먹으려고 할 때, 계급이 낮은 직원이 그걸 안다는 것은 대단히 껄끄러운 일이었다.

　"앉아."

　"네……."

　종태는 자신의 수갑을 일부러 쩔렁거리면서 맞은편의 의자에 앉았다. 그것은 아직 수갑조차 풀어주지 않았다는 것을 알리기 위함이었다. 주임은 분명히 종태에게 조금만 독방에 가 있으면 곧 풀어주겠다고 약속을 했었던 것이다.

　"무슨 일인데?"

　"주임님, 전 아직 수갑도 풀질 못했습니다. 그리고 여직 독방에 갇혀 있구요."

　"알고 있어, 그런데?"

　함 주임은 미리 종태의 속셈을 알아차리고 있었다. 무슨 말을 하려는 것인지. 그저 능청을 떨었다. 위에 있는 자는 항상 느긋한 법이다. 지금 주임의 표정이 그랬다.

　"이제 이십 일은 지났습니다, 독방에서 풀어준다는 말 잊었습니까?"

종태는 단도직입적으로 물었다. 말을 빙빙 돌려서 하기가 싫었다.

"알고 있지, 그런데 말이야…… 소장이 안 된다는구먼. 나도 어쩔 수가 없어."

주인은 그렇게 말하면서도 묘한 여운을 두고 있었다. 눈빛이 그랬다. 어쩌면 약간 비웃는 듯도 한 것 같은 웃음이 흘러나올 것도 같았다.

"그럼 안 된다는 겁니까?"

"안 된다는 뜻은 아니구, 뭐랄까…… 종태가 조금만 더 약을 쓰지. 내가 나서서 해결해볼 테니까."

"……."

"뭐, 종태야 영치금 카드에 얼마가 들어 있다는 것을 알고 있으니까, 내가 알아서 할 테니까 작은 거 한 장만 쓰지?"

종태는 함 주임의 속셈을 알아차렸다. 이번에는 자신이 직접 챙기겠다는 표시였다. 저번의 것은 분명히 과장의 몫이었고 이번 것은 순전히 자신이 챙길 몫이다는 것을.

"천 말입니까?"

종태는 무뚝뚝하게 뱉아버렸다.

"그래, 뭐 큰 건 아니지…….

개새끼. 철두철미하게 일을 꾸미고 있구나 하는 생각이 퍼뜩 들었다. 순서대로 야금야금 거미줄을 쳐놓고 뽑아먹자는 속셈이었다. 종태는 재빨리 머리를 회전시켰다. 그러면 뭘 더 요구한다? 그 수밖엔 없었다. 독방에 있는 것도 지긋지긋해지는 판국에 가능하면 그의 요구를 들어주고 실리를 찾고 싶었다.

"좋습니다. 그럼 제 부탁 한 가지만 들어주십시오."

"뭔데?"

주임은 슬며시 웃음을 띄우며 물었다. 이제 그는 천천히 담배를 뽑아물고 있었다. 그것은 자신의 승리를 자축하는 것도 되었지만 종태의 판단을 좀 더 흐리게 하고자 하는 의도에서 비롯된, 후각을 자극하는 수법이었다. 슬슬 자신에게로 딸려오게 하는 데에 필요한 연기였다. 종태는 담배연기를 맡으며 그 냄새를 잊질 못했다.

"우선 전방을 보내주시고 다음번 재판에서 실형을 받으면 어차피 항소를 하겠지만 항소심에서 찍히더라도 이곳에서 출역을 하게 해주십시오."

종태가 그렇게 말을 하자 그는 조금 놀란 듯했다. 주임은 서둘러 담배를 비벼끄고는 상체를 바싹 앞으로 끌어당겼다.

"1심에서 얼마를 받았지?"

"아직 구형만 받았습니다, 7년입니다…… 아마 선고에서는 한 5년쯤 나오겠지요. 항소를 하더라도 어차피 못 나갈 것 같습니다."

종태는 이때까지 기대를 모았던 항소심에서 나갈 것이라는 것을 아예 배제하고 말을 하고 있었다. 요즘 들어 재판을 받고 들어오는 재소자들의 형량을 보니 자신이 밖으로 나가기란 어려운 일임을 알 수 있었다.

"음, 그러면 2심에서는 실형을 받겠구먼."

"⋯⋯."

종태는 그의 얼굴만 살피고 있었다. 주임은 괜히 복잡한 얼굴 기색을 내어보이고 있었다. 종태는 자신이 그러한 부탁을 꺼내며 그의 얼굴을 초조하게 들여다보고 있는 것에 대해 울화통이 치밀었지만 할 수 없는 일이었다.

"알았어, 한 번 고려해보지."

"확실히 말씀해주십시오."

주임은 숙였던 고개를 번쩍 쳐들고는 종태를 바라보았다. 종태는 눈빛을 흐트러뜨리지 않고 있었다. 한복을 입은 그의 두 팔이 무릎께에서 두 주먹을 불끈 쥐고 단정하게 놓여 있었다.

"알았어, 걱정마."

"잘 알았습니다. 그럼 주임님만 믿고 가겠습니다."

종태는 깊숙이 고개를 숙여보이고는 밖으로 나왔다. 복도에는 한떼의 무리들이 열을 지어 걸어오는 게 보였다. 아마 면회를 나갔다가 돌아오는 무리들이리라. 두 줄로 걷고 있는 재소자들의 뒤쪽에서 담당이 하낫, 둘 하고 구령을 붙이는 소리가 들렸다.

"아이구, 형님. 웬일이십니까?"

병찬이었다.

"으응, 주임님 면담 좀 하고 나오는 길이다. 넌 잘 있냐?"

"예, 형님. 저야 맨날 잘 있죠. 그런데 독방에서 언제 풀려납니까?"

병찬은 확정대기방에 수용되어 있었다. 곧 타소로 이감되기만을 기다리고 있는 중이었다.

"곧 풀릴 것이다. 다른 데로 가면 편지해라."

"예, 형님. 나가면 한 번 찾아갈 겁니다. 멋지게 한 번 살아봐야죠."

"그래, 고맙다. 몸 건강하고…….."

"예, 형님."

병찬은 깊게 몸을 숙여보이고는 대열을 따라갔다. 종태는 그러는 병찬의 덩치 큰 뒷모습을 바라보며 주먹꾼으로서의 든든함을 보고 있었다. 지금은 비록 자신의 손목에 차가운 수갑이 채워져 있지만 이제 곧 풀려질 거라는 기대감에 약간의 흥분이 일고 있었다. 어쩌면 수갑이 풀려진다는 것보다도 혼거방으로 다시 돌아갈 수 있다는 기대감일 것이었다. 독방은 그야말로 자유를 박탈당한데다가 또다시 무언가를 박탈당한 느낌이 들 정도로 갑갑하였다. 겹겹이 철창이라는 말이 실감이 날 정도로 따분했다. 혼자 밥을 먹는 것이 그랬고, 밥을 먹거나 뼁끼통에 들락거릴 때마다 담당 몰래 수갑을 풀어놓는다는 것도 여간 불편한 일이 아니었다. 물론 담당에게 발각된다고 해도 별로 나무라진 않았지만 어쩐지 자신의 약점을 보이는 것만 같아서 속으로 찜찜하였다. 자유란 자신이 누리고 있을 적에는 모르지만 막상 그걸 빼앗기고 나면 간절해지는 것이었다.

종태가 주임을 면담하고 나서도 혼거방으로 옮겨지는 징벌 해제는 이루어지지 않았다. 주임과의 면담이 있고 난 다음날로 자신의 카드에서 천만 원이라는 돈이 또 빠져나갔지만 아직 자신을 풀어놓지는 않고 있었다.

"종태, 함 주임에게 뭐라고 그랬어?"

담당은 그저께 주임과의 면담 내용을 묻고 있었다. 그게 궁금했던 모양이었다.

"뭐, 징벌 좀 풀어달라고 했죠."

"벌써?"

담당은 약간 놀라는 눈치였다. 종태의 징벌이 풀린다는 것은 자신이 맡고 있는 1동을 떠나 다른 사동으로 전방을 간다는 뜻이기도 했다.

"예, 이제 독방도 지긋지긋합니다. 빨리 벗어나야죠. 어제 퇴근하셔서 들러봤습니까?"

담당이 부탁했던 돈을 동생들에게 만들어주라고 비둘기를 띄운 것에 대한 물음이었다. 종태가 써준 편지를 들고 담당이 퇴근을 했고 그 결과를 묻고 있는 것이었다.

"응, 어젠 나가서 대접을 잘 받았어. 상면이라는 친구가 잘해 줘서 정말 고마웠어. 이 은혜를 어떻게 갚지?"

"에이, 담당님도…… 그까짓 걸로 뭘 은혜라고 할 수 있습니까? 우리야 어차피 담당님들과 뗄래야 뗄 수 없는 관계 아닙니까?"

"그래, 하여튼 고마워. 제대로 약발이 받아서 이번 일이 없던 걸로 처리되면 내가 화끈하게 봐주지."

"담당님이 잘 되기를 빌겠습니다……"

종태는 진심어린 마음에서 그렇게 말했다. 담당은 잠시 웃음을 띄는 것 같더니 다시 입을 열기 시작했다.

"근데, 함 주임이 뭐라고 안 해?"

"뭐 말입니까?"

"돈 같은 거 말이야."

담당은 이미 눈치를 채고 있는 중이었다. 이곳에서는 모두 돈으로 얽히고설키는 곳인지라 미리 선수를 치는 그였다.

"솔직히 저번의 일도 있고 해서 전방을 부탁했습니다. 혼거 방으로요. 그런데 함 주임이 천만 원만 달라고 하더라구요. 그 래서 영치 카드에서 **빼줬죠**, 뭐."

담당의 눈이 휘둥그래졌다.

"이야, 그 새끼, 또 빨아대는군. 얼마나 지독한지 몰라. 그래, 전방을 보내준다는 조건으로 준 거야?"

"예, 할 수 있습니까? 우선 내가 편해야 하니까 할 수 없는 거지요."

"알았어."

담당은 뭘 알았다는 것인지 얼굴의 표정이 시시각각으로 변하고 있었다. 종태는 하루 중 거의 대부분을 밖에 나와 담당과 이야기를 나누며 난로 곁에 앉아 있었다. 이것이 힘있는 자의 특권이라면 특권이었고 빽이라면 빽이었다. 담당을 잘 구슬려서 추운 겨울날에도 난로 곁에 있다는 것만으로도 일반 재소자들은 쉽게 주눅이 들곤 했다. 말하자면 범털이라는 말은 종태 같은 사람을 지칭하는 말이었다. 범털이라는 말은 아무것도 없다는 개털의 반대말이었다.

종태가 밖으로 나와 난로 곁에 앉아 있는 게 눈치가 보일 정도로 관구부장이 들락거렸고 담당은 관구부장과 낮은 속삭임으로 무언가 주고받고 있었다.

"어떻게 할 거야?"

관구부장이 사정하는 조로 자꾸 물었지만 그때마다 담당은 오히려 완강했다.

"부장님, 저만 혼자 이런 짓 했습니까? 다 해먹는 거 아닙니까?"

"……."

관구부장은 담당의 그 말에 움찔거리면서 눈총만 쏘아대고 있었다. 그러다가 한 마디 했다.

"아 이 사람아, 나도 어떻게 할 수가 없어. 자네가 혼자 독식한 것 가지고 누구한테 성질을 내고 그래? 이번 것은 액수가 너무 커서 나나 주임이나 어떻게 해볼 수가 있어야지?"

"관구부장님, 저번에 드린 것도 다 같이 살자고 해서 드린 거 아닙니까? 그걸로 관구부장님이나 주임님도 다 골고루 나눈 거구요. 좀 봐주십시오."

담당이 세게 나갔다간 다시 후퇴하는 식으로 밀고 당기고 있었다. 관구부장은 어이없다는 듯이 그를 노려보았다.

"이 사람아, 말은 바로 하지. 저번 것은 저번 것이고, 이번 것은 이번 것 아닌가? 이번 것은 자네가 쥐도 새도 모르게 혼자 독식을 하구선 이제 우리들한테 떠맡기려고 들면 어떡하나? 조사계에서 밝힌 바로는 자네가 이번에 해먹은 게 자그마치 2천만 원이야."

"아이구, 부장님. 누가 그래요?"

담당은 오히려 관구부장이나 조사계 직원들이 억지를 부린다는 식으로 과장되게 눈을 떠보였다.

"전부 그놈이 다 불었어. 자네한테, 올 때마다 호화 술상에다

차비로 백만 원까지 얹어줬고, 또 외제 코트에다 자가용까지
사달라고 그랬다더구먼 그래."

"……."

담당은 관구부장의 그 말에 말을 잃어버린 표정이었다. 모
든 게 샅샅이 드러난 것이다. 더 이상 우길 수도 없는 노릇이
었다. 그리고 이번 것은 재수없게도 혼자 독식을 했던 것이 덜
컹 걸려버린 거였다. 누군가를 물고 들어갈 건덕지를 남겨두지
않아서 어디에다가 등을 비빌 만한 곳도 없었다. 자신이 춘삼
의 끄나풀에게서 모피코트를 받았다는 것과 자가용차를 한 대
받은 사실까지도 전부 알고 있는 터였으므로 발뺌을 한다고 해
서 될 일이 아니었다. 춘삼이 담배건으로 조사계 직원에게 붙
잡혀가서 취조를 받는 동안 미리 조사계 직원을 구워삶아야 했
는데 마침 자신이 근무를 마치고 비번을 받아 집에 가 있는 동
안 춘삼이 고문을 못 이겨 불어버린 것이었다. 그리고 그날 오
후쯤에 주임의 호출을 받고 직장으로 나왔는데 그땐 이미 춘삼
이 어느 정도 다 분 뒤였다. 그러나 설마 액수를 줄여서 불었겠
지라고 생각하고 있었던 것이다. 그렇게 샅샅이 불어버린 줄은
꿈에도 몰랐다.

"이 사람아, 어떻게 혼자 그렇게 많이 해먹었어? 죽을라고
환장을 한 게 아니라면 말이야…… 나도 어떻게 해볼 도리가
있어야지. 소장이 당장 모가지를 잘라버리라고 야단이야. 빨리

사표를 쓰든지 결정을 내려. 그게 우리들까지 다 같이 사는 일
이야."

관구부장은 자꾸 담당의 결단을 재촉하고 있었다. 잘못하다
간 자신에게도 불똥이 튈 것 같은 불안감으로 담당을 윽박지
르는 거였다. 두 사람은 말을 끊고서 서로 얼굴만 쳐다보고 있
다간 이내 얼굴을 돌려버렸다. 돈이 오고갈 때에는 서로 친형
제보다도 더 친밀했지만 일단 일이 터지고 나면 그렇게 냉혹할
수가 없었다.

"전, 사표는 못씁니다. 저 혼자만 해먹었습니까?"

"어허, 이 사람아. 뭔가 잘못 알아도 한참 잘못 알고 있구먼.
위에서는 지금 구속을 시키라고 야단들이야. 요즘 30만 원 이
상이면 구속이라는 거 몰라? 다른 말 하지 말고 잘 결정해. 괜
히 남까지 물고 들어가지 말고?"

"전 하여튼 사표는 못씁니다. 그렇게 아십시오."

"알았어, 나중에 후회하진 말어. 나는 나대로 자넬 생각해서
하는 말이야."

관구부장은 홱 어깨를 돌려 사방은 둘러볼 생각도 없이 밖으
로 나가버렸다. 담당은 관구부장이 나가버리자 쓰고 있던 모자
를 벗어 책상 위에 내팽개쳤다. 모자는 책상 위에서 미끄러지
면서 바닥으로 떨어졌는데 소지가 쪼르르 달려와서 다시 책상
위에 올려놓았다. 그래도 담당은 화가 안 풀리는지 이번에는

세면장으로 들어가서 담배를 피워 물었다.

"담당님, 오후 출정자들을 따야겠는데요."

"⋯⋯."

담당이 아무 말이 없자 소지가 재차 말했다. 그러자 담당의 꽥 하는 소리가 밖으로 퉁겨나왔다.

"알았어, 이 새꺄. 좀 기다리라고 그래."

소지는 멀뚱해져서 물러나고 있었다. 담당은 연거푸 두 개비째 담배를 갈아피우고 있었다. 씨팔, 돈을 줄 땐 헤헤거리다가 일이 터지니까 전부 싹 안면을 바꾸는구먼. 더러운 새끼들.

종태는 독방으로 들어와 요즘 담당의 편치 않은 심기에 괜히 덧불이 옮겨붙을까봐 움츠러들었다. 이럴 땐 그저 방 안에만 처박혀 있는 게 상책이었다. 담당은 지금 극도로 예민해져 있었고 금방이라도 폭발할 것처럼 보였다. 어쩌면 담당이 파면당할지도 모른다는 생각이 들었다. 종태는 지금 어제 담당이 은호를 만나 천만 원이라는 돈을 가져간 것에 대해 일종의 후회가 들기 시작했다. 자신은 엄연히 나중을 보고 담당에게 투자를 한 것이었는데 담당이 목이 잘리고 나면 투자한 돈을 날리는 거나 마찬가지였다.

춘삼은 청량리 588번지를 장악하고 있는 막강한 포주였다. 어느 날, 육군 장교가 긴 밤 손님으로 들었다가 술에 취해 행패를 부리는 것을 애들이 데리고 나가 손을 좀 봐준다는 게 숨이 끊어져버린 것이었다. 정말 사람의 명이란 순식간의 일이었다. 강건한 젊은 장교였지만 몇 대 쥐어박고 물에다 처박은 것이 곧 명이 끊어져버린 거였다. 그래서 새벽에 승용차 트렁크에 신고 영등포 뒷골목에다 버렸던 것인데 사건이 일어난 곳을 영등포 쪽으로 교묘히 돌려놓았지만 사창가에서 일어난 살인 사건인지라 검찰의 사창가 일제 단속에서 미성년자 약취유인이라는 엉뚱한 죄명을 쓰고 만 것이다. 그래서 들어와 있던 중이었다. 사실 서울에 있는 술집이나 사창가에서는 영계가 단연 인기가 높았고 화대도 높을 뿐만 아니라 그만큼 장사도 잘 되었다. 대개 열대여섯에서부터 시작해 거의 대부분이 십대였다.

춘삼이 거느리고 있는 여자애들만 해도 백여 명에 이르렀고 하루에 굴러들어오는 돈이 수백만 원에 이르렀다. 5대 5로 나눠먹는 창녀와 포주의 관계란 그저 앉아서 돈을 헤아리는 그런 알 먹고 꿩 먹는 식의 장사였다. 새로 넘어온 새파란 열여섯 먹은 계집애가 도망쳐서 신고만 하지 않았더라면 경찰들과의 끈끈한 관계로 아무런 문제도 되지 않았겠지만 하필이면 여성 성폭력 상담소로 가서 신고를 하는 바람에 일이 커져 문제가 되어버린 것이다.

그동안 춘삼이 담당으로부터 담배를 제공받는 대신 담당에게 베푼 향응은 대단했다. 담당이 한 번 나들이를 할 때마다 엄청난 향응과 차비를 준비해주었고 호텔까지 잡아주어 하룻밤

몸을 풀게도 해 주었을 뿐만 아니라 고급 양복에다, 모피코트에다 자가용까지 사주었던 것이다. 징역 안에서 담당은 그야말로 작은 황제였고 담배를 제공해주는 루트였다. 춘삼은 원래 담당이 파면이 되도록 하려고 분 것이 아니라, 직원을 몇 명 물고 들어가면 원래 없던 일로 처리되어지기를 바랐던 것이다. 그리고 담당이 어느 정도 윗사람들에게 돈가루를 뿌려댄 것으로만 알았던 것이다. 그런데 그게 아니었다. 주임이 하는 것으로 봐선 그동안 담당이 혼자 독식을 하면서 위에는 떡고물도 바치질 않았던 모양이었다.

종태는 함 주임이 얼굴도 비치지 않는 것도 아마 사건을 조사하기 때문일 거라고 생각했다. 어쩌면 춘삼의 담배사건이 다 해결되어야만 비로소 자신은 혼거방으로 보내질 모양이었다.

그동안 담당은 몇 번이나 종태를 바깥으로 불러내어 자신의 곤경을 털어놓았지만 지금 자신도 어쩔 수가 없었다.

"종태, 너한텐 좀 미안하지만 마지막으로 안 되면 저번에 네가 건네줬다는 일억을 문제삼는 수밖엔 없겠어."

담당은 그 말을 꺼내려고 여러 번 망설였던 모양이었다. 그동안 종태를 불러내었으면서도 말을 못하고 망설이더니 마지막 결심을 한 모양이었다.

"지들도 똑같이 돈을 먹었으면서 나한테 덮어씌우려고 하는데 나도 그냥 있진 않을 참이야. 넌 뭐 아무런 문제도 없을 테니까 그냥 가만히 있어."

"……."

종태는 가만히 듣고만 있었다. 자신으로서도 전방 문제와 재판이 끝났을 경우의 출역문제가 남아 있었다. 그렇다고 목이 잘리는 판국인 담당을 모른 체할 수는 없었다. 우선 자신보다도 담당의 처지가 딱하다고 여겨졌다.

"어떻게 잘 되겠습니까?"

"한 번 붙어봐야 알겠지만 지들도 먹은 게 있으니깐 네가 물고 늘어지면 어쩔 수가 없을 거야. 아마 파면보다는 징계라도 받는 게 낫겠지……."

담당은 하루종일 의자에 앉아 있기만 했지 사방문을 따는 것까지도 모두 소지에게 시키고 있었다. 종태는 낮 동안 줄곧 난로 옆에 앉아 있었지만 담당의 괴로운 표정을 들여다보는 것보다도 차가운 방으로 들어오는 게 백 번 나았다. 방이래봐야 0.43평에 불과한, 혼자 드러누우면 꽉 찰 정도밖엔 되지 않아서 침낭 속으로 들어가 얼굴만 내놓고 누워 있는 것이었지만 차라리 그게 더 나았다.

1동 하 담당이 종태가 과장에게 건네준 돈을 문제 삼아 겨우 목숨은 건졌지만 멀리 오지인 청송감호소로 전출을 가버리고 나자 다시 허전함이 몰려왔다. 사람이 돈 때문에 아웅다웅하는 모습을 보면서, 또 썩어버린 구석의 냄새를 맡아버린 느낌이어서 기분이 좋질 않았다. 4동 하 혼거방으로 옮겨졌지만 당분간은 사람 냄새도 맡기가 싫었다.

다시 2동으로 간다는 것은 기대할 수 없는 일이었다.

종태가 전방을 간 방은 잡범방이었다. 4동 하였으므로 5동에 있는 병찬과는 바로 마주 보이는 그런 가까운 거리였다. 날마다 기상을 했을 때나 복도로 나오다가 병찬이 밖으로 고개를 내밀면 보이는 곳이다.

"형님, 4동으로 잘 오셨구만요."

"그래, 독방에서 고생 좀 했다아."

"나도 곧 갈 것 같습니다."

다른 교도소로 이송을 갈 거라는 말이었다. 지금 이송을 기다리며 머리를 박박 깎고 있었다. 머리를 깎으면 언제 떠날지 모르는 것이다. 어느 날 새벽에 갑자기 '이송 준비이!' 하면 벌떡 일어나 보따리를 싸야 하는 것이었다.

종태가 4동으로 오자, 4동 하 7방에는 마침 2동에서 데리고 있던 태식이 먼저 전방을 와 있었다. 태식은 그 방에서 배식 담당이었는데 맨날 식사가 끝난 뒤의 설거지를 하거나 세면장에서 잡수를 떠오는 것을 맡고 있다가 종태가 불쑥 사물보따리를 들고 나타나자 얼굴에 반색을 하며 달려들었다.

"형니임! 고생 많았지라우."

태식은 와락 달려들어 울듯이 엉겼다.

"그래, 네가 이곳으로 와 있었구나."

"네, 형님. 저도 이곳으로 온 지 얼마 되지 않아서 아직 쫄따구입니다. 저번에 있던 방은 거의 깨졌습니다. 전부 흩어져서 여기 4동에도 나 말고도 2방에 성군이가 와 있습니다. 형님이 마침 잘 오셨네요."

"그래, 이렇게 만나니까 참 반갑군 그래."

종태는 방 사람들이 쭉 지켜보는 가운데 태식과 이야기를 하고 있었다. 방 사람들은 웬 개뼈다귀가 들어왔는가 하는 표정으로 쳐다보더니 태식과 종태의 하는 말을 듣고는 주먹잽이라는 것을 알아 차렸는지 아무 말도 못하고 그저 그들의 하는 말들을 듣고만 있었다. 종태는 한 번 휘 둘러보았지만 자신이 꾸벅 고개를 숙여서 인사를 할 만한 위인은 없었다. 신입이라면 으레 그렇게 인사를 해야 당연했으나 종태는 그렇게 하질 않았다. 다만 누가 뭐랄 것도 없이 성큼성큼 걸어서 스스로 뺑끼통이 있는 곳으로 가 앉았다.

그것은 방 안의 사람들에게 보내는 일종의 도전장이었다. 태식이 잠깐 흔들리는 것 같더니 얼른 방에서 제일 고참인 듯이 보이는 이에게 다가가 귓속말로 무언가를 이야기하는 것이 보였다. 그동안 종태는 비록 절은 하지 않았지만 신입들이 앉는 자리인 뺑끼통 옆에 정좌를 한 채 두 주먹을 불끈 쥐고는 무릎 위에 올려놓고 있었다. 이미 재소자 목욕탕에서나 의무과, 또는 면회실 같은 데서 흘끗 본 이도 있을 것이고 종태의 신분에 대해서도 어느 정도 아는 이들도 있을 터였다.

"거, 편안히 앉으쇼. 태식이한테 들었는데 독방에서 고생이 많았다고 하니 자유스럽게 인사나 합시다."

감방장격인 완호가 그렇게 먼저 입을 뗐다. 그것은 일종의 선수를 친 말이었지만 미리 종태의 소문을 들어서 꼬리를 사리는 모양새였다. 이를테면 종태에게 밀려나겠다는 각오를 한 말과도 같은 뉘앙스였다. 방 사람들이 보는 앞에서 팍삭 찌그러드는 것이 아닌, 자연스럽게 밀려나는 제스처였던 것이다.

"고맙소, 이름은 차종태요. 먼젓방에서 뽕을 했다가 독방으로 갔다가 풀려났소. 여러분들과 같이 징역을 깨야 하는 사람이니까 잘 부탁드리겠소."

완호가 박수를 치자, 다른 사람들도 얼떨결에 박수를 치기 시작했다. 이걸로 신입에 대한 인사가 끝나버린 거였다. 다른 신입들 같으면 하루종일 뺑끼통 옆에 꿇어앉혀 있다가 저녁 식사가 끝나고서야 겨우 신입인사를 할 수 있었는데 그 인사라는 것이 또 무척 까다로웠다. 조금이라도 틀리면 다시 시켰고 인사말이 끝날 때마다 고개를 깊숙이 숙여야만 했다. 지금 종태에게는 그러한 것들이 모두 생략되고 있었다.

징역이란 데는 어차피 돈이 많거나 주먹이 세어야만 했다. 그래야 방 안의 사람들을 거머쥘 수 있었다. 제일 확실한 것은 주먹이었고 주먹잡이가 아니라면 돈이라도 많아서 돈으로 모든 것을 대체할 수 있어야 했다. 방 안에서 돈의 씨뿌리조차도 없이 무연고인 치들은 돈이 많은 재소자의 잔일을 도맡아 처리해야 했는데 그러면 자연히 먹을 것이 생겼고 자신의 통장에 돈이 들어갈 때도 있었다.

영양제를 사 먹으려 해도 돈이 없어 못사는 이들은 돈 많은 이가 대신 약을 사서 줄 수도 있었으며 영치금 카드에 돈을 넣어주고 싶으면 면회를 오는 가족에게 시켜서 돈 없는 재소자의 이름과 번호를 가르쳐주어서 바깥에서 돈을 넣어줄 수가 있었던 것이다. 그러니 자연 이곳에서도 무전유죄, 유전무죄가 엄연히 적용되고 있었다. 돈의 위력은 어딜 가나 마찬가지였다. 돈 많은 자들은 심지어 팬티까지 빨지 않았다. 모든 빨래를 빨아주는 대가로 먹을 것들을 사주거나 영치금을 넣어주면 되는 것이었다. 그것이 있는 자와 없는 자와의 상부상조하는 역할이었고 공생의 법칙이었다. 그러나 바깥에서처럼 야박하지는 않았다.

15

간통하는 여자들

서먹한 가운데 시작된 4동에서의 생활은 금방 익숙해져 갔다. 종태가 감방장이 되었고 완호는 방의 규율이나 잡는 식이었다. 그리고 태식이 배식반장이 되어서 종태를 등에 업고 왈왈거리고 있었다. 태식은 얼결에 종태가 나타남으로 해서 금방 급부상한 우두머리가 되고 말았다.

이제 모든 일은 태식이 알아서 처리하고 있었고 종태의 표정을 살피는 데는 누구보다도 그가 빨랐다.

"형님, 뭐 좀 드릴까요?"

"됐어."

"독방에서 고생 깨나하셨는데 영양제라도 많이 드셔야 합니다. 구매해놓은 게 많으니까 계란이랑 드십시오."

태식이 내미는 그릇에는 노른자를 뺀 계란이 담겨 있었고 그 위에 구매물로 파는 참기름이 듬뿍 부어져 있었다. 그리고 태식이 내미는 손바닥에는 영양제와 비타민 알약이 여럿 놓여 있었다.

　"형님, 이 방에는 아직 강아지가 한 마리도 없어서요. 굉장히 심심해요. 저번 방처럼 담배나 많이 들어왔으면 원이 없겠는데……."

　태식은 일부러 말끝을 흐렸다.

　"그래, 나도 다 생각중이다. 일단 이 방 안에서 코를 바를 놈이 있나없나를 본 다음에 강아지를 키워야지. 안 그래?"

　"형님, 아직 이 방에는 그럴 만한 인물은 없습니다. 믿으셔도 됩니다."

　태식이 입을 종태의 귀에 바싹 갖다대며 나직이 속삭였다. 그러나 종태는 얼굴을 휙 돌려서 태식의 얼굴을 정면으로 쏘아보았다.

　"아직은 몰라, 넌 아직 어려. 사람은 겉으로 봐서는 안 돼. 언제 어떠한 일로 불어버릴지 모르는 게 감방이야. 그리고…… 출소하면서 불어버리고 나가는 놈도 있으니깐 조심해야 돼."

　"아, 알겠습니다. 형님께서 여러모로 생각을 갖고 계신 줄도 모르고…… 괜히 제가 헛다리를 짚은 것 같습니다."

　태식은 다시 종태의 주도면밀함에 감복해서 머리를 조아렸다. 역시 보스다운 치밀함이라고 여겨졌다. 요즘의 주먹들은 오로지 무식해서도 안 되었고 머리에 든 게 있어야 제대로 부하들을 휘어잡을 수가 있었다. 근래 들어서 체대 출신들이 주먹세계로 발을 들여놓는 경우도 허다했는데 그치들은 활동 중에 경찰 계통으로 빠진 같은 동기끼리 조우하는 경우도 있었다. 한 마디로, 같은 체대를 나와 경찰과 조직의 세계에서 서로 만나지는 것이었다. 아직은 그래도 옛날부터 오로지 주먹을 써서 쌓아올린 어깨들이 꽉 잡고 있었지만 맹추격을 하며 따라 올라오는 이들이 바로 체대 출신들이었다.

"그럼 됐어, 잠자코 있으면 내가 파악이 끝나는 대로 강아지를 키울 테니깐."

"알았습니다."

태식은 읍하면서 물러났다. 구치소의 저녁이 저무는지 황혼이 낮게 깔리고 있었다. 창살 밖으로 보이는 전깃줄이 바람에 흔들거리고 있었고 비둘기들이 바람에 떠밀려 날아가고 있었는데 날아가는 속도보다 바람이 더 센 탓인지 깃털이 훌렁 벗어지기도 했다. 비닐로 된 창문을 열면 금방이라도 얼굴을 후려치는 바람이 몰려들고 있었다.

저녁을 먹고 난 다음은 언제나 어김없이 잡담을 나누었다. 빙 둘러앉아 하릴없는 노인네들처럼 사타구니를 벌리고 아무렇게나 앉아 하루의 입가심을 하는 차례였다. 담당도 낮 동안의 근무에 지쳤는지 난로에서 일어날 줄을 몰랐고 이제 방 안에서 웬만한 소음이 들려도 제지하려 들질 않았다. 씨름을 하는지 마룻바닥이 쿵쾅거리는 소리, 팔씨름을 하느라 응원을 해대는 소리, 과자봉지를 뜯는 소리, 창살에 붙어서서 노래를 뽑아내는 소리…… 온갖 잡음들로 만원이었다. 어떤 이는 입에 손바닥을 오무리고 뜬금없이 '오마니이!' 하고 악을 써댔고, 그러면 반대편에 있는 사방에서 창문을 홱 열어젖히고는 '야 이 씨팔놈아, 네 엄니는 내가 다 먹어치웠다!' 하고 반격을 하거나, '그래에, 엿이나 많이 처먹어라아! 하고 소릴 지르질 않나, 한 마디로 우당탕 개판이었다.

어둠이 조금씩 내려 쌓이는 것이 그렇게도 처량할 수가 없었던지 사람들은 갑자기 내면의 그리움을 밖으로 쏟아내고 있는 중이었다. 무슨 말이든 해야 직성이 풀리는 것처럼 보였다.

"야, 재밌는 이바구나 한 번 해보더라고."

이제는 태식이 방을 꽉 잡고 있었다. 그래선지 태식의 말에는 어느 정도 힘이 들어가 있기도 했다. 종태는 느긋하게 누워 있으면서 속으로는 태식이도 많이 컸구나 하는 생각을 했다.

"아, 탁기수 씨, 간통 얘기나 한 번 하지. 형님은 못 들었으니까 다시 리바이벌한다고 생각하고 말이야."

누군가 그렇게 서두를 꺼냈다. 그러자 전부 눈빛을 빛내면서 탁기수를 쳐다보았다. 탁기수는 서른을 갓 넘었을까 말까한 나이에 약간 야윈 편이었다.

"형님이 못 들으셨으니 다시 한 번 틀어보지요. 난 원래 월 부책장수 아니었겠습니까. 그래서 맨날 이집 저집을 돌아다니다 보니 안 다닌 데가 없을 정도지요. 지금 여사에 붙잡혀와 있는 여자 공범은 나이는 적지만 결혼을 꽤나 일찍 한 모양인지 아이들이 제법 커요. 그런데 하루는 내가 어느 집을 방문했는데 그 여자가 마당에서 빨래를 하고 있더라구요. 그래서 잠겨진 대문 틈 사이로 소릴 쳤죠. 아이들 책이나 월부로 좀 들여놓으라고요. 그랬더니 그 여잔 처음부터 문전박대를 않고서 대문 쪽으로 고갤 돌리더니 무언가를 한참 생각하는 것처럼 대문을 보고만 있더라구요. 그래서 됐구나 하는 마음으로 문을 탕탕 쳤죠. 아마 아이들 책이 필요한 거구나 하고 말이죠. 그 여자 참 조그맣고 예쁘게 생겨먹었어요…… 지금도 재판을 나가게 되면 만나는데 자꾸 나가서 같이 살자고 그래요. 남편이 얼마나 성질이 개떡 같은지 맨날 술만 처먹으면 들어와서 개 패듯이 팬다는 거예요. 그 여자 말로는 따로 여자를 얻어 살림을 하는 모양이던데 도저히 맞고서는 못 살겠다는 겁니다. 맞는 것도 하루 이틀이지 맨날 트집을 잡아 패대는 데에는 하늘이 무너져도 못살 것 같다는 거예요. 차라리 이혼을 해주면 좋겠는데 이혼은 죽어도 안 된다는 거지요. 그러면서 며칠씩 집에 안 들어오거나 생활비까지 주지 않을 때도 있다는 겁니다.

그 여자는 너무 어려서 결혼을 해서 아이들은 제법 컸는데 아직 팽팽해요. 그래서 내가 들어가서 책을 팔기 위해서 이런저런 얘기를 하다가 보니 그 여자가 커피를 끓여주질 않나…… 우리들은 여러 집을 방문해봐서 척하면 알지요. 그렇게 커피를 끓여주는 집은 정말 드물거든요. 그런 집은 틀림없이 책을 사는 겁니다. 통수가 뻔한 거죠. 이크, 한건 걸렸구나 하고 느긋하게 마음먹고 빙빙 돌려서 이야기를 하는데 나중에는 자신의 푸념 같은 걸 마구 늘어놓더라구요. 그래서 나도 약간 장단을 맞춰주곤 했죠. 사는 게 다 그런 거라느니, 인생을 살면 얼마나 오래 살겠느냐느니 하면서 말예요. 그렇게 떠들어대다가 그 여자한테 아이들 책을 월부로 팔았고 선금도 얼마 받아서 내가 차나 한 잔 사겠다고 했더니 쾌히 응낙하더라고요. 그래서 우리는 찻집으로 가서 처음에는 커피를 마셨지요. 내가 커피 값을 내려고 했는데 그 여자가 불쑥 돈을 지불하더라고요. 이것 참, 책도 팔고 커피도 얻어먹고 꿩 먹고 알 먹는 기분이었어요. 그리고 다음 달에 월부금을 받으러 갔다가 또 우리는 찻집으로 갔지요. 그날은 제가 월급도 받은 것도 있고 해서 맥주나 한 잔하는 게 어떠냐고 넌지시 물었더니 자기도 좋다고 그러대요. 그래서 차츰 가까워졌는데…… 나중에 알고 보니 지금 있는 남편과는 죽지못해 살고 있다는 겁니다. 이야기를 들어보니 이혼이라도 해준다면 혼자 살 각오도 되어 있더라구요. 참, 내가 어리석었지요. 나는 아직 총각이어서 한창 굶주려 있을 때였는데 석자의 그런 말을 듣게 되니 그게 가만있을 리가 있겠습니까? 우리 둘은 틈만 나면 만나서는 커피도 마시고, 맥주도 마시면서 주로 낮에 여관엘 들락거렸지요. 그 여자도 참 많이 굶주려 있었던 것 같아요, 한창때인 나이에 매일 맞기만 하고 살았으니 오죽했겠어요. 정말 돈이라도 많았으면 돈이라도 많이 뽑아낼 생각이었는데 돈은 없어요. 그게 좀 아쉬웠지만 그런대로 데리고 놀 만한 여자더라구요. 한 번 붙으면 떨어질 줄을 몰랐으니까요. 그 여자 차암 불쌍하데요. 할 때마다 좋아서 우는 것인지 슬퍼서 우는 것인지 우는 건 끝내주더라구요. 나도 기분이 이상해지더라구요. 어떤 날은 극도로 흥분이 되기도 하고, 또 어떤 날은 나도 따라서 흥분이 됐어요. 그 여잔 한 번 만날 때마다 그 동안 밀린 숙제를 하듯이 그렇게 열광을 해댔는데 나중엔 내가 코피가 날 것 같더라구요. 으이그, 여자가 그렇게 끌어안는 건 첨 봤어요. 하고 나면 허리가 다 부러지는 것 같으니까요. 그 여자가 그래요. 우리 둘이서 어디로 달아나서 같이 살자고. 내가 뭐 미쳤습니까? 아직 총각이 뭐가 부족해서 유부녀한테 빠져서 그 지랄하겠습니까. 단지 기분이나 내자고 한 건데. 그 여잔 점점 거세어지더라구요. 처음엔 낮에 여관엘 들어가는 것에 대해 쑥스러워했는데 점점 대담해지더라구요. 눈에 보이는 게 없는가 봐요……

기수가 말을 마치고 방 안을 휘 둘러 보았다. 그러자 듣고 있던 사람들이 다그쳤다.

"야, 그래서, 어쨌다는 거야? 조져놓고서는?"

"에이, 형님도. 저번에 다 들었잖아요? 똑같은 이야긴데 뭘."

기수는 종태를 바라보고 있었다. 종태가 빙긋 웃어보이자 그는 또 이야기를 꺼내기 시작했다.

"아, 고년하고 대낮에 한참 그짓을 하고 있는데 여관으로 남편이 나타났더라고요. 옆엔 경찰관까지 데리고 말예요. 그땐 정말 황당해지더라고요. 도망을 칠 수도 없고…… 벌거벗은 상태에서 방문이 홱 열리니까 꼼짝없이 죽었구나 하는 생각뿐이었어요. 그런데 그년은 평소보다도 대담하대요. 남편이 다가와서 귓뺨을 후려대는 데 마구 대들더라구요. 뭐라는 줄 아세요? 차라리 징역가서 사는 게 백 번 낫겠다는 거예요. 그때 남자한테 죽도록 맞았는데도 끄떡 없더라구요. 확실히 여자가 더 독종인가 봐요. 한 마디로 내가 그년의 밥이 된 거지요. 지금도 재판을 나가면 같이 살자고 끈덕지게 요구하지만 나는 웃고 말지요. 그년의 남편이 나와서 같이 살자며 합의를 해준다고 해도 그년이 굳이 안 나가겠다는 통에 나는 덤으로 징역을 사는 겁니다. 지가 남편하고 살기 싫으면 살기 싫은 거지 나까지 물고 늘어지는 건 또 뭡니까?"

"야, 임마. 그러니까 잘 보고서 그걸 놀려야지 아무렇게나 놀리니까 그렇지.”

이번에는 문종이가 킥킥거리면서 대꾸했다.

“이혼을 하려고 해도 남자가 이혼을 해주지 않으면 여자들은 그런 식으로 간통을 해버린다는 거 몰라?”

“요즘 여자들 말이야…… 가끔 부부싸움이라도 하고 나면 혼자 집을 나와서는 술집에 가서 술을 마시다가 아무나한테 막 줘버린다는 거야. 홧김에 그런다는 거지. 정말 말세야, 말세.”

누군가 그렇게 말했다. 그러자 또 다른 사람이 말을 받았다.

“이거, 불안해서 징역 살겠나? 우리 마누라도 내가 여기 있는 동안 춤바람이라도 나서 어느 놈한테 막 줘버리는 거 아닌지 모르겠네. 내가 여기 갇혀 있으니 알게 뭐야. 안 그래?”

“그 말이 맞아. 니 여편네는 이제 살판났구나 하는 식으로 마구 돌아다니겠지. 그러니까 죄를 지으면 안 되는 거라구.”

“앗따, 그럼 형씨는 어떻수?”

“나야 뭐, 어른들하고 같이 사니까 바람을 피우려고 해도 어렵겠지.”

“아이구, 형님. 제발 정신 좀 차리쇼. 요즘 밤에 그짓을 합니까? 벌건 대낮에 꽉꽉 찬다는 여관 이야기도 못 들어보셨수? 차를 타고 조금만 벗어나면 아주 죽여주는 데가 어디 한두 군데유? 그리고 말마따나 그짓을 하는 데 걸리는 시간이 그리 길어요? 딱 30분이면 되는데. 그리구 나서 탈탈 털고 집으로 돌아오면 요조숙녀지, 뭐."

"야 이놈아, 그런 악담도 다 있냐? 넌 우떻게 고런 데로만 머리를 쓰냐?"

"아, 그럴 수도 있다는 거 아뉴? 형님도 너무 장담하지 말아요. 자고로 알다가도 모를 게 여자니깐⋯⋯."

"어쭈, 머리에 피도 안 마른 놈이 알기는 알어가지고서⋯⋯."

이번엔 제법 나이가 든 오진현이 문종에게 힐난을 하고 있었다. 문종도 지지 않을 태세였다. 양반자세를 고쳐 앉으면서 자세를 바로 잡고 있었다.

"나도 말입니다, 호스트바에서 일할 때, 그런 여자들 많이 봤어요. 십만 원짜리 수표 한 장 주고서는 별의별 지랄을 다 떠는 그런 늙은 여자들한테 질려버렸어요. 나이는 전부 사십대나 되어가지고 우르르 몰려와서는 돈을 펑펑 써대고는 자식들보다도 더 어린 아이들한테 침을 질질 흘리면서 사타구니에 손을 집어넣는데 정말 간을 빼놓지 않고서는 그 장사 못해요. 한 번 호텔로 따라가면 죽어납니다. 색은 또 얼마나 밝히는지⋯⋯ 남자들은 한 번 죽어버리면 금방 못 일어나는 건데도 지가 무슨 마릴린 몬로라고 허겁지겁 또 달려드는 통에 미친다구요. 다 늙어서 뱃가죽이 울퉁불퉁한 것들이 밥 맛 떨어지게 자꾸 보채면 그거 할 맘이 싹 달아나버린다구요. 나중에는 아예 그걸 잡고서 통사정을 하듯이 살려보려고 애를 쓰는데 그럴수록 어디 일어서야죠. 완존히 기분 잡치는 거죠, 뭐. 돈은 또 많아가지고 돈으로 해결하려는 여자들이에요. 뻑하면 돈을 내보이고 또 뻑하면 다음에 얼마주겠다고 살살 꼬드기는 꼴이라니. 거기서 1년만 일하면 진이 다 빠져버려서 남자 구실도 제대로 못해요. 1년 안에 한밑천 잡아가지고 나와야 제대로 된 장사예요. 처음엔 선배들이 다 그런 말들을 하길래 무슨 말인가 했는데 나중에 알고 보니 그렇더라구요. 대낮에 문을 걸어 잠그고 영업을 하는데 밤보다도 낮 손님이 더 부자예요. 밤에는 정말 쫙쫙 빠진 호스테스들이나 여대생들이 오니깐 그것도 할 만했는데 낮에는 영 짜부라지는 거예요. 한 마디로 돈보고 그짓 하는 거죠. 요즘 여자들, 말도 못해⋯⋯."

"너, 그거 얼마나 했냐?"

종태가 물었다.

"한 1년 했지요, 아마. 나중엔 무감각해지는 게 마치 병신이 되는 거 아닌가 해서 더럭 겁이 다 나더라구요. 그래서 그만뒀어요. 그리고 거긴 나이가 완전히 십대 아니면 안 받아요. 십대래야 영계라는 거죠. 늙은것들이 단물만 빼먹는 다니까요."

"흐흐흐, 너 아주 어린 게 별 걸 다 해봤구나아."

"그럼요, 거긴 주인이 일부러 그렇게 시켜요. 미리 관계를 하기 전에 감기약이라든가 티스트롱 같은 약을 발라서 거길 둔하게 만들어야 한다고요. 그리고 오래 시간을 끌어야 다음번에도 손님이 찾거든요. 돈이 좀 생기면 히로뽕도 미리 맞아요. 히로뽕을 하면 오래 할 수 있다는 이점이 있지만 우선 늙은 여자의 뱃가죽도 싱싱한 것처럼 보여지니까 억지로 하는 거예요. 늙은 것들 하고 한두 번이지 매번 그럴려면 정말 고역이에요. 나중에는 헛구역질이 불쑥불쑥 다 튀어나온다니깐요. 마치 임신한 것 같이 그짓을 하면서 꽥꽥거리지요. 정말 지옥 같기도 하고 천당 같기도 해서 뭐가 뭔지 모르겠어요."

"얌마, 지옥이면 지옥이지 천당은 또 뭐냐?"

"돈이 생기고 쌈쌈하게 빠진 계집애들이 올 땐 천당이고, 늙은 것들이 추근댈 땐 지옥이지요."

"우하하, 그으래. 그 말도 맞는 말이구나."

방 안은 또 폭소가 터졌다. 바깥의 추운 날씨도 그런 이야기에 몰두할 적에는 전혀 춥게 느껴지지 않았다. 이야기의 따뜻함에 눈녹듯이 녹아지는 것이었다.

"근데 넌 절도잖냐?"

누가 그렇게 물었다. 그러자 문종이 이내 새침해졌다. 김이 빠진 모습이었다. 기껏 절도라는 치욕적인 사실을 들먹이다니.

"뭐, 돈푼 깨나 있는 늙은 년의 핸드백에서 백만 원짜리 수표 두 장 빼낸 겁니다. 안불 줄 알았는데 아주 약더라구요. 돈이 그렇게 아까운 년이 뭐 하러 그런 델 오는지 이해가 안돼요.

저번에도 더러 그런 일이 있었지만 대개 그런 여자들은 알면서도 모른 척 눈을 감아주는데 늙은 것이 주책이더라구요. 나중에 나가면 남편한테 확 불어버릴까 하고 생각하고 있어요."

"야야, 치사스럽다야. 남자새끼가 뭐가 그리 옹졸하냐? 좋은 경험했다고 생각하면 되는 거지."

담당의 '각방 취침'이라는 구호 소리가 들리자 그들은 후닥닥 일어났다. 이미 옆 방에서는 창문을 탕 열어젖히는 중이었다. 이불을 벽장에서 꺼내는 동안 나오는 먼지는 가히 엄청났다. 그랬으므로 그들은 수건을 잘라서 만든 마스크를 썼는데 머리카락 사이로, 목덜미로 들어가는 비듬 같은 먼지로 인해 눈이 따가울 정도였다. 창문이란 창문은 모두 다 열어젖혔지만 소용이 없었다. 눈썹에 붙은 하얀 먼지가 보일 지경이었다. 우당탕거리는 중에 취침나팔 소리가 들려왔다. 딴따따따 딴따따따, 이불 깔아라, 딴따따따, 자지 얼어 뿌릴라 이불 깔아라아……재소자들은 취침나팔 소리를 그렇게 바꾸어 불러댔다.

구치소에 밤이 오면 비둘기들이 서둘러 창문께로 가 창틀에다 잠자릴 틀었고, 고양이들이 어슬렁거리며 배회하기 시작했다. 낮 동안에 밖으로 나오지 못하던 새끼고양이까지 바깥으로 나와 사방과 사방 사이를 뛰어다니거나 복도에까지 걸어다녔다.

밤이 되면 모든 쇠창살이란 쇠창살은 모두 자물쇠로 굳게 잠겨 지고 낮 동안에 출역수들이 쓰던 공구들도 일일이 검사가 끝난 다음에 직원의 입회하에 든든한 자물통으로 채워졌다. 구치소에 채워져 있는 자물쇠를 모두 끌어모으면 아마 한 트럭은 족히 될 것이었다. 다닥다닥 철문이 있어 사람들의 통행을 제한하고 있는 것처럼 그 숫자만큼 자물쇠가 채워져야 하는 것이었다. 가끔 순찰을 도는 순찰병들이 갖고 다니는 통로의 열쇠꾸러미가 쩔렁거렸고 잠결에도 덜컹 문을 따는 소리에 마치 지옥의 입구에 와 있는 섬뜩함을 던져주었다.

가끔 경인간 국도에서 급브레이크를 밟는지 끼이익거리는 소리가 기분나쁘게 들려왔다. 또 누가 죽었거나, 교통사고를 일으켜 열흘 뒤면 구치소로 넘어올 사람이 생긴 것처럼 괜히 기분이 나빠졌다.

밤중에는 모든 사물들이 쥐죽은 듯이 고요해서 구치소가 있는 이곳이 언제 서울 한복판이었는가 싶게 허전해지기도 했고 지척을 두고도 밖으로 나갈 수 없는 마음이 더욱 한심스러웠다. 종태는 자신이 은영일 죽이던 날, 그날로 탈주를 해서 멀리 일본이나 홍콩으로 달아나버릴 생각을 먹지 않았던 데에 대해서 이때까지 후회 같은 건 없었다. 그러나 짜증이 날 때마다 왜 그날 달아나지 않았던 가에 대해 의구심이 들지 않을 수 없었다. 만일 국외로 탈주하는 것만 성공했다면 지금 이렇게 갇혀 지내지는 않을 터였다. 충분히 행복할 수 있을 것이고 무슨 일이든 할 수 있을 것이다. 어쩌면 국내로는 들어오지 못할지도 모르지만 국제적인 마약조직을 일으킬 수도 있을는지 모른다.

종태는 그저 눈을 감고 있었다. 지금 방 안에서는 아직 잠들지 않은 재소자들이 엎드려서 책을 보거나 잡담을 나누면서 시간을 깨고 있었다. 소위 그들이 말하는 좆통수는 불어도 법무부 시계는 간다는 식이었다. 밤이 오면 또 하루가 깨어질 것이고 잔반을 먹는 그릇수 만큼 통산 일수는 올라갈 게 뻔한 것이어서 전부 재판정에서, 이태껏 살았던 징역의 날수에 포함되고 있었다. 판사는 항상 선고를 내릴 때마다 재소자들의 구치소 구금 기간을 날수로 환산해서 포함시키고 있었다. 그것을 흔히 통산 일수라고 불렀다.

담당이 몇 번 방 안을 기웃거리기는 했으나 그것은 으레 하는 행동이었다. 그저 형식적인 시찰에 지나지 않았다. 종태는 가만히 누워 방 안의 사람들이 나누는 대화를 듣고만 있었다. 그들은 또 여자 이야기에 빠져들어 있었다. 여자 이야기란 아무리 해도 질리지 않는 그런 거였다.

"정식 씨가 한 번 얘길 해보지."

누군가 엎드려서 그렇게 말했다. 하나 둘 누워 있던 사람들도 엎드리기 시작하면서 점점 이야기꽃이 달아오르고 있었다.

"저야 뭐 공범이 세 명이나 되니까 전부 구멍 동서라고 해야 할까요.”

정식이 서두를 그렇게 꺼내자 전부 크흐흐 하고 웃기 시작했다. 갑자기 키들거리는 거였다. 종태가 영문을 몰라서 얼굴을 쳐들자 누군가 설명하듯 말했다.

“아, 저놈은 글쎄 공범이 전부 넷이에요, 넷요. 간통에 공범이 네 명이면 어쩝니까 그래.”

종태는 영문을 모르고 그저 웃었다. 하여튼 간통에 공범이 네 명이라니 우습긴 우스운 일이었다.

“저야 뭐 처음에는 알았나? 나중에 잡히고 보니까 전부 알만한 사람들이더라구요. 앞집, 옆집, 아래층이더라구. 처음에 경찰서로 잡혀갔을 땐 조서를 받는데 나도 웃음이 쿡쿡 나오더라니까. 그년이 얼마나 색을 밝혔으면 그렇게 몰래 남자들을 한 아파트에 여럿을 숨겨놨는지 모르겠어. 세 명이 조서를 받는데 정말 우스웠어. 다 알만한 얼굴이었어. 경찰관이 너는 언제 몇 시에 만나서 몇 번을 했느냐고 물었고, 그러면 질문을 받은 사람은 언제 몇 시에 만나 몇 번을 했다고 진술했는데 전부가 다 진술한 걸 비교해 보니까 그년이 정말 지독한 년이더라구. 하루도 빠지지 않고서 두 놈과는 관계를 가진 거야. 그러니까 시간을 서로 엇갈리게 해놓고서 만난 거지. 우와, 그만한 색골은 머리털 나고선 처음이야. 남편이 있는 년이 말이야, 그것도 한 아파트에 세 놈씩이나 정부를 둔 거지. 경찰관이 기가 차서 실실 웃기만 하더라구. 내가 맨 나중에 붙잡혀 갔었는데 경찰관이 대뜸 옆에 있는 사람들에게 동서되는 사람이 왔다고 소개를 하길래 난 또 무슨 소린가 했더니 나중에 알고 보니 전부 나처럼 그년의 정부로 붙잡혀 온 거야. 지금 여기 구치소에 있는데 한 놈은 7동에 봉사원으로 있고, 또 한 놈은 9동에 있어. 재판을 받으러 나가면 판사도 웃는다니까. 나 참, 기가 막혀서 말이야. 전번에 재판을 나갔다가 방청석에서도 얼마나 웃어대는지 재판이 진행되질 못하고 늦어진 적이 있었어. 그래도 그년은 뻔뻔스럽더군. 한 마디로 내논 여자더라구."

정식이 자신도 우스운지 웃으면서 얘길 하고 있었다.

"왜?"

"아, 글쎄, 재판을 나가려고 출정 버스를 타는데 공범에게 일일이 눈인사를 던지는 거야. 안 그래도 담당들이 그런 사실을 알고는 어떻게 하나 보고 있는데도 그년은 그것도 눈칠 못 채고 인사를 하고 있어. 그리고 여사에서 나온 여자들도 킥킥거리고 웃고 있더라니깐. 아우, 이제는 재판나가는 것도 겁나서원. 이건 완전히 놀림감이지 뭘……."

"아, 그래도 재미를 볼 땐 좋았잖아? 그 여자도 색에 밝았으니 잘해줬을 거고…… 이제와서 그런 얘길 해? 우하하하."

"거, 웃지 마쇼. 남은 창피해 죽겠는데 지금 놀리는 거요?"

정식은 괜히 그래보는 것처럼 자신도 웃고 있었다. 방 사람들은 모두 숨이 넘어가도록 끽끽거리고들 있었다.

"그 여자, 뭐 하는 여자야?"

누군가 그렇게 물어보았다.

"그냥 집에 있는 가정주부지 뭐야. 그런데 아마 천성적으로 색골로 태어났나 봐. 안 그러면 그럴 리가 없지. 그년과 잠자리를 같이 하면 이건 뭐 끝도 없어. 자꾸 보채는 거야. 내가 머리털 나고 그런 여자는 본 적이 없어. 이건 아마 기네스북에 오를 감이야. 술집 여자라면 또 모르겠는데 가정주부라는 여자가 그러니 난들 처음에는 달리 의심할 턱도 없었지."

정식은 이제 자신의 이야기에 골몰해서 남들이 웃는 것만으로도 자신이 즐거움을 선사하고 있다고 여기고 있었다.

"어떻게 만났는데?"

이번에는 상돈이가 물었다. 그게 궁금한 모양이었다.

"어, 그게 말이야. 그러니까…… 늦게 술 한잔 하고선 퇴근하다가 아파트에 다 와서 슈퍼에 물건을 사러 들어간 거지. 늦어서 애들에게 먹을 거라도 사들고 가려고 슈퍼엘 들렀는데 마침 어떤 여자가 아는 체를 하더라구. 먼저 고갤 까딱거리면서 인사를 하길래 얼떨결에 인사를 했지만 난 술에 취해서 얼른 기억이 나질 않더라구. 그리고는 물건을 사가지고 슈퍼를 나오는데 종종걸음으로 따라 나오면서 다시 아는 체를 하는 거야. 그래서 누구시냐고 물었고 그 여잔 같은 아파트에 사는 사람이라고 하더라구. 아하, 그러시군요, 하고 대답을 했지. 약간 술에 취해서였는진 모르지만 젊고 섹시한 여자였어. 더구나 여름이라 짧은 반팔을 입었는데 느낌이 아주 싱그럽더라구. 그래서 우리는 아파트 단지 안으로 천천히 걸으면서 이야기를 했고 내가 좀 짓궂게 농담을 했더니만 깔깔거리고 마구 웃는 거야. 한마디로 내가 참 재미있는 사람이래나 뭐래나, 그래서 아파트 단지 안의 어두컴컴한 벤치에 앉아서 이야기를 나누다가 보니 다음에 만나 커피라도 한잔하자고 별 의미 없이 이야기를 하고 헤어졌는데 다음날 우연히 또 만난 거야. 그래서 이번에는 아파트 앞에 있는 커피숍에서 만나 이런저런 얘기를 했는데 정말 재미있는 여자더라구. 그리 천박해 보이지도 않고 잘난 척하지도 않는 그런 여자였어. 이야기를 하다가 보니 나도 모르게 점점 호감이 가더라구. 그 여자 말이 자기 남편은 일류 기업의 엔지니어라고 하더군. 그리고 실제로 그 말도 맞았어. 난, 또 처음엔 술집에 나가는 작부인지도 모른다는 생각도 했었는데 그 여자가 말한 회사에 아는 친구가 있어서 확인을 해봤더니 정말로 그런 사람이 있더라구. 그리고 그 다음부턴 더욱 자연스레 친해진 거야, 그 여잔 일을 치르고 나서도 집엔 꼭 들어가는 형이야. 가끔 남편이 지방으로 출장을 가는 날이라도 집엔 꼭 들어갔으니까 남편은 자신 외에 남자가 셋이 나 있다는 것을 꿈에도 눈치를 채지 못했을걸? 시간 약속도 아주 철두철미해서 완전히 칼이야. 조금이라도 시간이 지체되면 먼저 짜증을 부리는 거였어. 처음에 잡힌 건, 위층에 사는 남자랑 같이 있다가 잡혔는데 그 여자의 수첩에 있는 전화번호를 보고 남편이 의심을 하기 시작한 거야. 그래서 자꾸 추궁을 하니깐 결국 그 여자가 다 불었는데 아마 남편은 전에 만나던 남자쯤으로 알았다가 막상 지금도 교대로 만나고 있는 남자들이란 것을 알고는 기절초풍해버렸을 거야. 한 놈만 불면되는 걸 가지고 말이야, 그 여자는 참. 전부 셋 다 불어서 줄줄이 엮어들어온 거지, 뭐."

"야, 혹시 그 가시내 또라이 아냐?"

누군가 빈정거리듯이 물었다. 그러자 모두들 키들거렸다.

"아냐, 정신은 말짱해. 아마 남편이 윽박지르거나 살살 꼬드기니까 순순히 불었겠지. 너래도 남편이 진실대로 말 안하면 안 데리고 살겠다고 하면 안 불겠어? 아마 그래서 순순히 용서를 빌면서 불었겠지."

"그럼, 누가 제일 윗동서냐? 정식이 넌, 몇 번째고?"

정말 짓궂은 질문이었다.

"7동에 있는 양반이 대충 40대쯤이니까 제일 윗동서일 거고, 9동에 있는 양반이 나와 거의 나이가 비슷해. 만나기는 내가 제일 나중이니까 내가 제일 막내인 셈이지."

"그러니까 그 여잔, 남편까지 모두 넷을 데리고 살았네?"

"우하하하…… 그것 참 재미있는 일이네."

이제 방 안은 웃음이 그치질 않았다. 한 사람이 그치면 다른 사람이 더 크게 웃었고, 또 다른 사람이 웃어젖혔다. 정식도 같이 따라 웃고 있었다. 담당이 놀라서 방 안을 휘둥그래 살폈지만 얌전히 엎드려서 웃고 있는 것에 안심을 하곤 돌아갔다. 언제 방 안의 불빛이 어두워졌는지 몰랐다. 아마 밤 열 시가 넘은 모양이었다. 구치소에는 밤 열 시가 넘으면 취침을 시키기 위해서 전등불의 밝기를 낮추고 있었다. 희미한 불빛 아래서 아직도 자지 않는 재소자들이 허연 이를 드러내놓고 시시껄렁한 이야기를 주고받고 있었다. 밖에서는 세찬 바람이 전깃줄을 울리며 지나가고 있는지 윙윙거리는 소리가 났다. 맨날 하릴없이 방 안에만 갇혀 있는 그들에겐 그런 시간만이 가장 행복한 시간이었다. 약간의 비애와 막연한 두려움으로부터 벗어날 수가 있는 유일한 오락이었다. 내일 자신의 재판이 어떻게 판결이 내려질지는 아무도 염려하지 않았다.

밤바람이 제법 부는지 창문에 쳐진 비닐이 너덜거렸다. 그리고 사람의 온기가 묻어 있는 창문틀 위에 둥지를 튼 비둘기들은 밤새도록 구르륵거리는 소리를 냈고 재소자들의 쌔근거리는 숨소리는 천진난만 그 자체였다. 바깥에서 비록 죄를 짓고 들어오기는 했지만 인간의 잠든 모습은 정말 순진무구의 모습 그대로였다. 저런 걸 두고 성선설을 주장했을지도 모른다는 생각이 번쩍 들었다. 그렇다. 본래 인간은 착하게 태어났다가 어

90

느 순간 뒤틀려버린 건지도 몰랐다. 환경이 그랬고, 사회가 그렇게 만들었고, 먼저 살다간 조상들이 그렇게 살아가도록 방치해둔 것인지도 몰랐다. 구치소는 전부 날개짓이 부러지고 꺾어지고 절뚝거리는 자들만의 음습한 무덤이었다.

하나같이 똑바른 데라곤 없는 사람들이 습지에 나는 잡초처럼 돋아나 있었다. 이미 그들의 삶은 미리 예견된 것인 양, 어디엔가 단단히 고장이 나 있었다. 고아로 자라나 이 사회의 무지막지한 폭력에 멍이 들대로 들었으며, 편모슬하에서 한 번 꿋꿋이 피어나기도 전에 난지도 쓰레기더미께가 있는 곳으로 치워져버린, 원인을 규명해나가다 보면 아주 어렸을 적부터 무엇엔가 상처를 입어버린 자들의 휴양지였다. 삶이 그들의 항로에 무거운 짐을 얹어주었다가 스스로 폭삭 가라앉도록 만들어버리지나 않았는가 겁이 날 정도로 그들은 정답처럼 단순하게도 고척동 102번지로 모여들고 있었다.

삶이 그대를 속일지라도, 고척동 102번지는 그대들의 영원한 안식처일지니…… 그들의 배경에는 아무것도 없었다. 돌아보면 그저 황량한 잡풀들뿐이었다. 누구는 뒤에 누가 있어서 가만히 있어도 출세의 길이 열려 있다라는 말과는 정반대인 그들의 삶, 서로 찢고 싸우지 않으면 단 하루라도 제대로 살아갈 수 없는 고통의 삶이었다. 더러는 역경을 물리치고 떳떳하게 살아가고 있다고 말들은 하지만 그들이 그러한 것을 누리기에

는 너무 의지가 약했다. 그리고 배움이 없었다. 돈의 씨뿌리조
차도 없었다.

사람이 사흘만 굶으면 도둑질을 안 하고는 못 배길 것이라는
말은 맞는 말이다. 스스로 찾아오는 죽음을 눈앞에 두고 도둑
질을 하지 않을 사람이 어디 있겠는가. 있는 자들은 쉽게 말한
다. 차라리 죽는 게 낫다라고. 그리고 노가다를 해서라도 살 수
있다라고 떠벌린다.

여기에는 굶다가, 굶다가 어린 아이들을 데리고 강물에 풍덩
뛰어들었다가 여자만 달랑 살아남았다고 하면 흔히 우리들은
그 여자의 비정만 노래한다. 죽어버리겠다고 결심하기까지 얼
마나 고통스러웠으면 하나밖에 없는 삶을, 그것도 자신의 뱃속
으로 열 달 고통 끝에 낳은 자식을 끌어안고 죽으려 했겠는가.
이곳의 삶은 누구라도 함부로 말하지 못한다. 삶에는 다 이유
가 있기 때문이다.

구치소의 밤은 그래서 더욱 침침하다. 낮은 촉수의 전구알이
내어뿜는 불빛이 시골역의 간들거리는 불빛처럼 아득하다가
신비처럼 어둠에 묻혀 있기도 하다. 15척 담 안에서 잡초처럼
쓰러져 자는 그들의 잠에는 우리들이 무관심으로 내다버린 생
활의 독이 난지도에 모여 있는 것처럼 둥그런 땅을 만들고 있
었다. 법무부의 갱생이라는 구호는 새마을운동이라는 낱말과
도 같이 낡아빠진 깃털처럼 펄럭거리고 이제는 너무 시시해서

그 말을 듣는 순간부터 웃음이 튀어나오려 할 뿐이다.

자포자기의 삶만 열심히 가르쳐줄 뿐, 90%는 폐인이 되고 다만 10%만 살아남아서 겨우 절름발이로 살아가고 있을 뿐이다. 삶이란 이렇게도 다양한데 누가 의사들처럼 그들의 아픔을 꼬집어내듯이 진단할 수 있단 말인가.

재소자들을 지키는 교도관들마저도 달아나려고 하고 있고, 교정교화도 되지 않으면서 밥 먹듯이 거짓말만 해대는 법무부. 세계에서 제일 크다는 교도소, 가장 완벽한 중구금 시설, 추운 겨울에도 운동장에서 그대로 벌거벗고 받는 검신, 오래 앉아 있으면 똥독이 올라 사타구니가 벗겨지는 짓무름, 코에 비누를 갖다 대고 숨을 들이쉬는 여름날의 악취, 가장 원시적인 사람대우, 말뿐인 종교의 자유, 그리고 거짓 종교인들의 자기기만…… 설교…….

이곳은 버림받은 천형의 땅인가.

한 번 들어왔다가 나가면 글러버리는 인생, 전과자라는 낙인…… 이 사회는 그들에게 재기의 여지를 남겨두지 않는다. 전교조가 아니라도 사대를 졸업한 선생이 넘치듯이, 전과자가 없더라도 이 사회는 잘 굴러가고 있다라는 것을 보여주듯이, 미처 그들에게까지 여유를 보일 틈이 없는 사회.

악의 답습.

지금 방에는 4.3평 방 안에 건장한 남자 열서너 명이 똑바로 눕질 못하고 옆으로 칼잠을 자고 있었다. 누군가 뼁끼통에 갔다가 돌아와 보면 자신의 자리가 없어져 버린 것을 느낀다. 처음에는 난처한 입장으로 곤한 잠을 빼앗겨버린 심정이었다가 계속 서서 잠을 잘 수는 없는 노릇이므로 억지로 파고들면 그게 곧 남의 자리를 빼앗는 결과를 초래하였다. 흔히 우리는 절도라고도 불렀고 강도라고도 했다. 자신의 잠자리를 확보하기 위해서 파고든 것도 결과만 가지고 보면 엄연히 강탈이었다.

그리고 여기서도 잠자리 때문에 피탈이 나도록 싸움이 일어나기도 한다.

밤은 서럽도록 천천히 지나가고 어둠도 걷혀지다가 기상나팔 소리에 놀라 벌떡 일어나 보면 영어의 몸이라는 걸 느끼게 된다. 제일 먼저 눈에 띄는 건 쇠창살이었고 그리고 하얗게 카바이트를 칠한 높은 담벼락, 아무 때나 소릴 질러대는 감시대의 공허함이 눈에 들어온다.

새벽녘이었던가. 종태는 은영의 꿈을 꾸다가 번쩍 눈이 떠졌다. 그 꿈은 은영이 물속에 빠져 허우적거리는 것이었는데 그것을 안타까이 바라보던 종태가 물속으로 뛰어든 것에서 잠이 깨어나고 말았다. 요즘 들어 가끔씩 꾸어지는 그녀의 꿈자리가 뒤숭숭했다. 그럴 때면 차라리 그녀의 도피를 그냥 뒀더라면 하는 후회도 없지 않았으나 그는 이내 머리를 세차게 흔들어 버렸다.

배신은 분명 피를 봐야 한다는 자신의 오랜 습성에서 용납하지 못하는 그런 죽임일 뿐이었다. 질투라는 것은 애초에 없었다. 은영이 자신이 아끼는 부하와 몸을 섞었다는 데에는 별로 감정 같은 게 없었다. 단지 배신에 대한 보복일 따름이었다. 처음 은영이 취한 태도에서 그는 은영이 예전 같지 않다는 배신감을 맛보고 있었다. 그게 피를 부른 것이지 미리 기식이와의 관계를 알고 탈옥을 한 것은 아니었다. 방에 들어섰을 때에 은영과 몸을 섞고 있는 게 기식이라는 사실을 알았을 뿐이다.

종태는 갑자기 목이 말라왔다.

이불 속에서 빠져나온 알몸은 꿈틀거리는 용의 문신이 목에서부터 발목까지 기다랗게 내려와 있었다. 그는 선반에 얹혀 있는 콜라 병에 담아둔 식수를 들어 통째로 마셨다. 아직 얼지 않을 만큼의 차가운 물이 식도를 타고 흘러내렸다. 마치 얼음을 깨어 넘기는 것처럼 목젖이 아릿했다.

그는 물을 다 마시고는 곤히 잠들어 있는 방 안 식구들의 잠든 얼굴들을 물끄러미 내려다보았다. 깨어 있을 때에는 온갖 욕설과 음담패설로 펄럭이던 얼굴들이 지금은 모두 순진하게 보였다. 어쩌면 처량해서 더 이상 들여다볼 수 없게 만들었다. 눈을 돌리자 문득 창호의 얼굴이 떠올랐다. 눈가에 칼자국이 나 있는 창호가 불쑥 눈에 들어온 건 무슨 연유인지 알 수 없었다. 자신은 창호가 아주 멀리 피신해버려 아무런 소식도 없는

것에 대해 약간의 섭섭함을 느낀 적도 있었으나 마음 한구석에
선 아직 자신의 든든한 심복이 이 땅 위에 살아 있다는 것만으
로도 위안이 되곤 했다. 마치 자신이 위급할 땐 어떻게 알고서
라도 달려와 줄 것 같은 든든함이었다.

거꾸로 매달아놔도 법무부 시계는 간다.

결국 시간은 가고 있잖은가. 아침이 밝았고 분주한 하루가
시작되었다. 취방에서부터 밥과 국통을 실은 리어카가 쿵닥거
리며 복도를 지나갔고, 소지들이 다시 삐그덕거리는 밥차에 밥
통과 국솥을 옮겨 싣고서는 소음을 내면서 배식하고 있었다.
살기 위해서 먹는 것인지 징역을 살기 위해서 먹는 것인지 도
대체 분간이 가지 않았다. 오로지 그들에게는 하루라는 것만이
의미가 있었고 오늘 하루가 그들의 전부였다.

내일이란 일단 하루가 지나봐야 알 수 있는 그런 것이었다.
종태는 아침을 먹자마자 복도로 나가 담당과 이야기를 나누고
있는 중이었다. 방 안의 따분함에서 조금이라도 벗어나고자 하
는 마음에서 난로가 있는 담당의 책상 옆에 쪼그리고 앉아 있
었다.

"담당님, 요즘 뭐 재미있는 거 없습니까?"

"어떤 거?"

"그냥 심심하니까 이야기나 하자고 나온 겁니다. 밖에서 일
어나고 있는 일들이라든지…… 안에서 일어나는 일들이라도

뭐 재밌는 거 없습니까?”

　종태는 무료한 표정을 지어보였다. 사실 그랬다. 징역이란 살면 살수록 모르는 게 더 많았다. 어떤 때는 활기차다가도 또 어떤 때는 무미건조해지는 그런 기분이었다. 지금 종태가 그런 심정이었다. 무엇 하나 마음에 딱히 걸리는 게 없었다. 그냥 그저 날수만 깨는 그런 나날일 뿐이었다.

　“뭐 특별히 재미있는 이야기가 있나.”

　“어째 요즘 좀 조용한 것 같습니다.”

　“엊그제, 여사에 신입이 하나 들어왔는데 내 참, 그런 사람도 있나?”

　“왜요, 담당님.”

　종태가 난로 가까이 바싹 다가가 앉았다. 까딱 잘못하다간 한복이 후루룩 타버릴지도 몰랐기 때문에 그는 다시 떨어져 고쳐 앉았다.

　“글쎄, 여자가 거기에 남자와 여자 것이 모두 다 달린 거 있지. 그래서 여사에서는 신입을 받는 직원이 깜짝 놀라서 보안과로 보고를 했다는 거야…….”

　“그런 여자도 다 있어요?”

　“그럼, 그래서 보안과에서도 야단이 난 거지. 가뜩이나 성에 굶주려 있는 판국인데 까딱 잘못 넣었다간 큰 문제가 생기는 거지. 그래서 궁리를 하다못해 결국 여사로 넣자고 결론을 내렸던 것인데, 만일 남사로 넣었다간 남자들 등쌀에 못 견뎌날 것이고 해서 차라리 여사 쪽이 그래도 덜할 것이라는 판단이었는데 여사에 들어가자마자 야단들인 모양이야. 여자들이 서로 데리고 자려고 싸움들을 했다는군. 결국 다시 독방으로 넣어졌는데 그런 희귀한 사람도 있어?"

"크크크크."

종태는 웃지도 못하고 억지로 참고 있었다.

"여직원들 말로는 아무리 봐도 여자와 남자가 동시에 붙어 있다는 거야. 처음엔 징그럽더래나. 남자의 것은 아직 덜 자란 것처럼 작았는데 여자의 그것은 완전하다는 거야. 차암 별의별 인간들이 다 있지."

"아마 그 여잘 혼거방에 넣었다간 뼈도 못 추릴 거구만요, 후훗."

"그래, 여자들이 색은 더 밝혀. 저희들끼리는 별의별 말도 다 하는 모양이야. 남자들 뭐가 어떻고 어떤 게 좋다는 둥, 남자들이나 마찬가지지. 직원 식당에 가지가 나오는 날엔 출역수들이 몰래 방으로 갖고 들어가는 가봐."

"그럼 그걸로……."

종태는 더 이상 말을 하지 않았다. 끝을 흐렸다.

"그렇지. 여자들이야 그것만큼 더 좋은 게 어딨겠어. 성이란 전부 발가벗겨놓고 보면 다 마찬가지인 거지. 톡 까놓고 보면

다 마찬가지인 거야."

"그럼 혹시 여사 출역수들이 그짓을 하던 것을 가지고 나와서 음식을 만들면 정말 아무도 모르겠네요?"

"예끼, 그런 말이 어딨나. 직원들 식당인데 그럴 리가 있겠나."

담당은 야단을 치면서도 웃고 있었다.

"아, 담당님도. 그럴 수도 있죠. 지들 맘이니까. 일부러 그럴 수도 있는 거지요, 뭐. 뭐 표가 납니까?"

담당이 모자를 벗어 종태를 치려 하자 종태는 팔을 들어 막는 자세를 해보였다. 그것은 어디까지나 장난에 불과한 행동이었다. 구치소란 어차피 직원과 재소자와의 관계는 서로 뗄래야 뗄 수 없는 불가분의 관계였다. 그들 사이를 이어주는 끈끈한 무엇만 있다면 그들은 어디까지나 공생의 절친한 호형호제나 다름없었다. 물론 그 무엇이란 돈이었고 향응이었다. 이곳처럼 기브앤드테이크가 절묘하게 이루어지는 곳도 없을 것이다. 갇힌 자와의 거래란 실패할 확률도 없었고 거의 백 퍼센트 정확했다.

16

별은 뜨고 별은 지고

갑자기 구치소가 술렁거렸다. 온통 벌집을 쑤셔놓은 듯이 주임이 뜨고, 과장이 뜨고, 부소장이 뜨고, 소장이 하루에도 몇 번씩이나 떴다. 하루에 기껏해야 과장이 한 번 지나가면 그걸로 끝이었는데 며칠 전부터 어깨에 번쩍거리는 계급장을 단 간부들이 수시로 사방을 들락거려서 종태는 아예 복도로 나갈 엄두도 내지 못하고 있었다. 담당도 의자에 앉아 있질 못하고 개한테 쫓기는 닭처럼 하루종일 서서 근무를 하고 있었다. 쉴 새 없이 사방문을 열고 닫고, 저쪽 입구에서 간부가 떴다는 소지의 신호를 받으면 '각방 차렷!'이라는 구호를 내질러야 했고 달려가 간부의 몇 발자국 앞에서 '총원 백사십 명, 근무중 이상 무!'를 외쳐야 했다.

간부들은 끝방인 10방, 11방에서 머무르며 담당에게 지시를 하는 모양이었다. 10방은 원래 집시법 위반인 명섭이가 있었는데 어저께 부랴부랴 전방을 갔고 11방은 비어 있는 중이었다.

"담당! 11방에 높으신 분이 들어오니까 잘 알아서 하도록!"

과장의 지시가 있자 담당은 얼른 부동자세를 취했다.

"넷, 알았습니다."

"그리고 일반 재소자들이 접근을 못하도록 막아. 워낙 높은 양반이니까 자네가 잘 해야 돼."

"알겠습니다!"

과장은 그렇게 지시를 하고는 다시 한 번 11방의 안을 들여다보고는 흡족한 듯 돌아서서 위층으로 올라갔다.

과장이 계단을 올라가는 궁둥이 쪽에서 '계속 근무하겠습니다!' 라는 담당의 복창소리가 났고 담당은 다시 복도를 향해서 '각방 쉬어' 라는 구령을 붙였다. 그러자 각방에서는 부동자세에서 벗어나 창문을 열어젖히고 우당탕거리는 소리를 냈다. 과장이 지나갔으니 점검 대형의 속박이 풀린 것이다. 점검 대형이란 간부가 떴을 때, 아침, 점심, 저녁 점검을 받을 때에만 취하는 자세로 앞줄에 다섯 명씩 나란히 열을 맞추어 양반자세로 앉은 상태에서 손은 주먹을 쥐어 정좌를 한 상태로 두 무릎 위에 올려놓은 것으로 구도자의모습이나 마찬가지였다. 번호를 할 땐, 우에서 좌로 고개를 90도로 돌리며 번호를 외쳤는데 완전히 군대식이었다.

　오늘만 해도 벌써 간부들이 몇 번을 다녀갔는지 모른다. 전부 들어와서는 11방에서 머물렀다가 위층으로 올라갔는데 오로지 11방에 들어올 인물에만 신경을 쓰는 듯했다.

　"담당님, 11방에는 누가 들어오는데 간부들이 저렇게 방방 떠요?"

　종태는 홧김에 일어나서 그렇게 물었다. 오늘은 하루종일 밖으로 나가질 못하고 있던 터였다.

　"거 왜, 신문에서 봤잖아? 역대 정권에서 2인자라고 할 만큼 의리가 있는 장제동 안기부장이 여기루 들어오도록 되어 있어. 정말 그 사람, 되게 운이 없는 사람이제……."

　"아하 그래요? 그래서 높은 양반들이 방방 뜨는구나. 이거 이제 밖으로 나오는 건 좀 힘들 것 같으네요?"

　종태는 우선 자신이 이때까지 누린 영화가 어쩌면 그가 들어옴으로써 깨어질지도 모른다는 생각이 앞섰다.

　"괜찮아, 그런 사람들은 아예 밖으로 나오질 않아. 오히려 방에만 틀어박혀 있다가 재판을 받고 나가는 수가 많지. 그리고 그 사람이 있는 사동에는 과장도 잘 오질 않는 경우가 많아. 괜히 와봐야 덕이 될 게 없으니까 슬슬 꽁무니를 빼는 거지."

　"아하, 그렇기도 하겠습니다. 괜히 잘못 보여서 경을 칠 게 아니라 아예 피하는 게 낫다는 거지요?"

"그럼, 이때까지 다 그랬어. 저번에 대통령의 친형이 3동에 있을 때도 그랬어. 그때는 아예 간부들이 그 근처에는 얼씬도 안 했어. 그러니 3동 담당은 무지 편했던 거야. 난로에서 찌개를 끓이든 죽을 끓이든 누가 간섭을 하는 사람이 없었어……."

담당은 의자를 뒤로 젖히면서 말했다. 이제 좀 뜸해졌는지 간부들의 들락거림도 줄어들었다.

"그럼, 그 담당님도 재미를 좀 봤겠네요?"

"그럼, 그때 사방 담당이 대통령의 형이 써준 비둘기를 가지고 나갔는데 얼마를 받았는지 알아? 처음에는 전성환 씨가 100을 써 넣더래. 그래서 담당이 바싹 붙어서 그랬대. 명색이 그래도 대통령 형인데 100이 뭐냐, 거기다가 0을 하나 더 붙이라고 했대. 그랬더니 전 씨가 얼굴이 벌개져서는 0을 하나 더 그리더라는군. 그래서 그 직원이 그 편질 가지고 나간 거야. 그 직원도 간이 크긴 컸어. 1,000만 원이나 당겨버린 거지."

"편지 하나에 1,000만 원이면 꽤 크긴 큰 액수군요."

"그러엄, 비둘기 하나에 그 정도면 괜찮은 장사지. 그리고 비둘기 값만 있었겠나? 아마 비둘기 값은 별도이고, 담배를 피우도록 해줬지 않았냐 하는 생각이 들어. 그건 그 직원이 독식을 했으니까 아무도 모르는 일이지. 간부들도 그 근처에는 얼씬도 못했으니까……."

"그럼, 담당님도 이번에 한 건 올리시죠?"

종태는 웃음을 띠우며 그렇게 말했다. 담당이 따라 웃었다. 생각이 전혀 없는 건 아닌 모양이었다.

"워낙 거물이라 접근을 해서 물꼬를 트는 게 어려워서 원······."

담당은 입맛을 다시면서 그렇게 말했다. 장제동 부장은 정말 핵폭탄과도 같은 인물이었다. 자신이 한 번 입만 벙긋하면 모두 다 날아간다고 호언을 했던 사람이 아닌가. 청문회에서 여러 국회의원 앞에서 빳빳이 고개를 들고서 그런 말을 해서 일화를 남긴 사람이었다. 그런데 일개 8급 공무원인 담당이 어떻게 접근을 하느냐가 문제였을 것이다.

종태는 방 안에서 복도에 있는 담당을 내다보며 농담을 주고받고 있었다. 오늘은 아직 밖으로 나가보지 못했다. 매일 나가서 난로 곁에 앉아 난로를 쬐다가 오늘은 나가지 못했으니 여간 답답하지 않았다.

"담당님, 아직 배식이 뜨려면 멀었겠죠?"

"그래, 너 좀 답답한 모양이구나."

"예, 사실 그래요. 하루종일 똥테들만 뜨니 이거 원, 불안해서······."

종태는 괜히 어려운 부탁이라도 하는 양 머리를 긁적였다.

"나와, 이제 지나갈 것들은 다 지나갔어. 좀 있으면 저녁이 뜨니까 그때 들어가."

종태는 복도로 나오니 조금 살 것만 같았다. 난로 옆에 앉자, 태식이 오징어와 먹을 것들을 듬뿍 내어놓는다.

"형님, 담당님하고 오징어나 구워먹으면서 이야길 하십시오."

태식이 내민 오징어는 난로 뚜껑 위에서 몸을 비비꼬며 오그라들었다. 코를 후벼 파는 냄새에 다른 방에서 웬일인가 싶어 창문을 열었다가 종태가 밖으로 나와 있는 것을 보고는 아무 말 없이 창문을 닫았다. 종태의 위치란 4동 하에서도 감히 누가 뭐라고 할 상대가 없었다. 종태가 하루종일 밖으로 나와 난로 옆에 앉아 있거나, 가끔 심심하면 사방 안으로 고개를 내밀어 들여다보고 있어도 그들은 찍소리 하나 하질 못했다. 이제 종태라고 하면 전구치소 내에서 모르는 이가 없을 정도였다.

종태는 태식을 불러 찌개거리를 내어놓으라고 하고선 소지에게 주전자를 가져오게 했다. 듬뿍 넣은 오징어와 김치, 버터가 끓는 냄새가 온 사동을 진동시켰다. 먹을 것에 민감한 그곳 재소자들이 전부 하나같이 창문을 열고는 코를 벌름거렸지만 종태의 얼굴과 마주치는 순간 얼른 창문을 닫아야 했다. 종태가 나직히 인상을 썼던 까닭이었다. 담당의 입장을 살려주는 셈으로 자신이 그들의 억압자가 되고 있었다.

장제동 부장은 듣던 대로 과연 풍채가 있어 보였다. 담당이 앞장을 서고 그 다음이 장제동 씨였다. 그러고 소지가 그의 사물이 든 보따리를 들고 있었다. 간부들이 줄줄이 따라 들어오는 게 보였다. 종태는 사방 안에서 그들이 지나가는 모습을 보면서 누가 죄수이고 누가 교도관인지 도무지 분간이 가지 않았다. 정말 권력층에 있다가 떨어진 사람은 이곳에서도 그만한 값어치를 하고 있다는 것을 느꼈다. 떡 벌어진 어깨며 금테안경을 낀 그의 둥그스름한 얼굴이 오히려 당당해 보였고 교도관인 직원들이 더 죄스러워하는 모습들이었다. 가둬두게 되어 죄송합니다 하는 식으로.

간부들이 돌아가자 종태는 얼른 밖으로 나갔다. 담당은 책상에 앉아 벌써 장 씨의 일거수일투족을 적는 기록부를 만들고 있었다.

"담당님, 11방으로 가서 인사나 올릴랍니다."

담당은 쓰기를 멈추고 잠시 생각에 빠진 듯하다가 고개를 끄덕였다.

"그런데 조심해. 잘못하면 내가 곤경에 빠지니까."

"알았습니다, 그저 인사나 드리는 거지요. 내가 뭐 징역 하루 이틀 살았습니까. 하하."

종태는 일부러 웃통을 벗은 채로 11방으로 갔다. 11방에는 소지가 한창 방청소를 하고 있었고 그는 우뚝 서 있었다. 소지가 방을 닦는 모습을 물끄러미 내려다보고 있는 중이었다.

"각하, 인사드리겠습니다, 차종태라고 합니다. 잘 부탁드리겠습니다."

"⋯⋯."

그는 갑자기 나타난 종태를 그저 바라보고만 있었다. 그의 눈이 무척 매서웠다. 종태의 웃통을 벗은 목덜미께로 얼룩덜룩한 문신이 보였다. 그는 잠시 머뭇거리다가 입을 열었다.

"자넨 뭘로 들어왔는가?"

그가 묻자 소지가 얼른 끼어들었다.

"아, 저 형님은 영등포에서 조직의 두목입니다. 지금 7방에 있죠."

"응, 그래, 고맙구먼. 우리 서로 인사나 하지."

그가 손을 내밀자 종태는 얼떨결에 악수를 했다. 그는 종태의 굳은 손을 잡으면서 눈을 정면으로 노려보았다. 기억에 묻어두려는 듯이.

11방은 낮에는 항상 문이 열려 있었다. 누가 베푼 혜택인지는 모르지만 언제든지 밖으로 나오고 싶으면 나와도 좋다는 뜻이었으나 그는 나오지 않았다. 종태가 매일 그 방으로 가서 놀다가 왔고 담당이 와선 온갖 이야기들을 듣다가 돌아갔다. 그의 화려한 전력은 그 당시에는 날아가는 새도 떨어뜨릴 정도였으니 매일 들어도 신기할 뿐이었다. 종태나 담당은 그를 '각하'

라고 불렀다.

"각하, 지내기는 어떻습니까?"

종태가 물으면 그는 멋쩍은 듯이 빙긋이 웃기만 했다.

"나야 이런 델 전혀 모르고 있었으니까 인생 경험을 마지막으로 하는 셈치고 지내기는 별로 어려울 것은 없는데 여기를 드나드는 사람들의 고충이 더 크겠어. 내기 사단장일 때는 가끔 육군 형무소를 순시한 적은 있었지만 내가 이렇게 갇히게 될 줄은 꿈에도 생각을 못했지."

장제동 씨는 눈을 들어 아득한 시선으로 벽을 바라보았다. 그의 희끗희끗한 머리카락이 인생무상을 알려주는 것처럼 보였고 갑자기 눈시울이 젖어지려다가 말았다.

"우리들이야 징역잽이들이니까 아예 잊고 살고 있지만 각하야말로 갑갑하시겠습니다. 좁은 방 안에 갇혀 있는다는 게 여간 답답하지 않을 텐데요."

담당은 아예 말을 붙이지도 않고 그저 종태가 던지는 질문에 답하는 그를 바라보고만 있었다. 그는 방 안에 가득 쌓인 먹을 것들을 꺼내놓으며 먹으라고 권하였다. 종태는 그 중에서 음료수 두 병을 받아 하나는 자신이 갖고 다른 하나는 담당에게 건네주었다.

"나도 처음에는 이놈의 정권이 뭔가 잘못하고 있구나 하고 오기가 뒤틀렸지만, 차츰 있다가 보니 체념 같은 게 스며들더

108

라고. 뭐랄까, 내가 권력의 상층부에 있을 땐 모든 것이 다 옳은 일인 줄로만 알고 있었는데 여기서 곰곰이 생각을 해보니 그게 아닌 경우도 많아. 이제야 조금씩 객관적인 시각을 갖게 된 거지. 남들은 그러더군, 내가 윗사람으로 모셨던 분의 충실한 심복이다라고. 의리니, 충성파니 이러쿵저러쿵 말들이 많지만 누구든지 자신을 알아주는 사람에겐 충성을 하게 되어 있는 거야. 나는 그 분과 여러 번 같이 근무를 해봤는데 군대란 것이 그래, 충성심 빼고 나면 뭐가 남겠어? 보통 사람들은 군대의 그런 특수성을 모르고 잘못하는 일에 앞장서서 내가 나선 것처럼 보겠지만 나는 나대로 그분에게 충성을 해야 할 의무가 있었던 거지. 그게 모두 죄라는 것을 나중에 알았지만…… 지금 내가 속죄하는 기분으로 살고 있다고 생각하니 오히려 마음이 편해. 권력이란 정말 무상한 것이어서 잘되면 충신이 되고 못되면 곧바로 역적이 되고 마는 거지……."

장제동 씨는 그렇게 말하면서도 간간이 한숨 같은 걸 내쉬었다. 아직 그의 눈은 예리하게 살아 있어서 금방이라도 호령을 할 것처럼 보였지만 그가 입고 있는 한복의 흰 빛이 그를 나이들어 보이도록 만들고 있었다. 늙은 보병의 마지막 고함처럼 눈빛은 초롱초롱하였으나 말에는 어딘지 모르게 측은함이 묻어나오고 있었다. 종태는 자신이 누렸던 주먹세계의 그 화려함과 지금 자신의 앞에 있는, 역대의 어느 정권보다도 막강하고

무시무시했던 정권하의 실세로 놀았던 그가 이렇게 비참하게 좁은 방 안에 앉아 있다는 것과 대비를 해보고 있는 중이었다. 물론 그는 화려한 전력에다, 종태에게는 비할 수 없는 엄청난 권좌를 쥐고 흔들었던 인물이지만 지금의 그는 오히려 종태 자신보다도 처참해 보였다. 플라스틱 그릇에다 밥을 담아서, 또 국을 떠먹는 그가 이상하게도 불쌍하게 보여지는 것이었다.

종태는 자신이 누린 영화와 장제동, 그가 누린 권력의 호화스러움이 모두 이제는 일반 재소자들보다도 더 초라하게 보이기 시작했다. 바깥에서 아무리 날고 기는 사람이었을지라도 일단 푸른 수의를 입으면 전부 똑같은 죄수에 불과한 것이었다. 이곳에서는 많이 배운 사람도 소용이 없었고, 밖에서 제아무리 잘 나갔던 사람도 아무 필요가 없었다. 국민이 내는 세금으로 주는 시커먼 밥과 시래기국이 국가가 베푸는 최소한의 배려였다.

"광주사태를 어떻게 보시오?"

그건 담당이 아니라 종태가 불쑥 던진 질문이었다. 그는 그 질문이 툭 튀어나오자 얼굴빛이 확 변했다가 가까스로 안정을 취하는 듯했다.

"그건 이미 잘못된 일이라는 걸 국민 모두가 다 아는 일 아니오? 내가 더 말을 한다고 해서 돌이킬 수 있는 일은 아니잖소?"

그의 말에 조금 독기운이 묻어 있는 듯했으므로 종태는 괜한 것을 물었다고 금방 후회를 했다. 누구나 자신이 한 일에 대해서는 좋은 평가를 내리고 싶은 것이다. 지금 그에게 그러한 것을 물어본다는 것이 우스웠다.

"각하께서 차라리 지금 정권에게 반성하겠다는 각서를 쓰고 나가시는 게 어떻겠습니까?"

종태가 그렇게 말하자 단번에 그의 얼굴이 확 굳어졌다. 그리고는 눈에 숨어 있는 독침이 모두 쏟아져 나올 것처럼 눈총을 쏘아붙였다. 그러나 그는 아무 말도 하지 않았다. 잠시 어색한 공기가 그들 사이에 머물렀다가 쏜살같이 빠져나갔다. 담당이 슬그머니 달아나면서 종태에게 눈짓을 보냈다. 너도 달아나야 한다고. 그러나 종태는 그의 화난 얼굴이 더욱 보고 싶어 절대 달아나지 않았다. 서로 눈싸움을 하듯이 눈빛이 쨍 하고 부딪쳤다가 흩어졌다.

"모든 건 역사가 나중에 증명할 것이오."

그가 당황해하며 무겁게 입을 열었다. 종태는 아직도 그의 눈빛에서 눈을 떼지 않았다. 당신은 지금 역사가 누구의 역사라고 생각하고 있느냐라고 질문을 던지고 싶었지만 꾹 참고 있었다. 그 같은 말은 코에 걸면 코걸이, 귀에 걸면 귀걸이라는 식의 소위 정치하는 사람들의 단골 입방아라는 것을 말해주고 싶었으나 괜히 그의 홧김에 휘발유를 끼얹어버리는 격이 될까봐 참았다.

이곳에 있는 사람들도 자신의 죄에 대해서만은 철저하게 관대했다. 아무런 죄가 없이 들어와 있다는 몽상가들이 수없이 많았다. 간통을 하고서도 그 여자가 먼저 자신을 좋아했노라고 떠벌리고 있었고, 절도를 하고서도 마지못해 한 것인 양 얼버무리고 있었다. 모두 자신의 관점에서만 보려고 했지 객관적으로 보려고는 하지 않았다.

그런 점에서는 장제동 씨도 마찬가지였다. 이미 판가름이 난 것인데도 그는 아직도 전 정권의 허황된 꿈에서 못 헤어나고 있었다. 어쩌면 사람들의 일상생활이 모두 그랬다. 밖에서도 사람들은 모든 일을 자신의 시각으로 헤아리려 했고 자신에게 유리하면 그만이었다. 남이야 죽건 말건 내 알 바 아니다라는 식으로 사회는 굴러가고 있었다. 절대 진리인 신앙의 세계에서도 그러한 편견은 있으니 어떻게 누가 누구를 심판할 수 있으랴.

이쪽에서 보면 이쪽인 것 같고, 저쪽에서 보면 저쪽인 경우가 많았다.

종태는 모든 게 욕심으로부터 출발한다는 것을 교회당에 올라가 수도 없이 들었다. 목사들이나 중들은 걸핏하면 진리처럼 들먹였지만 막상 그대로 실천하고 있는지는 정말 의문이었다. 말뿐인 사회, 그런 사회에서 자란 자신은 오로지 주먹만 믿고 오직 한길로만 달려왔던 것이 아닌가. 그게 그리 나쁠 것까지는 없다라는 반감이 일었다. 모든 사람들이 자신이 맹종하는 곳으로 달려가고 있으며 자신도 자신의 길을 열심히 달려가고 있는 중이다. 쥐어짜봐야 똥밖에 나오지 않는 서민들이란 애초에 종태의 눈에 들어오지도 않았다. 종태가 칼을 뽑고, 주먹을 휘두른 데라곤 모두가 썩어서 돈이 데굴데굴 굴러다니는 그런 곳이었다. 그러한 곳에서 잠시 돈을 빌렸다고나 할까…….

종태는 방으로 들어와서 드러누워 버렸다.

장제동 씨의 날카로운 눈매에 허를 찔려버린 것처럼 기분이 찝찔했다. 그가 날아가던 새도 떨어뜨릴 때는 먼 옛날인 것이고 지금은 그나 자신이 똑같은 죄수에 불과했다. 오히려 피를 흘린 죄값을 따지자면 그가 종태 자신보다 더 클 것이었다. 그런데도 장 씨 같은 사건은 뒤로 권력층에다 반성하겠다고 반성문 한 장만 써내면 쉽게 빠져나갈 수가 있었으니 말이다.

담당의 말로는 그가 분명히 검사 앞에서, 판사 앞에서 지난 죄과에 대해 깊이 반성하고 있다고 탄원서를 썼다고 했다. 일단 이곳을 빠져나가기 위해서 하는 것인지, 아니면 진실로 회개를 해서인지는 모르겠지만 그 말을 듣고부턴 의리에 사는 사나이라는 그도 별 수 없구나라는 비애가 들곤 했다.

"형님, 이제 선고가 내일인데 기분이 좀 어떠세요?"

태식의 물음에 종태는 화급해지는 것이었다. 지금 남의 일에 정신을 팔 때가 아니었다. 아마 오늘쯤 변호사가 다녀가야 하리라.

"글쎄다, 5년은 너무 많고 한 4년쯤 나왔으면 좋겠다."

"형님은 변호살 잘 샀으니까 잘 되겠죠 뭐."

"……."

종태는 말이 없다. 오늘 변호사가 와서 이야기를 해봐야 알 것만 같았다. 변호사와 어떻게 말을 맞추어야 형량을 깎을 수 있는지 궁금해지지 않을 수 없었다. 변호사가 은영이가 건네준 돈을 제대로 쓰기만 했다면 형량을 낮추는 일은 쉽겠는데 요즘 들어 자연뻥을 노리고 가만히 있는 변호사들도 많아서 찍혀서 돌아오는 이들도 있었다. 그러니 문제는 변호사가 얼마나 돈을 충실히 썼느냐에 달려 있었다.

종태는 간밤에 한숨도 자지 못했다. 창살로 희붐하게 밝아오는 새벽녘에 깜빡 잠이 들었다가 기상나팔 소리에 또다시 잠이 깨고 말았다. 방 사람들이 이불을 개는 동안 그는 먼지를 피해 아예 뻥끼통으로 들어가 버렸다. 그리고는 별로 변기를 느끼지도 않으면서도 그는 바지를 끌러내려 뻥끼통에 걸터앉았다. 담배 생각이 간절했다. 이럴 때 담배가 있었으면 하는 생각이 머릿속에 꽉 찼다.

아침을 먹는 둥 마는 둥 하고는 곧바로 출정에 임했는데 운동장에서의 검신은 정말 쪽팔리게 하고도 남았다. 일렬로 쭉 늘어서서 바지를 내리고 검사를 할 적에는 추운 것보다는 별의별 물건들이 다 튀어나와서 시커멓게 얼어 있었다. 그리고 직원들의 촉수 검사, 그 다음이 수갑을 차고 포승줄에 묶이는 것이 모든 준비의 완료였다. 모든 게 원시적이어서 재판이 끝날 때까지 몇 번이나 그러한 검신을 받아야 했다. 아마 항소심까지는 열 번은 받아야 할 것이다.

모처럼만에 구치소를 벗어난 기분이 남달랐다.

길가에는 벌써 봄소식을 알리는 여자들의 옅은 옷 색깔이 등장하고 있었다. 그리고 사람들의 얼굴에서도 봄기운이 느껴지고 있었다. 종태는 담 안에서만 있어서인지 바깥의 나들이에 대해 약간의 경이가 일어나는 중이었다.

종태는 피고석에 앉아 수갑만 만지작거렸다. 단 위에 앉아 있는 판사가 오늘따라 친근해 보였다. 무슨 선물이라도 줄 것처럼 보여져서 자꾸만 그게 아닐 것이라고 속으로 도리질을 해댔다. 어차피 자신은 실형을 받을 게 뻔했다.

"본 건 피고, 차종태는 탄원서에서 살인에는 전혀 관여한 바가 없다고 진술하고 있으나 검사가 낸 공소장과 모든 정황을 고려해 볼 때, 살인을 한 최창호는 분명히 피고의 휘하에 있는 부하였음이 드러났고, 본 피고는 그를 거느린 범죄조직을 결성한 점이 인정되어 특정범죄 가중처벌법과 범죄조직법을 적용하여 징역 5년을 선고한다. 그리고 구속 집행일로부터 통산 일

수 85일을 산입한다. 본 건에 대해 이의가 있을 시는 7일 이내에 항소할 수 있다!"

판사는 냉정했다. 미리 준비해온 선고문을 낭독만 했을 뿐이지 종태의 얼굴은 한 번도 쳐다보지 않았다. 종태는 이미 예상했던 터라 놀라지는 않았지만 괜히 서운한 감만 들었다. 비싼 변호사를 사서 창호와는 무관함을 주장했지만 판결은 냉혹했다. 담당의 팔에 이끌려 법정을 나오면서 휙 둘러보니 은호, 찬호, 상면, 치구의 얼굴들이 보였다. 종태는 마지막으로 문을 나서면서 그들에게 손을 흔들어 보였다. 부하들의 침통한 얼굴이 그대로 드러나 있었다. 종태는 대기실로 와 있으면서 이번만큼 마음이 서운한 적은 없었다. 비단 창호가 나타날 줄로 믿었던 것은 아니지만 그래도 몰래 재판을 받는 법정에까지 나타날지도 모른다는 일말의 기대도 전혀 없진 않았다. 만일 창호가 법정에 나타났더라면 그에게 손이라도 흔들어 주고 뒤에서 자신의 조직을 건사시켜 주기를 바랐던 것이다. 아침에 재판을 나오기 위해 한복이며 양말을 새 것으로 갈아입은 것이 도리어 짜증스러워졌다.

무조건 항소를 해서 다시 재판을 받아보는 수밖에 없었다. 항소심에서 조금이라도 형량을 낮추기만 한다면 그보다 더 고마울 것은 없었다. 재판을 받고 나니 괜히 짜증스럽기도 하고

116

한편으론 후련하기도 하였다.

지금 그는 방 안에 누워 가만히 눈을 감고 있다. 재판이 끝나고 돌아오는 문래동의 수많은 차들의 체증을 바라보며 자신도 모르게 가느다란 한숨이 새어나온 것도 징역을 살고 나오면 서울이 몰라보게 변해버릴 것만 같아서였다. 자신이 일궈놓은 조직이라는 것도 세월이 지나면서 서서히 침몰해갈 것이고 아마도 출소할 때쯤이면 그나마 남아 있던 아이들도 전부 뿔뿔이 흩어져서 다른 조직이나 술집으로 들어가 있을 게 뻔했다.

며칠 간은 그렇게 허전했다.

11방에 가는 것도, 복도로 나가 난로 옆에 있는 것도 기분이 나질 않아서 밖엔 나가지 않고 있었다. 방 안에서만 창틀에 수건을 감아 당기는 연습만 했고 가슴이 더러 답답할 뻔, 엎드려서 팔굽혀 펴기를 했을 뿐, 그저 방 안의 사람들이 노는 모습이나 바라보고 있다가 보면 하루가 다 지나갔다.

처음에 종태가 징역을 받고 돌아오자, 눈치껏 조용하던 방 안의 위기도 서서히 살아나서 이제는 제법 까불거리고 있었다.

"야, 성호야. 넌 이제 재판을 받으면 틀림없이 3년은 나올 것이다."

문종이 슬슬 약을 올리고 있었다. 장성호는 이제 갓 대인수가 된 놈으로 친구 여럿이서 여고생을 집단으로 성폭행한 집단 강간범이다.

117

"에이, 형님도. 난 주범이 아니라 맨 나중에 했단 말이에요."

성호가 발끈했다. 얼굴에 앳된 기가 그대로 남아 있었다. 대략 고등학생 같기도 했다.

"임마, 그게 그거 아냐? 너희들 공범이 모두 여섯 명이니까 차라리 얼마씩 거둬서 합의를 보는 게 백 번 나아. 합의만 되면 넌 나갈 수가 있어."

"누가 그걸 몰라서 그래요? 돈이 없으니까 전부 다 합의가 안돼서 그런 거지……."

"너 임마, 면회를 오면 너라도 혼자 합의를 봐. 그래야 앞날이 창창한 놈이 빵잼이가 안 되는 거지, 한 번 살고 나가면 또 들어오기는 십상이다? 어린 놈이 이런 데 있어봐야 아무것도 배울 게 없어, 임마."

이번에는 교일이 그렇게 나무랐다. 그러자 성호는 입을 삐죽여댔다.

"너는 아직 어리니까 일찍 나가는 게 좋아. 네 엄마가 면횔 오면 무조건 여학생 집에 찾아가서 합의를 보라고 그래. 가서 사정하면 들어줄지 몰라. 이미 버린 몸 너 징역 살리면 무엇 하느냐고 그래보라고 그래."

"알았어요."

조금 전까지만 해도 까불거리던 성호가 풀이 죽어 있었다. 슬금슬금 뒤로 가서 벽에 등을 기대고 앉아 있었다.

"아직 대가리에 피도 안 마른 놈이 무슨 강간이냐? 나중에 X 대가리가 아프도록 신물 나게 할 텐데 니도 싹수가 노랗다."

"여자애는 진단이 몇 주냐?"

이번에는 기수가 물었다.

"6주요. 그 계집애는 놀이터에서 자주 보던 계집앤데, 저보고 오빠라고 그랬어요. 이미 발랑 까져가지고 다른 애들한테도 벌써 몇 번이나 따먹힌 애예요. 재수 없게 우리가 건드린 것뿐이에요."

"강제로 끌고 갔냐?"

"아뇨, 처음엔 친구가 산에 놀러 가자고 꼬셨더니 친구와 같이 따라오더라구요. 그래서 산에서 본드를 흡입하고 서로 술을 나눠마셨죠. 그런데 친구 중에 한 녀석이 갑자기 쟤들을 한 번 건드리자고 하길래 다 같이 기집애 둘을 옷 벗겼는데 한 애는 겁을 집어먹고 막 달아나더라고요. 그래서 그 기집애만 돌아가며 돌림빵을 놓았지요.

처음에는 마구 울더니 나중에는 가만히 있었어요. 전에도 동네 형들이 걜 건드렸다는 말도 있고 해서 별로 겁은 안 났어요. 도망친 애가 집에 가서 이르지만 않았다면 우리도 안 잡혔을 거에요."

"얀마, 그게 바로 떼십이라는 거다. 너희들처럼 아무것도 모르는 놈들이 떼거지로 하는 십이라는 것이야. 그 여자애는 아마 아랫도리가 너덜해졌을 거다. 천지도 모르는 몸들이 그저 비디오나 보고선 그대로 흉내를 낸다니까…… 니들, 본드도 했다믄서?"

"예……."

"너도 빨리 정신을 안 차리면 나중에 청송 갈지도 몰라. 좆 삐리만 한 놈이 무슨 십이냐? 니 동생이 그런 일을 당했다고 한 번 생각을 해봐. 넌 아마 그놈을 칼로 찔러버렸을지도 몰라. 너, 정신 똑바로 차려."

경석이 주먹을 흔들어대며 윽박지르고 있었다. 방 안의 사람들은 실실 웃고만 있었다.

"그럼, 형은 왜 남의 집에 들어가서 돈 뺏고 임신한 여자 강간을 해서 강도강간이에요? 형은 나보다 더 형을 많이 받을 것 같은데요?"

성호는 지지 않았다. 경석의 전과를 물고 늘어진 것이다.

"뭐야? 이놈의 새끼가…… 니도 나중에 커봐라. 배는 고프고요, 돈은 없지요, 배운 게 도둑질이라고…… 남의 집에 있는 게 다 내 것처럼 보이는 기라. 나도 처음에는 착실히 한 번 살아보려고 했는데 전과자라고 어디 한군데라도 받아주는 데가 있어야지. 낮에 돈을 훔치러 들어갔다가 낮잠을 자고 있는 여자를 보니까 맴이 싹 달라지는 기라. 나도 처음에는 그 여자가 임신한 줄은 몰랐제. 나중에 붙잡혀서 조서를 받는데 보니깐 임신이라고 하더라고."

이번에는 누군가 경석에게 악담을 했다.

"경석이는 아마 최고를 받을 거다. 그 여자가 정신 충격을 받아서 또라이가 되었다고 하니 검사가 가만있겠어. 아마 저쪽에서 중형을 때리라고 검사한테 진정서를 몇 통은 올렸을 거다. 넌, 이제 변호사고 뭐고 다 필요없다니까. 검사가 주는 대로 받는 수밖에……."

"야, 이 양반아. 누가 너한테 내 걱정 하라고 했냐? 니나 재판 잘 받고 나가거래이. 난 어차피 나가봐야 또 들어올 거 아예 여기서 겨울을 나는 게 백 번 낫다. 요즘 같은 겨울철에는 지하도에서 잠을 자는 것도 춥고, 역 대합실에서 쫓겨나는 것도 한두 번이지. 이제 봄이 오면 출소를 하는 거다. 봄에는 먹을 것도 좀 많냐. 잠이야 아무데서나 자면 되고……

이제 경석은 타령조다. 슬금슬금 벽으로 등을 붙이며 눕는 시늉을 했다. 그러나 종태가 보고 있었으므로 완전히 드러눕지는 못하고 있었다. 방 안에서는 종태 외엔 아무도 낮에 드러눕지 못했다. 그건 이 방의 규율이었고 감방장인 종태에 대한 예의였다.

"에이, 씨팔. 나가봐야 그렇고…… 아예 여기서 안 나가고 살수 있는 방법은 없나? 아니면 나도 거기에다 다마나 많이 박아서 돈 많은 과부나 하나 물어볼거나. 누구 다마 만들어놓은 거

없냐?"

그러자 성호가 얼른 대답했다.

"형님, 나도 거기에 다마를 박으려고 만들어둔 거 있는데 같이 해요. 대나무 젓가락을 갈아 뾰족하게 만든 것도 있어요."

"그래? 그럼 다마나 한 열댓 개 박아버리지, 뭐."

그러자 방 안의 사람들이 우르르 몰려들었다.

소위 포경수술을 하는 것을 그곳에서는 고래를 잡는다고 했다. 한 놈이 눕고 팬티를 끄집어 내린 후, 대나무 젓가락을 시멘트 바닥에다 갈아서 뾰족하게 만든 것으로 성기의 표피를 푹 찌르자, 금방 피가 펑펑 솟았다. 그러자 한 놈이 얼른 한복에서 뜯어낸 솜뭉치로 흐르는 피를 닦아냈고, 성호가 내민 동글동글한 플라스틱 다마를 표피의 구멍으로 밀어넣었다.

그리고 대나무 젓가락을 든 놈이 또 다른 곳에다 푹 찔렀고 또 다시 그곳에다 다마를 집어넣었다. 그러기를 몇 차례나 했을까. 다마가 수없이 박혀졌다. 누워 있는 사내의 사타구니는 벌건 피로 온통 끈적거렸고 비릿한 내음이 풀풀 풍겨났다. 이번에는 찢어진 부분으로 다마가 빠져나오지 못하게 실로 그것을 꽁꽁 묶어주었다. 이로써 성기에 다마를 박는 작업이 끝난 것이다.

대개 그러한 작업은 한 번 시작이 되면 여러 명이 동시에 했고 포경인 놈은 포경수술을 했는데 포경수술은 더욱 쉬웠다.

표피의 여러 군데를 바늘로 푹 찔러서는 팬티에서 뽑아낸 가느다란 실고무줄로 일일이 잡아 묶었다. 그렇게 해서 여러 날이 지나면 표피를 꽁꽁 묶은 부분이 피가 통하지 않아서 썩게 되는데, 썩다가 툭 끊어지면 다섯 갈래, 여섯 갈래로 해바라기처럼 벌어지는 것이었다. 대개 보름 정도 아픔을 참으면서 그것이 빨리 썩도록 기름기 있는 음식을 먹곤 했다. 처음엔 퉁퉁 부어서 주먹만해지지만 묶어놓은 부분의 살점이 끊어지면서 부기도 서서히 가라앉았다.

완전히 다 나으면 정말 해바라기처럼 떡 벌어져서 기묘한 형상을 이루었다. 그들은 거기에다가 그것도 부족해서 여섯 갈래, 다섯 갈래로 벌어진 곳에다 일일이 다마를 집어넣어 더욱 둥글둥글하도록 만들었다. 다섯, 여섯 개의 벌어진 부분 끝에다 다마를 집어넣은 것은 어찌보면 왕관처럼 보여졌고 귀두 부분에 아령을 매달아놓은 형상이었다. 수술은 누구나 할 수 있어서 바늘만 가지고도 포경수술을 했고, 나무젓가락만 가지고도 울퉁불퉁하도록 다마를 집어넣었다.

목욕탕에 가보면 전부 이 안에서 수술한 것들이었다. 더러 출역수들은 의무과에서 얻은 바셀린을 잔뜩 주입해서 성기가 마치 주먹 만하게 만들기도 했고 어떤 놈은 너무 커서 입이 벌어질 지경이었다. 남자들이란 그저 큰 것이 좋다는 식으로 무식하게 크게 키워서는 목욕탕에서 자랑삼아 덜렁거리기도 했다. 그리고 온갖 문신들……."

어떤 재소자는 성기의 끝에다가 여체를 새겨넣기도 했고, 애인인지 여자의 이름을 새기기도 했다. 예민하고 민감한 그곳에다 바늘로 꼭꼭 찔러서 먹물 대신 연탄가루를 집어넣어 문신을 만들었다. 이곳에서는 심심해서, 시간을 깨는 셈치고 그런 장난을 함으로써 하루를 흘려보내고 있었는지 모른다. 무료함이 만들어내는 그런 장난은 밖에 나가 한 번 시험해보고 싶은 강한 욕망을 불러일으켰다.

"성호야, 칫솔 가져와라."

"왜요?"

"몰라서 묻냐? 심심한데 그거나 좀 단련시켜야지."

성호가 내민 칫솔은 이미 쓰다가 솔이 문드러져 버릴 것이었다. 팬티를 스스럼없이 내리고 앉아서 그곳의 귀두를 칫솔로 문질러대는 것이다.

"야, 너무 그렇게 문지르지 마. 피가 나면 소용없어. 피가 안 나게 천천히 문질러야 단련이 되는 거야."

이번에는 방 안 사람 중에 누가 코치를 한다.

"징역 살면서 그거라도 하나 든든하게 만들어갖고 나가야지 원, 이렇게 해서 카바레나 가서 돈 많은 과부하나 물어가지고 잘 살고 있다는 놈도 있더라."

"크흐흐, 그거 조오치."

아무래도 그들은 가만있질 못했다. 무엇이든 재미있는 일들이 있어야 했다. 한 놈이 그러면 또 다른 놈들도 바지를 내리고 서로 둘러앉아 칫솔대를 문질렀다. 담당이 지나가다가 그것을 봐도 창살 너머로 웃고만 있었고 제지를 하지 않았다.

징역이란 데는 원래 재소자들이 심심하면 사고를 치기가 십상이므로 그렇게라도 해서 앉아만 있으면 절대 폭력 사고 같은 건 일어나질 않았다. 그러니 굳이 제지할 필요가 없었다. 그 짓도 지쳤는지 이번에는,

"우리 누가 멀리 쏘나 한 번 시험해볼까?"

하고 누군가 말했다.

"크하하하, 한 번 해볼까?"

모두들 웃어젖혔다. 그들은 어느 잡지에서 오린 여배우의 사진이나 탤런트의 사진을 벽에다 붙여놓고선 나란히 일렬로 앉았다. 그리고 바지를 끌러내리는 모습은 마치 시합을 치르는 사람의 약간의 긴장감마저 감돌았다.

종태는 그러는 그들이 우습기도 해서 그저 누워서 보고만 있었다. 가장 나이가 어린 성호만 빼고는 전부 사진을 향해 남성을 꺼내들었다. 성호가 수건을 들어 '시작'을 알리자 그들은 제나름대로 자위를 하기 시작했다. 처음엔 종태도 가만히 누워서 보고만 있었으나 그들이 얼굴에 기괴한 표정을 짓는 것이 우스워서 벌떡 일어나 그들이 앉은 뒤켠에 가 섰다. 방 사람들은 진

지한 표정으로 제각기 열심히 손들을 놀리고 있었다. 손바닥에 쥐어진 물건이 터질 듯이 충혈되었고 그들의 눈은 전부 사진에 가 있는 중이었다. 그들은 지금 사진의 여인을 바라보며 안간힘을 써댔다.

종태는 마치 심판이라도 하듯 한 사람씩 손놀림을 들여다보고 있었고 누가 먼저 쏠 것인가를 점치고 있는 중이기도 했다. 그리고 누가 더 멀리 나가나를 예상하고 있었다.

그들의 얼굴은 시뻘겋게 달아올라 있었고, 방바닥에 펑퍼짐하게 앉아 있는 놈이 있는가 하면 또 어떤 놈은 아예 무릎을 꿇고 앉아 자위를 하고 있었다.

"으랏차차!"

누군가 제일 먼저 쏘았는가 보다. 허연 액체가 저만치 마룻바닥에 튀었다. 성호는 박수를 쳐대면서 응원을 하고 있었다.

종태는 진기한 시합의 심판관으로서 이쪽저쪽을 열심히 살피고 있었다. 그도 웃지 않을 수 없었다. 시합치고는 정말 이 세상에서 처음 보는 시합이었으니까.

계속 사정을 해대는 사내들의 기합소리가 났고 방바닥은 금세 허연 액체로 범벅이 되고 있었다. 그리고 확 풍겨나오는 비릿한 내음. 종태는 코를 싸쥐고 있었다. 그러기는 성호도 마찬가지였다.

구치소란 데가 원래 그랬다. 낮 동안의 무료함을 달래기 위해선 별의별 장난들이 다 동원이 되고 있었다. 사정을 한 사내들이 희멀겋게 웃기 시작했고 풀썩 주저앉는 이도 있었다. 빳빳했던 긴장이 풀어지면서 처지는 모양이었다.

"야아, 경석이가 제일 멀리 나갔는데."

짝짝짝, 박수가 터졌다. 정말 한심한 짓들이었다. 그것도 시합이라고 하다니.

사내들은 저마다 힘이 빠졌는지 휘청거리면서 일어나 창문께로 가서 찬바람을 쐬거나 뺑끼통으로 들어갔다.

"야야, 힘들었으니까 먹을 것 좀 내놔라."

태식이 그렇게 말하자, 성호가 얼른 벽장문을 열어서 안으로 훌쩍 기어들어갔다. 그리고는 그 안에서 먹을 것들을 잔뜩 밑으로 내던졌다. 이제 또 먹기 시작할 모양이었다.

그들은 먹을 때만 되면 빙 둘러앉았다. 성호가 일일이 골고루 나눠준 것들이 각자의 앞에 일정하게 놓여 있었다. 종태가 먹을 걸 들어야 전부 먹기 시작하는 것이다.

"오늘 일등은 경석이가 최고였어. 내가 상으로 오징어를 한 마리 더 주지."

종태는 자신의 것을 훌쩍 던져주었다.

그들은 히히덕거리며 먹는 데에 열중했다. 먹는 것보다 더 신나는 건 없었다. 원래 이 방은 개털 방이었는데 종태가 온 이후로부터 먹을 것들이 갑자기 많아진 것이다. 종태가 하루에

127

쓰는 돈이 보통 몇 만 원이었고 그 중에서 면회를 오는 가족들이 넣어준 것만으로도 이불장 안에 먹을 것들이 넘치고도 남았다. 하루에 꼭 서너 번은 그렇게 빙 둘러앉아 먹었다. 먹는 것과 음담패설을 빼고 나면 뭐가 남을까. 먹는 시간 외에는 전부 음담패설이라고 생각하면 한결 쉬울 것이다.

사람이 살아가는 데 제일 관심이 있는 것이 성(性)에 관한 거였다. 역대 정권의 대통령들도, 고령임에도 불구하고 섹스를 탐닉했고 지금 압구정동에는 맨날 뒹굴고 노는 젊은 것들이 일제 할아버지를 끼고 살고 있잖은가. 일본에서 한 번, 한국으로 들어오는 그들을 맞기 위해 요즘 젊고 싱싱한 처녀들이 아파트에 죽치고 앉아서는 낮잠이나 자고, 하릴없이 쇼핑이나 즐기고, 에스페로나 스쿠프를 타고 호스트바나 들락거리지 않는가. 일본에서 보내주는 엔화에 묶여서 꽃이파리를 하나 둘 떨구는 삶이란 것도 결국 성과 돈에의 탐닉에 불과했다.

여사에서는 지금 혼성인 여자가 들어옴으로써 온통 여자들이 난리였고 보안과에서는 그 여자의 문제로 골머리를 앓고 있었다.

남자와 여자의 것이 둘 다 달린 여자가 들어온 날로부터 여사에 있는 재소자들은 서로 어떻게든 잘 보이려고 먹을 것들을 몰래 건네주다가 여직원에게 들켜 야단을 맞았지만 할 수 없었다. 본능이란 원래 억제한다고 해서 되는 게 아닌 모양이었다.

막으면 막을수록 더욱 간절해지는 것이 바로 그것이었다.

"야, 이년들아. 뭐가 그리 좋아서 난리벅구통이냐? 나가면 신물나게 할 텐데."

뚱뚱한 송정숙 담당이 빽 소릴 질렀다.

"선생니임, 선생님은 매일 출퇴근을 하니까 모르지만 여기 갇혀있어 봐요. 매일 생각나는 게 그것밖에 더 있겠어요? 선생님도 다 알잖아요? 괜히 시치미를 떼니까 그렇지. 좋은 걸 어떡해요?"

"미친년, 지랄하네……."

송정숙 담당은 피식 웃었다. 사실 그렇다. 자신도 생활하면서 그게 싫지만은 않았다. 누가 신이 인간에게 베푼 성의 유희를 마다하겠는가. 만약 성을 나쁘게 보거나 경멸한다면 그것은 바로 인간을 창조한 신에게 도전장을 내미는 것이거나 반박하는 것이리라. 아무리 요조숙녀라도 밤의 규방에서는 남다를 때도 있고, 혼자 은밀히 그러한 것을 즐기는 것이 또한 여자들이었다.

여사에서는 비오는 날이나 궂은 날이면 둘씩 한 모포를 덮는 그 안에서 서로 상대방의 그곳을 자위해주는 것이었다. 그게 지긋지긋한 징역을 조금이라도 잊는 방편이었고 쾌락이었다. 한쪽에서 그러기 시작하면 옆에서도 그랬고, 온 방 안이 가느다란 신음소리에 싸일 때도 있었다. 그러면 복도에 있는 담당이 철문을 쾅 차댔다.

"썩을년들, 뭐 할 짓이 없어 그 지랄들이야!"

그러면 방 안에서는 저희들끼리 키득키득 웃는다. 그러면서도 손놀림은 멈추질 않는다. 어떤 여자는 아예 이불 속으로 기어들어가 나오질 않는 거였다. 그녀들이 짓는 얼굴표정은 전부 가지각색이었다. 일그러졌다가 펴졌다가 악을 쓰듯이 찡그리는 모습들이었다.

복도의 담당도 처음에는 심한 말을 했다가도 이내 그만둬버린다. 인간의 욕망을 알아서인가. 아니면 그들에게 동정을 하고 있다는 표시인가.

삼사 일에 한 번씩 똥을 푸러 오는 위생 출역수들이 나타나면 여사는 온통 야단법석들이었다. 담당은 미리 창문에다 모포로 밖을 내다볼 수 없도록 가리도록 지시를 했지만 그녀들은 그것에 아랑곳하지 않았다. 바깥에서 똥을 푸기 위해 기다란 호스를 변기통에다 박는 남자들에게 소곤거린다.

"아저씨이, 이름이 뭐예요?

남자는 한 번 씨익 웃는다.

"좆통수라고 하오. 그대의 얼굴이 보이질 않으니 애모하는 마음이야 오죽하겠소."

남자는 별로 배운 것이 없지만 마치 연애편지를 읽듯이 고상한 척 읊어댄다. 그러면 사방 안의 여자들은 빼꼼히 얼굴을 내미는 거였다. 모포 사이로 얼굴을 내민 여자들은 전혀 화장기가 없는 얼굴이어서 새하얗다. 더러 기미가 낀 중년의 여자도 있다.

"아저씨는 힘이 셀 것 같으다아. 애인 있어요?"

여자는 쿡쿡거리면서 말을 붙인다. 그 여자의 주위로 다른 여자들의 얼굴이 하나 둘 나타난다. 서로 밖을 내다보려고 아우성이다.

"마누라가 하나 있었는데 도망가고 없소. 당신은 어떻게 들어왔소?"

남자는 슬슬 일을 하면서도 눈길은 여사의 창살로 가 있다. 창살에 다닥다닥 붙은 여자들의 얼굴이 이층, 삼층으로 불어나고 위생 출역수들도 점점 어슬렁거리며 모여든다.

"이야, 쓸 만한 남자들이 많어, 호호호……."

"야, 이년아. 니 남자냐? 괜히 헛물 켜지 마라."

저희들끼리 키들거리는 모습이 마치 어린애들 같다.

"이년아, 나중에 한 번 만나려거든 먹을 것들이나 좀 내다줘라."

"예이, 분부대로 하겠사와요."

여자들이 어쩌면 더 짓궂었다. 누군가 방장이라도 되는 듯이 먹을 것을 내주라고 하자 금방 과자 부스러기며 빵들이 내밀어진다.

"아저씨, 똥 푸는 데 수고가 많으세요. 같이 드세요."

"어허, 뭐 이런 걸……."

사내는 여자가 내미는 것을 처음에는 조금 사양하는 듯하다. 여자들은 조금이라도 더 자신의 얼굴을 드러내 보이려고 서로 밀치며 야단법석들이고 남자는 떡 버티고 서서 그것을 받는다. 혹시 누가 볼세라 얼른 옷품 속으로 집어넣는 폼이 예사롭지 않다. 여자들과의 주고받음은 물론 엄격히 금지되어 있지만 그들은 개의치 않는다. 이미 막갈 데로 가버린 그들 아닌가. 무엇 하나 두려울 게 없는 터였다. 그리고 남자도 아닌 여자가 내미는 것이란 또 다른 것이었다. 남녀가 엄격히 분리되어 있는 이곳이지만 몰래 일어나는 이러한 일들을 누가 막을 수 있을 것인가.

사내가 품안으로 감추자 여자들은 더 친밀하고도 나긋나긋하게 말을 거는 것이었다. 남녀란 통성명이 끝나고 나면 쉽게 달아오르게 되어 있었다.

"아저씨이, 우리 방 것은 좀 많이 퍼주세요. 나, 아저씨가 차암 맘에 든다아."

여자의 교태 어린 말에 남자의 귓등이 다 간지럽다. 사내는 일을 하면서도 연신 여자들의 얼굴을 올려다보고 있다. 아까운 그림을 놓치지 않겠다는 듯이.

"뭘로 들어왔수?"

사내가 묻자 그 중에서 제법 발랄한 여자가 대뜸 말을 받는
다.

　"제 얼굴 좀 보세요. 제 얼굴을 보면 척 생각이 나지 않아요?
남자들이 말하는 물총이라는 거, 물총하고 좀 놀았죠. 공범은
8동에 있대요. 아저씬 작업을 하니까 8동에도 갈 수 있겠지요?
8동 상 10방에 있는 김태진 씨가 제 정부예요. 가면 한 번 전해
주세요. 내가 무지 보고 싶어한다고요."

　"알겠소, 한 번 이야긴 해보지요. 간통으로 들어왔으니 더 이
상 원은 없겠소 그려."

　사내는 느릿느릿 손을 움직인다. 그 자리를 뜨고 싶지 않은
것처럼. 한 마디로 여자들과 노닥거리는 게 더 좋은 모양이다.

　"난, 아저씨가 더 맘에 든다아. 이 창살만 없으면 얼마나 좋
을까? 남들이 보든 말든 서서 할 수도 있는데……."

　그 여자의 농지거리에 전부 다 웃음보를 터뜨린다. 사내의
히죽 웃는 입속으로 앞니가 한 개 빠진 게 보인다.

　"아저씨, 남자들은 뺑끼통 안에서 자위를 한다면서요? 아저
씨도 가끔 해요?"

　또 다른 여자의 느닷없는 질문에 또 한바탕 폭소가 터진다.
사내는 이제 얼굴이 붉어졌다간 이내 표정이 고쳐진다. 사내의
옆에 있는 또 한 사람의 사내가 슬쩍 끼어든다.

　"그럼, 여자들은 그짓 안합니까? 다 똑같은 거지 뭐."

"호호호, 아저씨두. 아저씨는 하루에 몇 번 하는지 알 것 같으다아. 아마 두 번은 할 것 같애."

"그래, 맞다 맞어. 저 아저씨 코 큰 것 좀 봐라. 코가 두리뭉실한 게 정말 힘깨나 쓰게 생겼다아."

"호호호."

남자 두 명에 여자들이 떼거지로 몰려들어서 농지거리를 나누는 중에 저편 복도에서 앙칼진 목소리가 들려온다.

"야, 이년들아. 누가 모포를 걷고 남자들과 얘길 하라고 했어? 가만 앉지 못해!"

여사 담당의 목소리다. 그러자 여자들은 우수수 낙엽지듯이 풀썩 밑으로 주저앉는다.

"아이고오, 선생님. 우리 방에 똥이 너무 빨리 차니까 좀 많이 푸라고 했거들랑요. 그 말밖엔 안했어요."

누군가 그렇게 변명을 늘어놓는다.

"야, 이년아. 누가 모를 줄 알고. 남자한테 데었다고 하더니 주둥이만 살아서. 그저 남자라면 사족을 못쓰는 것들이라니……."

여사 담당도 질투를 느끼는지 비꼬는 말투다.

"선생님, 똥푸는 남잘 누가 좋아해요. 나가면 쌔고쌘 게 다 남자들인데요."

"아이구, 그저 저 주둥아리만 살아선…… 야, 니년이 아무리

134

그런다고 해도 니 속을 다 안다. 자꾸 그러면 다음부턴 아예 복도로 불러내서 남자들 얼굴도 못 보도록 할 테다."

"선생님, 잘못했습니다. 그저 조용히 있을게요. 다음부턴 남자가 밖에서 불러도 가만있을게요."

여자의 그 말에 방 안은 떠나갈 듯하다. 전부 주고받는 말들이 반은 농담이나 마찬가지다.

담당도 그랬다. 겉으론 나무라지만 속으론 그렇질 않았다. 시간을 죽이려고 그저 입을 놀리는 것에 불과했다. 주고받는 말투에서 충분히 느낄 수 있었다. 그러다가 조금 있으면 다시 고개를 쳐드는 여자들이었다. 이성이란 자석처럼 서로 다른 극끼리 붙으려는 속성이 있듯이 사람이라는 것도 마찬가지였다. 괜히 말이라도 던져보고 싶었고 얼굴이라도 한 번 더 보고 싶은 것이었다.

"아저씨, 다음 번에 들어올 때도 우리 방으로 오세요. 먹을 것들을 더 많이 내어놓을게요. 제 이름은 춘자걸랑요. 이름을 부르세요, 호호호."

사내는 알았다는 듯이 손을 들어 표시했다. 이곳의 여자들이란 이미 막갈 데로 온 것이라고 생각해서인지 대담했다. 감히 밖에서는 생각지도 못할 일들이 스스럼없이 일어나고 있었다. 부끄러움이란 그네들 말로 얼어 죽을 놈의 것이라는 식이었다.

17

출역, 그리고 담배장사

이제 곧 봄이 오려는가 보다. 멀리 보이는 서림 아파트의 언덕배기에 연푸른빛이 드문드문 드러나고 있었고 산들도 역시 초록을 감추지 못해 안달이었다. 정말 신기했다. 이곳 구치소에는 사계 중 아예 봄과 가을은 없을 것같이 춥더니만 기어코 봄빛이 오기는 오는 모양이다. 우선 교도관들의 옷이 춘하복으로 바뀌었고 사람들의 행동도 무언가 재빠르게 움직여지는 거였다. 그리고 봄의 나른함. 그 특유의 허망함과 나른함이 이미 몸속 깊이 봄이 와 있다는 증거였다.

지치도록 길게 끈 재판은 너무 어이없게도 항소심 기각이라는 판결로 기대가 여지없이 무너져버리고 말았다. 종태는 별 마음 없이 탄원서를 보내면서 혹시나 하는 마음도 없지 않았다. 특별히 담당 판사가 기독교인이라는 소문을 듣고서 탄원서의 말미에 이렇게 적어 보냈던 것이다.

…… 존경하옵는 재판장님.

저는 고아로 자라나 이 사회의 독풀처럼 어두운 구석만 전전하면서 주먹세계를 주름잡았지만 지금 영어의 몸이 되고부터는 틈틈이 기독서적을 보기도 하고 성경을 읽으면서 저 자신의 수양에 힘 써왔습니다.

존경하옵는 재판장님.

아무 곳에도 의지할 곳 없는 이 죄인이 이제는 이 사회를 위해서 무엇을 해야 할까 하고 날마다 새벽이면 기도를 올리고 있습니다. 유명한 목사 중에도 일찍이 범죄의 세계에서 악명을 떨쳤던 김익두 목사님을 존경합니다. 그리고 저도 그러한 사람이 되기를 고대해 봅니다. 지난 시절은 너무나 몰랐고 편협된 세계에서 생활을 했지만 이제 주님을 영접하고부터는 제 시각이 완전히 달라졌음을 고백합니다. 가끔 종교집회에 올라가서 목사님의 설교 말씀에 은혜를 받고 얼마나 울었는지 모릅니다. 이제는 정말 새사람이 되어야겠다고 마음속으로 다짐을 하기를 여러 번 하였습니다.

존경하옵는 재판장님.

끝까지 이 글을 읽어주심을 감사드립니다. 마지막으로 사죄

하는 마음으로 하해와 같은 재판장님의 선처를 바라마지 않습니다. 이번 한 번만 용서를 하여 주시면 나가서는 정말 새 삶을 살 것을 맹세드립니다. 판사님의 가정에 내내 주님의 은총이 함께 하옵시기를 빕니다.

1993. 12. 27일

영등포구치소 수감중

재소자 2275번 차 종 태

서울고등법원항소5부재판장님귀하

같은 방에 있는 태식이 짧은 머리를 짜내서 최대한 판사의 동정심을 유도해내기 위해 갖은 미사여구를 다 동원했지만 판사는 그러한 탄원서에 속지 않았다. 종태가 기독교에 심취해 있다는 말도, 성경을 여러 번 봤다는 말도, 종교집회에 올라가 목사의 설교에 감동되었다는 말도 모두 거짓말이었다. 그건 어디까지나 빵잽이인 태식이가 꾸며낸 말들이었다. 결국 종태는 아침 호송차로 끌려가서는 11시쯤에 있은 서울고법의 항소심 선고에서 기각이라는 판결을 받았던 것이다.

여러 명이 앞으로 불려나가 쭉 일렬로 서서 차례대로 형량을 받았는데 항소심에서는 거의가 기각이었다.

판결을 받고 돌아오는 호송차 안에서 종태는 이제 재판이 모두 끝났다는 마음뿐이었다. 대법까지 끌고 올라갈 성질이 아니었으므로 아예 상고 포기를 할 요량을 단단히 하고 있었다.

그제 11방에 있던 장제동씨가 느닷없이 구속 집행정지로 나가버리자, 종태는 갑자기 사회에 대한 미련이 앞섰던 것이다. 사물보따리를 챙겨들고 복도를 걸어나가는 장 씨를 바라보며 왜 그런 비애에 젖었는지 모른다.

"각하, 나가시니까 얼마나 기분이 좋습니까."

그렇게 말을 건네자, 장 씨는 그 특유의 빙긋 웃는 얼굴로 말했다.

"종태도 빨리 나가야지. 난 이곳에서 성경을 오십 번을 봤지. 밖에 있었으면 한 번도 못 봤을 거야. 수양을 하고 간다고 생각하고 있어. 이곳은 내가 지켜보기로, 90%는 폐인이 되는 곳이고 나머지 10%만 달인이 되는 곳이지. 하여튼 종태가 끓여준 찌개 맛은 잊지 못할 거다. 여러분들도 나같이 곧 풀려나기를 빈다."

장 씨는 미리 정부 측과 교감이 있었는지 반성의 빛을 나타내 보이자마자 곧 구속 집행정지라는 법원의 판결을 받고 나가버렸다. 그가 나가는 날은 여러 간부들이 도열하듯이 사방 입구에서부터 그를 맞고 있었다.

정말 빽이란 그렇게도 무서운 것이었다.

종태는 요즘 들어서 한 사람씩 나갈 때마다 기분이 이상해짐을 느꼈다. 뭐랄까, 질투 같은 것도 아니고 바람 같은 것도 아닌, 말로 표현할 수 없는 그런 것이었다. 마치 은영이 어느 날 자신을 떠나갔듯이 모든 사람들이 다 자신으로부터 떠나가는 것만 같았다.

종태는 재판을 받고 들어오던 바로 그 시간에 담당을 통해 함 주임을 면담했다.

"주임님, 저 기각되었습니다. 타소로 이감을 가지 않고 이곳에서 징역을 살고 싶습니다. 한 번 힘써주십시오."

어느덧 종태도 꽁지를 조아리고 있는지 모른다. 그랬다. 아직 재판이 끝나지 않았을 적에는 아무것도 두려운 것이 없었지만 막상 판결을 받고 보니 그렇지 않았다. 이제 자신은 징역을 깰 준비를 해야 했다. 사람이란 이렇게도 간사했다.

"알았어. 내가 위에다 보고를 해보지. 그런데 넌 범죄조직이라 원래 구치소에서는 풀릴 수 없는 죄명이야. 네가 나한테 한 게 있으니까 참작을 하긴 하겠지만 너무 믿지는 말어……."

"……."

함 주임은 은근히 종태를 제압하는 눈빛으로 말하고 있었다. 이제 귀찮다는 표정이었다. 그러나 종태는 그의 그러한 눈빛을 꺼려하진 않았다.

"나도 처음엔 의정부로나 가려고 마음을 먹었습니다만 아무래도 동생들이 면회를 오려면 서울에 있는 것이 낫겠다는 생각을 했습니다. 과장님한테 잘 말씀을 드려주십시오. 저엉 안된다면 이송을 가겠습니다만……."

종태는 말의 끝 부분인 '저엉 안된다면……' 이라는 말에 약간 힘을 넣어서 말했다. 함 주임도 벌써 눈치를 챘을 것이다. 만약 제멋대로 자신을 이송 보내겠다면 뒤끝이 좋지 않을 것이라는 무언의 일침이었다. 종태는 그렇게 나올 수밖에 없었다.

"알았네. 내가 과장에게 보고를 해보지……."

역시 소금을 집어먹은 놈이 물을 켜게 되어 있었다. 종태가 건네준 돈의 위력이 과연 있긴 있었다. 함 주임은 얼굴을 약간 찡그리다가 의자에서 일어났다.

"좀 기다려봐……."

"알았습니다. 그리고……."

함 주임이 관구실 밖으로 나가려다가 말고 뒤돌아섰다. 그리고 종태를 노려보았다.

"이왕이면 여기서 출역을 하게 해준다면 가능하면 원예부에서 출역하고 싶습니다."

"……."

이번에는 함 주임이 아무 말이 없었다. 어이없다는 표정이었다.

"……."

마치 벌레를 씹은 모습이었다. 종태는 제 할 말을 다 해버린

141

사람처럼 눈 하나 깜짝하지 않고 꼿꼿이 상체를 세워 앉아 있었다. 잠시 머뭇하던 주임이 먼저 밖으로 나가버리자 종태는 어슬렁거리며 복도로 나왔다.

구치소의 온실은 2감시대 앞에 있었다.

출역수들이 기거하는 9동에서 나오면 곧바로 사식당이 있고, 양재공장과 재소자들이 이발 면도를 하는 재소자 이발소가 있다. 그리고 목욕탕과 세탁공장이 있는데 슬레이트로 비를 겨우 피할 만큼 조그만 막사가 있는 곳에는 내청과 위생 출역수들이 우글거렸다. 그리고 몇 발자국 떨어진 곳에 화초를 키우는 원예부의 온실이 있으며, 영선부 출역공장이 있다. 그 뒤로 2감시대가 높다랗게 서있었다. 2감시대에서는 밑에 있는 각종 출역공장들이 한눈에 다 들어올 정도로 환히 보였다.

종태가 출역하는 원예부는 10평 정도의 온실이었는데 화초가 얼어 죽지 않도록 온실 안에 난로를 피워놓고 있었다.

원예부는 종태까지 합해서 모두 다섯 명이었다.

일단 재판이 끝나고 출역을 하게 되면 하얀 한복은 입질 못했다. 이제 바야흐로 완전한 죄인이 되어 관에서 지급해주는 퍼런 광목으로 된 죄수복을 입게 되었다. 거기에는 가슴팍에 커다랗게 번호표를 붙여두고 있었으며 그 번호는 종태가 출역이 확정되면서부터 새로 번호를 부여받은 것이었다. 1253번이 그의 수번이었다.

아침 기상나팔이 불자, 9동에 있는 출역수들은 부스스 일어나 또 하루를 깨러 나가야 하는 것이었다. 날마다 달력에다 지난 날수만큼 숫자 위에다 빗금을 그으며 하루가 지났다는 표시를 했다. 밖으로 나가봐야 아무런 할 일이 없는 이들도 출역수만 되면 그렇게 나갈 날만 고대하고 있었다. 남들이 다 그렇게 하니까 자신도 그렇게 하는 것인지, 아니면 정말 나가야겠다는 강렬한 욕구가 갑자기 생겨서 그러는 것인지는 모르겠지만 하여튼 그들은 하루 일과가 끝나서 방으로 돌아오면 달력에다 빗금을 그어나갔다.

"형님, 뭐 좀 먹고 하죠?"

상덕이었다. 봄에 내다 심을 화초분에다 거름을 넣고 있다가 배가 출출한 모양이었다. 상덕이 그렇게 말하자 모두 종태에게로 시선을 던졌다.

"그럴까? 벌써 그렇게 됐나……."

종태는 소설책을 보고 있던 중이었다. 종태가 읽던 소설책에다 간지를 꽂아 덮어버리자 그들의 얼굴에 희색이 돌기 시작했다. 종태는 처음부터 출역을 하게 되면서 영등포의 주먹잽이라는 사실과, 또 위에서 특별히 신경을 써서 출역할 수 없는 죄명이었음에도 불구하고 원예부로 출역을 하게 된 사실만으로도 반장이 될 수 있었다. 지금 상덕이 그렇게 묻는 것도 반장인 종태의 허가를 얻고자 하는 말이었다. 남들은 열심히 일을 하는 동안에도 종태는 소설책만 보고 앉아 있었다. 그리고 아예 그들도 반장인 종태가 일을 하리라는 것을 고려하고 있지도 않았다.

"뭘 먹고 싶냐?"

종태가 물었고 누군가 얼른 대꾸를 했다.

"사식당에서 파는 고등어튀김을 사먹는 게 어떻습니까?"

"그러지…… 야, 누가 가서 고등어튀김 만 원어치만 사갖고 와라."

그러자 시우가 얼른 일어서서 온실 안의 고무봉을 들고 나갔다. 사식당에는 재소자들이 사먹을 사식이나 고등어튀김, 국수, 자장면, 봉지김치, 떡라면 등을 팔았다. 그것은 어디까지나 법무부의 수입이었는데 이곳의 부조리가 도사리고 있는 곳이기도 했다. 수천 명의 재소자들이 영치금 카드로 사먹게 되는 사식당의 음식은 형편없는 데에 비해 터무니없이 비쌌지만 방안에서 입군더기를 할 수 밖에 없는 재소자들은 사식당의 음식이 별미였다.

원예부의 다섯 명 중에서 배식을 맡고 있는 상덕이 고등어의 제일 큰 놈을 골라 담당 직원에게 상납을 하고, 그리고는 다시 종태에게는 따로 그릇에 담아주었다. 담당은 재소자들의 앞에서 음식을 먹지 않았으므로 책상이 있는 온실 안에다 갖다 주었다.

"담당님, 반장이 간식으로 산 겁니다. 한 마리 드셔 보십시오."

"어, 그래? 알았어."

담당은 온실의 훈훈한 데서 막 잠이 깬 듯 눈꺼풀이 푸스스했다. 담당은 아침에 출근을 해서 종태에게 당일 할 작업 지시만 하고는 아예 온실에서 밖으로 나오질 않았다. 그는 시시껄렁한 책을 보다가 잠이 오면 잠을 잤고, 기지개를 켜고는 또 잠을 잤다. 그놈의 잠은 왜 그렇게 자는지 끝도 없었다.

재소자들에겐 그게 오히려 편했다. 담당의 눈감시를 받는 것보다는 그렇게 잠만 자는 것이 여러모로 편했던 것이다.

"담당은 뭐 하디?"

종태가 물었다. 손에 튀김기름이 묻어 번지르르했다.

"자다가 이제야 일어났어요."

"참말로 원예 담당은 너무 편해. 누가 순시를 오면 우리가 다 깨워주지, 먹을 것 갖다 주지, 관복 빨아주지, 영양제에다 우루사에다 음료수까지 갖다 바치니 운동 부족으로 살만 뒤룩뒤룩 찌는 거지……."

사기로 들어온 시우가 그렇게 말하자 종태는 그저 씩 웃기만 했다.

"아, 그럼 시우 씨도 나가면 교도관시험이나 쳐서 들어와. 얼마나 편해.”

“앗따, 이 사람아. 전과가 있는 몸이 어떻게 공무원 시험을 치나. 그리고 지금 내 나이가 얼만 줄이나 알아? 이미 사십이 낼 모레라구.”

“아하하하, 이런 데 들어오기 전에 옛날에 교도관이 되었더라면 이렇게 빵잽이가 되진 않았잖어.”

“글쎄 말이여, 근데 이 짓도 못해먹을 거 같어. 공무원이 돼가지고 죄수들과 맨날 징역을 같이 살아야 되니 그거 곱징역이 아닌가.”

“맞아, 곱징역이지 뭐야. 담당은 맨날 밤에 뭘 하는지 출근만 하면 저렇게 잠만 자는지 모르겠어.”

이번에는 길환이가 고등어의 살점을 씹으면서 말했다.

“밤에 하긴 뭘 해? 여자 배 위에 올라타는 것밖에 더 있어?”

“우헤헤헤, 길환 씨는 간통이니까 그것밖엔 몰라…… 누가 간통이 아니랄까 봐서 그래?”

다섯 명의 출역수들은 서로 도란거리며 농을 주고받았다. 일이래야 기껏 화분이나 만지고, 막 싹이 돋기 시작한 꽃모종에 물이나 뿌려주는 것이었으며, 온실의 난롯불이나 꺼트리지 않는 것이었다. 그리고 낮에 한 번 사동 사이에 있는 화단이나 일구는 것이었다. 잔반통이 있는 옆에다 거름더미를 만들어서 그 거름으로 화분을 만드는 것이 고작이었다.

아침 출역을 나오면 아직 어두컴컴한 마당에서 두 줄로 쪼그리고 앉아서 점검을 받았고 숫자가 맞으면 출역수들은 각자 제일터인 출역장으로 갔다. 밤사이, 온실의 온도를 알아보는 일과 난롯불을 살피는 일과 환기를 시키는 일이 원예부의 처음 일이었다. 다른 재소자들이 그러한 일을 하는 동안 종태는 밤새 야간근무를 마치고선 덜덜 떨고 있는 담당 직원과 난로 옆에 나란히 앉아 이야기를 나누는 것이었고 나중에 아침 배식이 떠서 밥상이 차려지면 직원에게서 떨어져 나와 식사를 하면 되었다. 종태가 일을 하지 않고 그렇게 반장의 위치만 고수하는데에 대해 이러쿵저러쿵하는 이도 없었다. 종태가 낮 동안 무슨 짓을 하건 제지하려는 사람 또한 없었다.

이미 이곳에서는 종태가 하는 걸로 봐선 재소자도 아니었고 그렇다고 직원도 아닌, 그야말로 호의호식하는 존재였다.

낮에 졸리면 온실 안의 난로 옆에서 의자에 앉아 담당과 같이 졸았고, 혹시 누가 순시라도 오는 날엔 미리 밖에서 일하던 누군가가 들어와 알려주었으므로 절대 문제될 리가 없었다. 담당은 담당대로 옆에 종태를 끼고 앉아서는 졸리면 슬슬 주먹세계의 재미난 이야기를 건네 듣거나, 바깥에서 종태가 건드린 여자들의 세밀한 부분까지 침을 흘리면서 듣곤 했다. 그러다가 또 잠이 오면 잠을 잤으므로 옆에 종태가 있다는 것이 오히려 그에게는 든든한 것이었다. 순시가 뜨면 일차로 바깥에선 종태

147

에게 연락을 취했고, 다시 종태는 담당을 흔들어 깨웠다.

"담당님, 과장이 떴습니다."

그러면 담당은 얼른 옆에 벗어두었던 모자를 뒤집어쓰고는 후닥닥 튀어나갔다. 일을 하고 있는 재소자들의 옆에서 작업 감독을 하는 척하기 위해서였다. 여기서는 재소자들이 직원의 시선을 벗어나면 안 되었기 때문에 만일 자다가 들키면 당장 시말서를 써야 했다. 사고란 항상 담당의 눈을 피해서 일어나기 마련이었다.

요즘 들어, 자주 화장실에서 담배를 피우다가 들키는 재소자들이 부쩍 잦아졌고 그만큼 간부들의 순시도 잦아진 셈이었다. 그럴 때 어쩌다가 과장에게 잠을 자다가 들키면 영락없이 시말서를 써야 했고 심하면 징계에까지 회부되었다. 이곳의 생리란 재소자들의 세계처럼 강한 자에게는 약하고 약한 자에게만 강한 게 아니라 직원들도 마찬가지였다. 빽이 있는 직원은 강했고 빽의 쥐뿌리도 없는 이는 무지 약해서 한직으로만 나돌았다. 가령, 온실 안에서만 근무를 하는 원예 담당은 그래도 빽이 있는 축에 들었다. 간부가 순시를 떠도 원예 담당에게는 따스한 말이라도 건네고 지나가는 것만 봐도 알 수 있었다. 그러한 것은 분명 든든한 빽이 아니라면 뒤로 부정한 돈을 건네는 것밖엔 없을 것이다.

출역수들에겐 봄이나 여름보다도 겨울이 포경수술을 하거나

148

성기에 바셀린을 주입하기에 가장 활발한 시기였다. 각 공장마다 아예 돌아다니며 전문적으로 성기수술을 하는 이가 있었고 시술이래봐야 단 2, 30분이면 모두 끝났다. 의무과에서 몰래 얻어온 일회용 주사기로 난로 위에 얹어 데운 바셀린을 채워서 성기의 표피에다 주사를 하고선 그 주사바늘 구멍에다 반창고를 오려붙이는 것이었다. 보통 보름 정도면 속에 든 바셀린이 조금 굳기 시작하면서 수술은 완전하게 끝났다.

봄이 점점 다가오는지 모판에 뿌려두고 매일 서너 차례 물을 주던 곳에서 파란 새싹이 삐죽 돋아나오고 있었다. 겨울동안의 잠에서 모든 만물이 소생해 나오고 있는 중이었다. 봄은 갇혀 있는 재소자들의 마음을 심란하게 만들었다. 무언가 속으로부터 끓어오르는 불같은 것이 불쑥 튀어올랐고 괜히 맨주먹으로 쇠창살이나, 나무 같은 데를 쾅 내리치고 싶도록 만들었다. 그래서 구치소에서는 봄에 사고가 가장 많았다. 나무에 물이 오르듯이 여자들은 여자들대로 들떴으며, 남자들은 남자들대로 왠지 불안하게 보였다. 바깥에 두고 온 여편네가 혹시 바람이라도 들지 않았나, 아이들 걱정, 부모 걱정으로 어쩌면 송곳처럼 날카로워져 있었다.

우당탕.

영선공장에서 또 싸움이 일어난 모양이었다. 뭔가 부서지는 소리가 났다.

그러자 무슨 구경거리나 생긴 듯 원예에서 일하던 출역수들이 그쪽으로 모여들었고 슬금슬금 다른 공장에서도 눈구경을 나오는 것이었다.

"반장님, 영선에서 또 싸움이 일어난 모양이에요."

시우가 온실 안으로 뛰어들면서 그렇게 말했다. 담당은 졸리운 눈을 떴다가는 다시 눈을 감았고 종태는 슬슬 일어나 밖으로 나왔다. 영선에선 톱이며 망치며 공구들이 많아서 한 번 싸움이 일어나면 가장 위험한 곳이기도 했다.

영선공장 안에는 여러 명의 출역수들이 뜯어말리고 있었지만 각기 연장 하나씩 들고 있는 그들의 눈에는 뵈는 게 없었고 다른 재소자들은 감히 접근도 못했다.

"야, 이 새끼들아! 그만두지 못해!"

영선 담당이 악을 썼지만 그들은 서로 상대방의 허점만 노려보며 빙빙 돌고 있는 중이었다. 여차하면 톱날이 날아가 상대방의 어깻죽지에 가 박힐 판이었다. 담당은 소리를 쳐도 쉽게 허물어지지 않을 것이란 것을 알고는 얼른 인터폰을 집어 들었다.

"아, 보안과 보안과 여기 영선인데요, 지금 싸움이 일어났으니까 빨리 기동대를 보내주십시오, 빨리요!"

담당은 인터폰으로 이야기를 하고 있었지만 시선은 여전히 그들을 노려보고 있었다. 그런데 담당이 인터폰으로 보고를 하고 있는 동안 한 놈이 먼저 상대방을 향해 기습의 톱날을 날렸다. 톱날은 휘잉 하는 바람 소리를 내며 날았고 상대방은 철근봉을 들고 있다가 얼떨결에 그것을 막았다. 쨍 하는 쇠붙이 소리가 났고 본격적인 싸움이 시작되었다. 쇠와 쇠가 맞부딪는 소리가 났고 언제 맞았는지 옆구리에서, 이마에서 피가 터지기 시작했다. 그들은 피를 흘리면서도 눈만은 절대 상대방을 놓치지 않았다. 만약 그것을 놓치는 날에는 어쩌면 황천길이 되어 버릴지도 모르는 일이었다.

담당은 이제나 저제나 기동대가 도착하기만을 기다리는지 싸우는 놈들과 바깥쪽을 번갈아 내다보고 있었다. 지금 그곳에는 전부 방관자들만 있었고 누구 하나 싸움을 말리려 들지 않았다. 괜히 잘못 끼어들었다간 날아오는 톱날에 목이라도 뎅겅 달아날 형국이었다. 바닥은 이제 흥건한 피로 고이기 시작했고 그들의 온몸이 붉게 염색되고 있었다. 그들은 다시 떨어져서 빙빙 돌며 상대방의 약점을 노리고 있었다.

"야 임마! 이제 됐어! 모두 손을 놔!"

종태가 꽥 소릴 질렀다. 그리곤 불쑥 그들의 중간으로 뛰어들었다.

"너희들, 또 추가 뜨고 싶냐? 빨리 연장을 놔!"

종태의 두 눈이 부릅떠졌다. 눈빛이 강렬했다. 그러자 두 놈은 잠시 주춤거렸다. 빙빙 돌던 속도가 점점 느려졌고 종태는 어느 한 곳도 아닌, 둘 다를 노려보며 계속 눈으로 압력을 넣고 있었다.

"빨리 기동대가 오기 전에 그만둬! 빨리!"

종태가 마치 때릴 것처럼 주먹을 높이 쳐들자, 그들은 처음 엔 잠깐 종태를 원망스러운 듯이 쳐다보더니 툭 연장을 떨어뜨렸다. 한 놈이 떨구자 다른 놈도 역시 연장을 떨궜다. 그리고

"니들, 가출옥 먹고 빨리 나가려고 안달을 하면서 싸움은 웬 싸움이야? 치사하게 연장이나 들고. 남자새끼들이 어째 그 모양이냐……."

"……."

두 놈은 이제 전의를 상실했는지 주먹을 내리고 있었고 눈도 내리깔고 있었다. 그들의 몸에서 나는 피비린내만이 실내를 적시고 있었다. 종태는 천천히 그 둘을 노려보다가 다가가선 한 놈씩 뺨을 후려갈겼다.

철썩.

종태가 한 대씩 뺨을 갈기자,

"잘못했습니다, 형님."

하고 눈시울이 뜨뜻해지는 모습이었다. 조금 전까지만 해도 살의가 등등하던 그들이었다. 그런데 지금은 달랐다…… 종태의 단호한 질책에 언제 눈물이 떨어질지 모르는 처량한 얼굴들이었다.

"왜 그랬어?"

"……."

종태의 말에는 어디까지나 낮은 위엄이 깔려 있었다. 마치 자신의 부하를 다스리는 듯했다. 그건 어디서 터득된 것일까? 무기를 든 그들을 하나도 두려워하지 않는 대범함에 그들이 오히려 주눅이드는 건지도 몰랐다.

"저 새끼가 담밸 부는 바람에……."

피가 더 많이 나고 있는 놈이 울먹일 듯이 지껄였다. 종태는 천천히 뒤를 돌아보았다. 출역수가 담배를 피운다고 찌른 모양이었다. 종태가 노려보자, 그는 고개를 들지 못하고 있었다.

"네가 코를 발랐냐?"

"……예."

"……."

종태는 노려볼 뿐 더 이상 말은 하지 않았다. 담당이 있는 데서 함부로 무어라 말할 수는 없었으므로 종태는 가만있었다. 그리고 나선 천천히 몸을 움직이기 시작했다. 그 뒤는 너희들이 알아서 하라는 식으로…… 종태가 온실로 돌아갈 때까지도 기동대는 오지 않았다. 제기랄, 아마 기동대는 다른 데 가 있어서 출동이 잘 안 되는 건지도 몰랐다.

구치소의 봄은 유난히도 짧다. 높은 담벼락 때문인지 겨우내

153

꽁꽁 얼어붙었던 추위가 그늘에서 맴돌다가 봄이라는 걸 느낄 새도 없이 후딱 여름이 되었던 것이다. 아니 언제 여름이 닥칠지 모르는 것이다. 요즘은 낮에 일을 할 때마다 웃통을 벗어야만 되었으므로 완연한 봄인 모양이다.

"자, 작업 나갈 준비를 해라."

종태의 지시가 떨어지자 나머지 네 명의 원예부들은 벗었던 웃통을 찾아 입고는 각종 도구를 챙기고 있는 중이었다. 도구란 사동과 사동 사이에 있는 꽃밭을 갈아엎을 괭이며 삽, 그리고 나무의 전지를 맡을 전지가위 따위를 말했다. 작업을 나가기 위해선 배식당번은 언제나 마실 물과 약간의 간식으로 빵과 우유 같은 것들도 챙겨야 했다. 그것은 일을 하다가 잠깐씩 쉴 때 먹을 것들이었다.

종태는 이러한 먹을 것들을 전부 자신의 영치금 카드에서 사도록 지시를 해서 그들의 환심을 사고 있었는지 모른다. 물론 종태는 돈이 많았다. 하지만 그는 언제부터인가 작업을 하면서 찾아오는 출역수들에게 암암리에 강아지 장사에 손을 대고 있었다. 강아지란 이곳에서 말하는 담배를 그렇게 일컬었다. 구치소란 데는 미결수들이 많았으므로 기결수들만 징역을 살고 있는 교도소보다도 더 담배장사가 잘 되었다. 재판을 앞두고 있는 미결들이 흔히 담배를 찾았고 그들은 아직 가족들로부터 매일 면회를 할 수 있었기에 그런대로 영치금 카드에 돈도 많이 있는 편이었다.

그가 공급하는 강아지는 만일을 생각해서 아무에게나 주지 않았다. 특히 믿음이 가거나 신뢰가 확인된 미결이나, 대부분은 자신과 같이 출역을 하고 있는 출역수들에게만 공급을 했다. 출역수들은 미결수보다도 절대 안전했고 만일의 경우에 걸리더라도 절대 불지 않을 거란 이점이 있기도 했다. 누군가 뺑끼통에서 담배를 피우다가 들키더라도 담벼락을 넘어온 것이라고 우겨댄다면 담배의 출처보다는 단지 피웠다는 사실만으로 처벌이 될 것이었다.

구치소에는 흔하게 담배가 넘어왔다.

아침에 기상해서 점검을 받기도 전에 땅바닥부터 살피는 이유가 거기에 있었다. 혹시 간밤에 출소한 사람이 담 너머로 담배뭉치를 던져 넣거나, 새벽에 만기로 출소한 출역수들이 안에서 고생하고 있는 동료를 생각해서 밖으로 나가자마자 담배 가게에서 담배를 잔뜩 사서는 검은 비닐봉지에다 담배를 넣고 다시 돌멩이를 집어넣어 힘껏 안으로 던지면 담 너머로 들어오게 되었다.

어떤 날은 비닐봉지가 여러 개 떨어져 있는 날도 있었다.

안에 있는 출역수들은 그러한 비닐봉지를 줍게 되면 원칙으로 신고를 하게 되어 있었지만 대개는 게눈 감추듯이 쓱싹해버렸다. 담당이 저만치 뻔히 눈을 뜨고 있어도 정말 귀신같이 감추어 버렸다. 담배란 정말 필요한 것이었다. 징역 안에서 담배를 빼버리면 아무 낙도 없을 것이다.

"반장님, 담당님이 잠깐 오래요."

상덕이 그렇게 말하자 종태는 온실로 허리를 숙이며 들어갔다. 담당은 미리 작업을 나갈 것이란 지시를 했던 까닭에 모자를 쓰고 기다리고 있는 중이었다. 원예부의 사람들은 준비가 다 되었다는 말만 있으면 곧 나갈 채비였다. 재소자들이 가는 곳엔 언제나 실처럼 따라붙는 게 직원의 계호였다.

"반장, 이거……"

담당이 슬며시 내미는 커다란 뭉치는 신문지로 돌돌 싸여 있었는데 무척 가볍게 보였다. 종태가 받아들자 그는 빙긋이 웃었다.

"이번에는 좀 많아…… 특별히 조심하라구. 그리고 이번에는 좀 많이 줘야겠어."

담당의 나지막한 목소리였다. 종태는 한 번 신문지의 뭉치를 내려다보고는 고개를 끄덕였다. 알았다는 표시였다. 종태는 얼른 온실 안에 있는 빈 화분의 흙을 걷어내고 그것을 묻고는 다시 흙으로 덮어 버렸다. 그리고는 누가 손을 대지 않게 깊숙이 집어넣었다. 누가 보더라도 화초가 죽어버리고 없는 빈 화분처럼 보였다. 담당과 종태는 그런 끈끈한 동지 관계였다. 강아지를 대주는 사람은 담당이었고 종태는 가끔 자신의 영치 카드에서 밖으로 돈만 빼주면 되는 것이었다. 담당이 이번엔 좀 많이 달라는 것도 담배의 양이 많다는 뜻이었다.

"알았습니다, 영치금을 밖으로 내보내는 보고전을 써주십시오."

"알았어, 이따 작업을 갔다가 와서 쓰지……."

담당이 빙긋 웃었다. 보고전이란 재소자가 무엇인가를 부탁해야 할 때 담당이 쓰는 보고 양식을 말했다. 종태가 밖으로 돈을 보내겠다는 의사를 적은 보고 서류였다. 물론 거기에는 돈을 찾아갈 사람의 인적 사항이 기재되어야 했고 또 찾아가는 사람의 주민등록과 도장이 있어야만 찾아갈 수가 있었다. 담당과 종태의 사이에는 미리 담당의 처제를 내세워 마치 종태의 지인인 양 찾아가도록 만들어 놓고 있었다.

보 고 전
제목 : 영치금 차하 신청원
원예부 출역수 1253번 차종태는 자신의 영치금에서 금, 이백만 원정을 아래의 친척에게 차하하고자 하오니 허가하여 주시기 바랍니다.

차하인 주소 : 구로구 온수2동 83-8번지
성 명 : 김 귀옥

관 계 : 이종 동생

원예 담당 김 천 식

영등포구치소장귀하

이 보고전만 나가면 며칠 후엔 돈이 밖으로 빠져나갔다. 담당의 처제가 나타나서 도장과 주민등록을 내밀고는 돈을 찾아갈 수 있었던 것이다. 그렇다고 감히 직원의 처제라는 것을 알아차릴 리도 없었다. 아마 내연의 관계이거나 진짜 이종 동생쯤으로 여겼을 것이다. 여기서 하는 수법이란 정말 기상천외한 기발한 방법이 다 동원되었다.

사동으로 나오니 벌써 나무엔 조그마한 잎들이 돋아나와 있었고 막 땅 밑에서는 푸른 풀들이 고개를 내밀고 있었다. 햇볕이 무척 따가웠다. 밖에 나와 있으면 제법 볕이 따가웠고 그렇다고 그늘로 들어가 있으면 약간 추운 기운이 들었다. 봄이라서인지 사방 안의 창문도 활짝 열려 있었고 원예부의 일하는 데로 고개를 내민 재소자들은 출역수들의 느릿한 작업에 재미있어 하며 밖을 내다보고 있었다.

"아저씨들, 감방에서 꽃을 심으면 뭘 합니까?"

방 안의 재소자가 비꼬듯이 물었다.

"이거 다 자네들 보라고 하는 것이지…… 방 안에 갇혀 있으면 괜히 답답해지니까 꽃이나 보고 수양이나 하라는 거지."

또 방 안의 재소자가 물고 늘어졌다. 심심하던 차에 나타난 원예부가 마치 그들에겐 이방인이었다.

"맨날 가둬놓고 무슨 얼어죽을 수양이랍니까? 꽃을 보면 뭐 마음이 밝아지나요?"

"글쎄다, 우리도 몰라. 그저 징역이나 깨려고 나와서 일을 하고 있는 거지 뭐."

"형씨는 얼마나 남았어요?"

"나? 한 8개월 남았지. 가출옥이라도 먹으면 6개월 정도 살 것 같고."

"우와, 아저씬 그래도 낙이 있네? 6개월 뒤면 집으로 가는 거 아뉴?"

방 안의 사람은 느릿느릿 말을 그치지 않는다. 원예부의 출역수도 방 안의 사람이 하는 '6개월도 안 남았잖우?' 하는 소리가 싫진 않았다. 어쩌면 말만으로도 비행기를 타고 있는 기분이었다. 일단 이곳의 사람들은 모두 나가는 것만 고대하고 있는지도 모른다. 재판을 받든, 만기로 출소를 하든 나가는 것만이 화제였고 바람이었다.

그렇게 이야기를 하다가도 불쑥 방 안에 있는 재소자가 창살 밖으로 먹을 것들을 내어놓곤 했다. 그러면 다가가서 받아오는 출역수 길환이는 마실 것을 따서 담당과 종태에게로 가져왔다.

"드십시오."

그늘에 앉아 무언가 속삭이고 있던 그들은 잠시 목이 마른다. 그때 불쑥 내미는 길환의 음료수는 갈증을 말끔히 풀어준다. 그리곤 잠깐이었지만 종태나 담당이 마실 것을 내어준 방으로 시선을 돌리고 한 번 웃어준다. 잘 마셨다는 표시로

"좀 더 드릴까요?"

방 안의 사람이 마치 선행이라도 베풀 듯이 또 물어온다. 이번에는 종태가 팔을 내젓는다. 그러면 그는 잠시 실룩거리다가 종태의 그런 행동거지가 예사롭지 않음을 느끼고는 별의별 생각을 다 해본다. 떡대로 봐선 주먹깨나 날린 깡패 같기도 하고, 무슨 운동선수 같기도 하다. 그는 유심히 종태의 구석구석을 살핀다. 눈에 언뜻 띄는 종태의 팔목의 문신, 가슴께를 드러난 용의 문신이 눈에 들어오면 그는 역시 제 생각이 맞았다는 것에 대해 흐뭇한 미소를 지어 보인다.

종태는 창살 밖으로 내다보고 있는 중년의 사내와 지금 화단에서 일을 하고 있는 원예부의 사람들을 번갈아 보고 있다. 그리고 담당은 건물 벽의 그늘에 쪼그리고 앉아 있고 자신도 마찬가지로 쪼그리고 앉아 있었다. 항상 담당과 떨어지지 않고 있는 그는 분명 재소자였지만 직원과 맞먹는 정도였다.

"담당님, 9동 하에 있는 진 사장 말이에요…… 출역을 하려고 그러는데 될까요?"

종태가 말하는 진 사장이란 무역업 위반으로 들어온 사람을 말했는데 종태의 단골이었다. 그는 징역 8월에 추징금이 8억이었다.

징역을 살 동안은 출역이 되지 않았지만 (그는 경제 요시찰 인물이었다. 이곳에서는 거물급이라면 무조건 요시찰을 붙여 놓아서 직원들이 쉽게 접근하지 못하도록 만들고 있었다.) 이제 징역살이가 끝났으니 추징금의 액수만큼 또 징역을 살아야 했는데 대개 일반 재소자들이 몸으로 때우는 하루가 고작 5천 원이었는데 비해 그는 하루 징역을 사는 것이 2백만 원으로 계산해 나가고 있는 중이었다.

"글쎄…… 왜?"

담당이 물었다. 그리고는 부스럭거려서 윗주머니에서 담배를 꺼내 입에 물고는 라이터를 켰다. 담배연기가 향긋하게 번져왔지만 종태는 전혀 아랑곳하지 않고 있었다. 다만 그의 얼굴을 들여다볼 뿐이었다.

"그 형이 자꾸 나한테 손을 대달라고 그럽디다. 돈은 많은 사람이니까 한 번 봐주면 크게 한턱 쓸 겁니다. 나한테 지금 엎혀 사는 겁니다."

종태에게 엎혀산다는 말뜻은 다름이 아니라 강아지를 자신이 공급해줌으로써 엎혀 지내고 있다는 말뜻이었다. 사실 그랬다. 진 사장은 종태가 내미는 최고급 담배 한 갑에 20만 원이란 돈을 지불하고 있는 중이었다. 이 구치소 내에서는 그가 최고의 금액이었다. 진 사장에게 경제 요시찰이라는 딱지를 붙여놓았지만 직원들은 오히려 그에게 달라붙으려고 안간힘을 쓰고 있었다. 일단 그런 이를 하나 물면 팔자가 펴질지도 모르는 것이었다. 기업을 하던 사장이라 부도가 났어도 뒤로 빼돌려놓은 돈만 해도 어마어마했다. 이미 이곳으로 들어올 각오를 했다면 순순히 돈을 빼앗길 위인은 아닐 것이다. 진 사장은 그랬다. 종태가 들은 바로는 수백 억을 미리 감춰두고 붙잡혀 들어온 케이스였다.

"……."

담당은 말이 없었고 그저 웃음만 흘리고 있었다. 구미가 당기는 모양이었다.

"잘만 하면 노다지가 생기는 겁니다. 그가 이곳에서 다른 데로 이송을 가지 않는 것만 봐도 누가 뒤에서 봐주는 거 아닙니까?"

종태는 아예 핵심을 찔러서 말해 버렸다. 경제 요시찰이라면 재판이 끝남과 동시에 곧바로 타소로 이감을 보내버렸을 터이나 그는 그렇질 않았다. 누군가 뒤에서 봐주는 게 분명했다.

"그럼, 내가 덤벼서 될까? 혹시 위에서 그 사람을 꼽고 있다면……."

담당은 이제 그의 뒤 배경에 대해 생각해보기 시작한 모양이

162

었다. 그의 뒤에 분명 누군가가 있다는 것은 자명했지만 그게 누구인가는 알 수 없었다. 그리고 자신은 요령껏 일선에서 직접 재소자들과 손을 잡아야 하는 담당에 불과했기 때문에 그의 출역에 대해서는 조금 무리였을 것이다. 그 정도의 일이라면 최소한 과장쯤은 되어야 했다.

"그게 아니라, 진 사장이 만약 손을 써서 출역만 된다면 우리 원예로 출역을 시키자는 말입니다."

종태의 자세한 계획의 말에 담당은 얼른 얼굴 표정이 밝아졌다.

"알았어, 그야 쉽지. 내가 불러내 한 번 이야기를 해보지."

"한 번 끌어내십시오. 그 사람은 지금 하루에 2백만 원씩이나 까나가고 있잖습니까? 혹시 담당이 맡아 놓고 봐준다면 누가 압니까? 팔자를 고치게 될지."

종태의 말에 담당은 힘을 얻은 듯 환하게 웃었다. 마치 눈빛으로 종태의 어깨를 툭툭 치는 듯했다. 이제 담당은 그를 만나 무슨 말이든 할 것이다. 그가 출역을 신청해 가능하면 원예부로 풀리기를 힘써 볼 것이다. 그리고 원예부에는 지금 종태가 있다는 사실을 환기시킬 것이다.

그리고 출소할 때까지 뒤를 봐주겠다는 은근한 암시를 넣을 것이 틀림없었다. 종태는 담당의 골똘한 표정을 살피며 속으로 웃고 있었다. 그가 원예로 온다면 징역을 깨는 일은 더욱 재미

있을 거라고 생각하며.

봄의 해는 너무 짧았다. 화단을 일구며 두 개의 사동을 지나 쳤는데 벌써 저녁이 될 시간이었다. 종태는 담당에게 시간을 묻고는 곧바로 작업 중단 지시를 내렸다.

"이제 됐어, 돌아가자. 오늘은 두 개 사동을 했으니 정량만큼 은 했어. 연장을 챙겨라."

종태가 지시를 하자 원예부 출역수들은 서두르기 시작했다. 아직 해는 많이 남아 있었지만 저녁 배식은 좀 빨랐으므로 어 쩔 수 없었다. 저녁은 거의 4시경에 먹었고 씻고 나면 곧 폐방 이었다. 구치소란 먹다가 조진다는 말이 있듯이 먹고 나면 곧 때가 되었고, 또 먹고 나면 곧 저녁이었다. 그래서 저녁을 너무 일찍 먹은 나머지 밤중에는 배가 고프기도 했다. 야식을 갖고 들어가긴 해도 그 많은 입을 다 당할 재간은 없었다. 더구나 출 역수들은 낮에 보고 들은 것들을 재미있게 풀어내느라 말들도 많았다.

"나, 여자 그거 봤다!"

영선에 출역하는 반종이었다. 아직 나이는 어렸지만 이미 소 년기 때부터 소년원부터 시작해서 소년교도소를 들락거린 경 험이 있는 빵잡이였다.

"어디서?"

벌써 입에 군침이 도는지 누군가 물었다. 이제 이때쯤이면

164

이불속으로 들어가 엎드려서 이야기를 듣고 있거나 한손으로 아랫도리를 만지는 것이었다. 반종의 그거 봤다라는 말에 전부의 시선이 반종에게로 쏠렸다. 이 구치소에서 어떻게 그걸 봤다는 말인가?

"오늘 낮에 여사에 용접하러 갔거든. 원래 여사에서 목욕을 하는 날은 일체 작업이 없어. 마침 우리가 들어가서 작업을 하고 있는데 목욕이라는 거야. 그런데 복도의 창문을 모포로 마구 가려버리니 속으로 참 아깝더라구. 요행히 생 비디오나 하나 보는가 했더니 모포로 가려버리니까 말이야. 밖에서 용접을 하는데 목욕탕에서 나는 물소리에 신경이 쓰여서 작업을 못하겠더라구. 거기가 탱탱 불어서 자꾸 불쑥거리지, 담당은 자꾸 그쪽만 바라보는 것 같지. 에라, 오줌이나 누고 할란다고 용접봉을 춘호한테 주고는 어슬렁 벽 뒤쪽으로 갔지. 근데 벽 뒤쪽으로 가니까 목욕탕의 유리 창문이 있는 거야. 겉에서 선팅을 했는데 이게 웬 떡이냐 싶더라구. 오줌을 누면서 선팅지를 살짝 들췄지 뭐. 손톱으로 살짝 들추니까 속이 다 들여다보이더라구. 목욕탕 안에 한 열댓 명이 목욕을 하고 있는데 이건 완전히 미치게 만드는 거야. 펑퍼짐하게 앉아서 거길 문지르는 년이 없나, 서서 문지르는 년이 없나, 저희들끼리 그걸로 장난을 치더라구. 털을 잡아당기기도 하구, 껴안기도 하구…… 침이 꼴딱꼴딱 넘어가는데 담당이 마침, 내 쪽으로 오길래 얼른 바

165

지를 올리고는 작업하는 쪽으로 갔지. 이거 징역 살면서 그런 구경하기는 첨이야. 아아, 지금도 눈에 선해. 허연 여자들의 알몸이 왔다갔다하는 거."

"이야, 반종이 너 횡재했구나야……."

방 안의 사람들이 꼴깍 침을 넘겼다. 그 소리가 다 들리는 것 같았다. 일시에 반종을 쳐다보는 그들의 애처로운 눈빛…….

"하여튼 여사만 들어가면 재미있는 일이 생기는 거야. 저번엔 옷장을 고치러 갔는데 우리가 방에서 작업을 하고 있는데도 뻥끼통으로 들어가더니 옷을 내리더라니까. 여자들이 더 대범하다니까. 아슬아슬한 팬티를 끌어올리는데 눈에 아무것도 안 뵈더라구. 옆에 담당만 없었더라면 난 아마 사고를 쳤을 거야. 담당도 보고는 히죽거리더라구. 여자들은 남자들이 보는 걸 은근히 좋아하는 모양이야……."

"그러엄, 그러니까 여자들이 더 앙큼하다는 거 아냐? 밖에서도 말이야, 여자들이 되게 빼는 것 같지만 실은 그게 아니거든. 속으로 은근히 바라면서 일부러 빼는 척하는 것들이 많아."

누군가 반종의 말에 그렇게 맞장구를 쳤다. 반종은 이제 조금 들떠서 열을 올렸다.

"용접을 하고 있으면 뭐라는 줄 알아? 아저씬, 빵구를 잘 때우네요, 하고 은근히 놀리질 않나…… 남자들 그거 부러져도 용접할 수 있어요? 하고 키들거리질 않나…… 하여튼 요물들이라니깐."

　밤이 늦도록 이어져도 그들은 낮 동안의 피로도 아랑곳하지 않았다. 종태는 그저 누워서 요즘 한창 인기가 있는 소설을 읽고 있었다. 간간이 그들이 웃어젖히는 통에 빽 소릴 지르려다가도 그만 두어버렸다. 가만 생각해보면 그런 낙이라도 있어야 징역을 살 만 했기 때문이었는데 굳이 그걸 말리고 싶진 않았다. 차라리 그런 때면 뻥끼통으로 들어가서 담배나 한 대 피우고 나오는 것이 더 나았다. 지금 종태는 출역수들에게서도 단연 인기였다. 종태가 있는 방은 담배가 끊이질 않는다는 것이 그들을 그렇게 매료시키고 있었다.

　종태가 거래하는 출역수들은 극히 한정적이었다. 물론 물증을 최대한으로 남기지 않으려는 의도에서였지만 거래하는 사람이 많으면 많을수록 관리하기가 귀찮았다. 지금 종태의 영치금 카드에는 과장에게 1억을 빼앗기고 15억이 남았다가 다시 돈이 급작스럽게 불어나고 있었다. 물론 담배를 판 돈이었다.

　종태와 거래하는 출역수들은 이 안에서도 돈을 긁어모으는 돈방석이었다. 강아지 한 마리에 보통 십만 원이었으니 그 액수는 금방 늘어났다. 대개 거래의 흥정은 일을 마치고 9동 상의 방으로 들어오는 시간이었다. 폐방을 하기 위해 검신을 마치고 9동으로 올라오며 중간에서 자연스럽게 소곤거리는 것이 거래의 전부였으므로 누가 봐도 의심을 하진 않았다. 물건을 가져가는 것은 어차피 온실로 와서 가져갔지만 거래는 하여튼 방으로 들어가기 전이었다.

취장에서 일하고 있는 용식은 일단 종태에게서 담배를 가져가면 각 사방에 있는 단골들에게 전달하는 방법이 특이했다. 이곳에서는 아예 각방의 수용 인원을 체크해서 밥통을 인원수에 맞게 밥을 퍼서 갖다 줬으므로 용식은 미리 그 방의 밥통 제일 밑에다가 비닐로 싼 담배를 깔고는 그 위에 밥을 퍼서 담았다. 삽으로 밥을 푹푹 퍼서 담고 나면 배식조들이 각 사동마다 가져다 날랐는데 미리 그 방에 있는 단골이 먼저 밥의 밑바닥부터 검사를 하는 식이었다. 그렇게 하면 담당의 눈을 피해 교묘하게 담배를 전달할 수 있었다.

이발소에서 일하고 있는 진만은 종태의 믿음직한 단골이었다. 그는 머리를 깎으러 오거나 면도를 하러 오는 단골에게 허연 보자기를 둘러씌우는 척하면서 얼른 보자기 밑으로 담배를 건넸으므로 누가 봐도 감쪽같았다. 보자기 밑에서 손으로 만지면서 몸속 어딘가에 감추는 일은 아주 쉬웠다.

소지들은 더 들킬 염려가 없었다. 이른 새벽에 캄캄할 때 사방으로 출역을 나가는 그들은 제가 믿고 있는 사동으로 들어가서 언제든지 방 앞에 붙어서서 이야기를 하거나 장난을 치거나 하면서 쉽게 전달을 했고, 내청 같은 경우는 낮에 청소를 다니면서 사방 뒤로 가서 직접 전달하는 것이었다. 방 안에서는 멀리서부터 빗질을 하면서 나타나는 내청을 미리 눈치를 채고는 슬며시 창살 쪽으로 붙어섰다가 청소를 하면서 다가온 내청에게서 순식간에 담배를 넘겨받았다.

종태에게 돈이 들어오는 경로는 이러했다.

종태에게서 담배를 가져간 출역수들은 자신의 단골들에게 담배를 건네주고는, 그 가족들이 면회를 오면 이 안에서 좀 신세를 진 사람이 있으니 그 사람의 이름과 번호를 대주겠다, 그 사람 앞으로 얼마를 언제까지 넣어주거나 송금환으로 붙이라고 시켰다.

면회실에서 입회 직원이 있었지만 대화의 내용을 들어봐야 별 수상한 점은 없었으므로 이상하게 생각하진 않을 것이다.

기는 놈 위에 나는 놈 있다고, 이곳의 그들은 하여튼 범죄 머리는 비상하게 돌아갔다. 척하면 쿵인지 딱인지를 알아차렸다. 그리고 담당의 눈빛만 봐도 그들은 벌써 담당의 낌새를 눈치챘다. 삶이란 이렇게도 다양하게 전개되고 있는 곳이 바로 구치소였다. 밖에서 생각하기로는 창살 안에 갇혀서 꼼짝도 못하고 그저 코로만 쉬고 있을 것 같으나 실상 이 안도 사회와 마찬가지로 복잡한 곳이었다.

18

양과 이리의 두 얼굴

종교란 아편과 같다고 했던가.

따분하고 심심한 하루 일과를 견디지 못한 재소자들이 교회당으로 올라왔다. 믿음이라는 게 있어서 자원해서 올라오는 이들보다 그러한 따분함을 벗어버리기 위해 올라오는 경우가 더 많았다. 매주 돌아가면서 각 종파의 종교집회가 있었는데 전부 다 올라가보는 신자를 떡신자라 불렀고 나이롱이라고도 불렀다. 그저 그곳에 가면 아는 사람이라도 만날까 싶어 기어 나오는 축도 있었고 왠지 허전해서 나오는 이들도 있었다. 종태는 요즘 들어 돈도 담배도 그리 애착이 가지 않다가 불쑥 종교를 떠올렸던 것이다. 은영에 대한 속죄를 하기 위해서라도 아무것이나 하나 종교를 갖고 싶었다.

요즘 그는 가끔씩 뺑끼통에 걸터앉아서 모처럼 만의 자위를 하다보면 어느새 은영의 하얀 얼굴이 떠올라서 가벼운 흥분마저 느끼곤 하던 중이었다. 그럴 때면 일단 사정을 해버렸지만 그러고 나면 미안한 마음이 없지 않았다. 굳이 은영이까지 죽이지 않고 기식이만 죽였어도 되었는데 하는 마음이 떠오르기도 했다. 그러나 그는 또 생각을 굳게 다잡아먹곤 했다. 만약 그랬더라면 완전범죄란 있을 수 없었을 거라고. 은영이 살아 있음으로 해서 기식에 대한 자책감은 더 클 수도 있었다. 그래서 차라리 둘 다 죽여버렸는지도 몰랐다.

봄이란 계절은 괜히 뒤를 돌아보게 만드는 건지 모른다. 사북사북 잊었던 기억들이 아지랑이처럼 피어오르고 어슴푸레 막연한 설렘이 가는 진동처럼 지나가는 것을 느꼈다. 재소자들은 밖으로 운동을 나오면 괜히 코를 벌름거리며 봄내음을 맡으려고 애를 썼고 바깥의 공기를 조금이라도 더 들이쉬는 모습들이었다. 봄과 자유. 사계 중에서 봄처럼 자유를 되찾고 싶은 계절은 없을 것이다. 어디론가 훌쩍 떠나고 싶은 계절에 이렇게 가는 데마다 쇠창살에 둘러싸여 있다는 것은 왠지 모르게 짜증이 나게 만들었다.

방 안에 있는 재소자들도 안으로부터 용솟음치는 일상의 불만이 사소한 일에도 구타사건을 만들었고 일단 사건이 일어났다 하면 최하 진단 6주 이상은 되었다. 맨날 방 안에만 갇혀 있

171

으므로 운동 부족과 칼슘 부족으로 인하여 한 대만 정통으로 맞아도 뼈가 와르르 부러지거나 즉사하는 경우도 있었다. 어떤 경우에는 하루 30분간 주어지는 운동 시간에 운동장에서 해바라기를 하면서 닭싸움을 하는 도중에 풀썩 주저앉기도 했는데 종아리뼈가 저절로 부러져버리는 예도 있었다.

그리고 그들이 하루에도 몇 번씩 뺑끼통 안에서 별로 먹는 것 없이 자위를 해댔기 때문에 더욱 그러했다. 자위를 하고 난 뒤의 허전함과 쓸쓸함, 그리고 극도의 피로감은 더욱 나태하게 만들었고 그것은 또 운동 부족으로 이어지고 있었다. 봄날의 나른함이 자꾸만 잠이 오게 만들었고 누가 하는 이야기를 듣다가도 스르르 벽에 기대어 잠이 드는 이도 있었다.

방에서의 규율은 감방장 외엔 절대 마룻바닥에 반듯이 눕질 못했고 잠이 오는 그들은 그저 벽에 기대어 잠깐 조는 정도였다. 마치 뉴캣슬 병에 걸린 닭처럼.

봄날의 그런 재소자들에겐 담배가 제일 긴요한 것이었다. 자위를 하고 난 뒤에 무는 담배맛은 아득한 경지를 불러오고 있었으며 잠깐이나마 자신이 갇혀 있음을 잊게 해주었다. 마치 시골에서 생무를 뽑아 우적 씹어먹고 난 뒤의 담배맛이랄까, 필터가 타들어오도록 그들은 끝까지 피워댔다.

사방 안에서 담배가 극성을 피웠지만 담당들도 재소자들과 마찬가지로 해이해지기는 마찬가지였다. 봄이 주는 특유의 해

이해짐은 직원들이 감방을 오더라도 적극적이질 못했고, 감방 장만 방 안에 남아 있고 나머지 인원들은 모두 복도로 나가 쪼 그리고 앉아서 일일이 하나하나 검신을 받아야 했지만 그들은 대충대충 넘어가는 나른함을 보이고 있었다. 가령, 이불장 위 에 올라가서 뒤질 것도 올라가지 않고 그냥 밑에서 슬쩍 건드 려보고는 그만두었고, 뻥끼통의 지독한 냄새가 싫어서 아예 문 도 열어보지 않는 수가 허다했다.

검신을 하면서 재소자들의 옷이나 홀랑 벗겨서는 덜렁거리 는 물건이나 보며 신기해하거나 툭툭 건드려보거나 농담을 던 지곤 했다.

바셀린을 넣어서 너무 크게 키운 놈에겐 '너, 이것 가지고 여자하고 할 수 있어?'하고 웃거나, '여자가 너무 아프지 않을 까?'라거나, '찢어져버리겠다.'하고 제법 동정을 하거나, '너무 많이 넣었어'하는 충고도 잊지 않았다. 그리고 다마를 넣었거 나 해바라기처럼 다섯 갈래, 여섯 갈래로 너덜거리게 만든 놈 들의 것은 더욱 기괴했다.

다마의 종류도 워낙 다양해서 아령처럼 양 옆이 둥글게 만들 어진 것을 박은 놈이 있는가 하면 그냥 콩알처럼 동그란 것을 박아 톡 튀어나오도록 만든 놈이 있었고, 상아뿔처럼 휘익 휘 어지게 만들어서 성기의 반을 다마로 둘러댄 것도 있었으며, 콩알을 반쪽 가른 것처럼 한 것이 있었고, 하여튼 여러 가지 모양이었는데 모두 하나같이 대여섯 개 아니면 많게는 열 개까지 박은 놈도 있었다. 그래서 만지면 온통 다마로 뒤덮여 옥수수를 만지는 것처럼 울퉁불퉁했고 도깨비 방망이처럼 요상하게 생겨먹었다. 그리고 막 고래를 잡은 놈의 그것에서는 누런 고름이 번져 나오고 있어서 악취가 진동하고 있기도 했다. 수술을 끝낸 그것은 잔뜩 부어올라서 터질 것처럼 보였고 흐물흐물거리기도 했다. 담당이 작대기로 조금만 건드려도 그놈은 죽을상을 찡그렸다. 한창 곪고 있는 그곳을 막대기로 툭 쳤으니 오죽 아팠으랴.

바늘과 실로 아무렇게나 얼기설기 꿰맨 그것은 남자가 여자를 즐겁게 해주기 위해 사용하는 신성한 물건이 아니었다. 어쩌면 도가 지나쳐 여자에게 고통을 주기 위해 그러는 것처럼 잔인하고도 잔혹하기까지 했다. 누가 더 큰가, 누가 더 다마를 많이 박았는가, 누가 멋있게 그곳에다 문신을 새겨 넣었는가를 시험 중인 것처럼 보일 뿐이었다. 그들이 말하는 여자를 그저 죽여주는 방법이란 그렇게 성기의 표피에 온갖 것들을 집어넣어 크게 키운 것과 울퉁불퉁한 것, 바셀린을 과다하게 집어넣어 입이 벌어질 정도로 확대시키는 것이었다.

"너, 이걸로 하면 여자가 어떻대?"

이젠 담당이 빙글 웃으면서 물었다. 검신이 끝났지만 아직 방 안의 검방이 끝나지 않아서 복도에 일렬로 앉아 있는 재소

174

자들을 갖고 노는 중이었다. 그러면 재소자들도 무용담처럼 우쭐거리기도 했다.

"아, 말도 마십쇼. 한 번 했다 하면 쥑여주는 겁니다. 완전히 너부러지게 만드는 거지요. 꽉 찬 느낌이니, 그리고 다마가 몇 갭니까? 그걸로 긁어주면 완존히 홍콩으로 가는 거지요. 그러니까 생고생을 해가며 이걸 하는 거 아닙니까?"

"후후, 그래? 아프진 않대?"

담당이 더 천연덕스러웠다. 그것은 재소자의 사기를 충천시켜주는 것이었다.

"아프긴요, 한 번 달라붙으면 떨어질 줄을 모르는데요. 돈 많은 과부나 하나 물면 그걸로 팔자는 피는 겁니다. 제비족들이 다아 그런 거 아닙니까?"

담당은 히죽거리며 웃고만 있고 다른 재소자들은 그저 듣는 데에 열중하고 있었다. 모두들 그렇게 성기수술을 했으니 모두가 자신의 얘기인 양 즐거워하고 있기도 했다.

"근데, 그거 하면 암이 생긴다고 하더라. 그런 생각은 안들어?"

"어이구, 담당님도. 그런 말은 전부 거짓뿌렁이요. 살 속에 다마가 있는데, 그리고 살과 살이 맞닿는데 왜 암이 생깁니까? 손가락으로 후비는 거나 뭐가 다릅니까? 그저 의사들이 막연하게 말하는 거니까 담당님도 지금 그러는 겁니다. 그게 얼마

175

나 자극적인데요. 담당님도 한 번 해보시죠? 담당님이 하신다면 내가 아주 멋있게 만들어드리지요, 헤헤."

　이제 재소자는 담당과 농담 따먹기를 하고 있었다. 그러나 담당은 발끈하지 않았다. 그저 근무시간을 때우는 데는 그런 농담보다 더 즐거운 것이 없기 때문이었다. 이곳의 근무란 매일같이 반복되어지는 그러한 일로 무료하게 생각한다면 정말 끝없이 무료할 것이었다. 눈에 보이는 것이라곤 가는 곳마다 사람을 가로막는 쇠창살과 통용문마다 커다란 자물쇠가 채워져 있었다. 그리고 높은 담. 마음을 급하게 먹으면 금방이라도 질식케 할 만했다. 그랬으므로 이곳에서는 아무리 심한 음담패설이거나 진한 농담이라도 그리 크게 나무랄 일은 못되었다. 조금만 이해를 한다면 오히려 귀로 듣는 즐거움일 수도 있었다.

　날씨가 점점 따뜻해지는 건지 재소자들은 겉옷을 벗어던지고 셔츠차림으로 방 안에 앉아 있곤 했다. 그러다가 누가 순시라도 떴다 하면 얼른 겉옷을 걸쳐 입었다. 나른한 햇볕을 쬐며 창가로 몰려나와 있는 날수가 많아졌을 때였다.

　창가에서 보면 눈앞에 곧바로 화단의 푸름이 보였고 하루에도 몇 번씩 비둘기들이 내려앉아서 노닐고 있었으며 비둘기들은 땅에서 먹이를 주워 먹다가도 서슴없이 입술을 부비다가 암

놈의 등에 올라탔다. 봄이 되자 더욱 발정이 잦아졌다.

종태는 아침부터 온실 안에서 담당과 같이 장기를 두면서 벌써 몇 번인가 이기거나 지고 있었다. 원예부의 재소자들이 밖에서 땅바닥에 질퍽하게 앉아 화분갈이를 해주고 있는지 가느다란 노래의 흥얼거림이 들려오고 있었다. 담당과 같이 장기를 두면서 종태는 연신 오징어를 씹고 있었다.

"담당님, 오징어를 들면서 두시지요."

"응, 알았어. 가만 있자, 어디에다 포를 칠까."

종태는 담당의 장기알을 바라보고 있었다. 담당은 포를 들고 어디로 갖다놓아야 할지 그저 장기판 위에서 이리저리 손을 내젓고 있었다. 그때였다.

"반장님, 9동 하에서 큰일났는가 봅니다."

막 온실로 뛰어든 상덕이 그렇게 말을 뱉았다. 그의 손에는 화분용 삽이 하나 들려 있었다.

"왜……?"

종태는 잠깐 돌아보았으나 이내 장기판으로 시선을 두고 있었다. 담당은 아예 장기판에서 눈조차 떼지 않고 있었다. 지금 담당의 졸 하나가 죽느냐 사느냐 하는 판국이었다. 종태가 차를 갖다 대자 담당은 졸을 살리려고 어딘가로 몰고 가려고 애를 쓰고 있는 중이었다.

"지금 9동 하 독방에 있는 또라이가 눈을 바늘로 꿰매버렸어요……."

"뭐?"

그때서야 담당과 종태가 놀라 장기판에서 눈을 떼었다.

"정말이라니까요? 지금 야단이에요. 눈에서 피가 줄줄 흘러내리는데 못봐 주겠더라니깐요."

"그래?"

종태는 얼른 9동 하의 독방에 있는 또라이를 기억 속으로 떠올렸다. 기억 속의 그는 살인강도의 누명을 쓰고 있다고 자꾸 우겨대고 있는 칠규였다. 종태는 가끔 그에게 담배를 던져넣었는데 그건, 그가 돈을 내어서라기보다는 아무도 면회를 와주지 않는 그가 불쌍해서였다.

저번에 운동을 하러 나온 그가 슬금슬금 원예가 있는 쪽으로 다가와서는 괜히 꽃을 보곤 눈물을 지어서 이상하게 생각했다. 그는 원예부가 공들여 가꾼 팬지를 힘들게 꾸부리고 앉아 바라보고 있었는데 눈에 눈물이 그렁하였다. 그의 그런 모습은 양손에 수갑을 차고 있어 무척 힘들게 느껴졌다. 그때 종태는 온실로 가려다가 그의 곁에 서서 한참 동안이나 보고 있었는데도 그는 전혀 일어설 줄을 몰랐다.

"야, 너 뭘로 들어왔냐?"

"……."

종태의 그 말에 처음에는 고개도 들지 않아 혹시나 농아가

178

아닌가 했는데 '야!' 하고 다시 소리를 치자 그는 서서히 울고 있던 눈을 들었다. 종태는 그때 왜 그의 눈빛에서 알 수 없는 동정심을 일으켰는지 모른다. 그저 막연한 동정심이었지만 미리부터 그를 자세히 알고 있는 것처럼 느껴졌다.

"난, 사람도 안 죽였는데 강도살인이라고 그래요……."

칠규는 그러고는 다시 힘없이 꽃에게로 눈을 더욱 낮추어 들이대고 있었다. 수갑을 찬 손목을 서로 움켜쥐고 사타구니에 박은 채 힘들게 구부리고 있었다. 마치 꽃의 향기를 맡으려는 그의 모습이 애처로웠다. 그의 얼굴이 앉은뱅이 꽃인 팬지의 하늘거리는 꽃잎에 거의 닿을 뻔하였다. 그는 꽃의 향기를 맡아보았을까, 그런 생각을 하며 계속 그의 행동거지를 바라보고 있었다.

그러다가 불쑥 담배나 한 개비 내밀고 싶은 충동이 일어났던 것도 그때였다. 왜 그랬는지 모른다. 손목에 찬 수갑이 아팠는지 수갑과 손목 사이에 까만 양말목을 잘라서 끼워두고 있는 게 보였다. 그걸 보자 종태도 예전에 고문을 받으면서 손목이 아팠던 기억이 불현듯 떠올랐을 것이다. 칠규는 운동 시간마다 그에게 주어진 30분 동안 계속 그러고만 있다가 독방으로 돌아가곤 했으므로 원예에 출역하는 사람들이 붙인 별명이 바로 또라이였다. 이제 서른쯤 되었을 나이였다.

"재판 받았냐?"

"……예."

"얼마 받았냐?"

"…….."

그는 말없이 그저 웃고만 있었다. 그 웃는 모습이 너무 하얗다. 지금 그가 웃는 것을 보면 이곳에 있어서는 안 될 것처럼 느껴졌다. 봄날의 따가운 햇볕을 받은 그의 치아가 새하얗도록 빛나고 있었는데 그것은 그가 그때 웃고 있기 때문이었다.

"1심에서 사형이에요. 전 사람을 죽이지 않았어요…….."

그리고는 다시 꽃을 이리저리 들여다보고 있었다. 아예 종태가 곁에 없다는 듯이. 이번에는 종태도 그의 곁에 쪼그리고 앉아서 같이 꽃을 들여다보고 있었는지 모른다. 널따란 꽃이 파리의 약한 바람결에 하늘거리고 있었다.

"누가 면회를 오냐?"

"아뇨, 아무도 안 와요."

이제 그는 종태에게로 눈도 돌리지 않고 말만 내던지고 있었다. 종태는 그런 그의 행동에 화가 약간 치밀었으나 점점 그에게로 간격이 좁혀지고 있다는 것을 느꼈다. 정말 알 수 없는 일이었다. 낯선 사람에게서 느끼는 친밀감이었다.

"결혼은?"

"…… 했었는데요. 마누라가 도망을 갔어요. 그것 때문에 직장도 때려치우고 이리저리 돌아다니면서 혼자 살았지요."

"1심에서 얼마나 받았냐?"

"그야 뻔한 사형 아니겠어요? 아무리 우겨도 안 됐어요. 난 그때 술에 취해 있었고 남의 집 보일러실에서 자고 있었지요. 그런데 제가 범인이라는 겁니다. 무지하게 고문을 받았지요, 마구 얻어맞으면서 잠도 재우질 않아서 나중엔 제가 그랬다고 불어버렸지요."

종태는 칠규가 처음 이곳으로 들어와서 9동에 있는 독방에 수용될 때를 알고 있었다. 출역을 해서 아침에 그를 잠깐 보았는데 경찰에서 얼마나 고문을 받았는지 이곳으로 올 땐 거의 반주검이 되어 있었다. 들것에 실려 구치소로 데려온 경찰들과 인수를 받지 않겠다는 구치소 측과 서로 시비까지 있었다. 다 죽어가는 반주검을 들것에 실어 데려왔으니 구치소 측에서 순순히 받을 리가 없었던 것이다. 나중엔 경찰들이 만일 죽게 되면 자신들의 고문 때문이라는 각서를 쓰고서야 겨우 이쪽에서 받았던 것이다.

종태가 봤을 땐 그는 가망이 없을 정도로 방바닥에 너부러져 있었다.

얼굴의 군데군데 푸른 멍이 들었고 밥도 먹질 못했다. 그래서 소지들이 넣어주는 죽은 그냥 그대로 방 안에 놓여 있었고 가끔 눈물이 주르르 흘러내리는 것이었다. 종태는 만져보지 않아도 뜨거운 눈물일 거라는 막연한 추측만 했을 뿐이다. 그러던 그가 점점 기동을 하더니 나중에는 조금씩 죽을 떠 넣는 모습을 보며 눈시울이 뜨거워지는 것이었다. 그래서 지금 종태의 기억에 강하게 남아 있었다.

9동의 사방 입구로 달려가자, 벌써 사방 입구에는 경교대가 두 명이 교도봉을 찬 채 떡 버티고 서서 못 들어가게 제지를 하고 있었고 복도에는 여러 직원들과 간부들이 서 있는 사이로 그가 눈을 감은 채 맨바닥에 엎드려 있는 게 다보였다. 아마 의무과로 데려가려는 모양이었는지 직원들이 잡으려고 하면 그는 고래고래 악을 쓰고 있었다.

"놔라, 이놈들아, 난 사람을 죽이지 않았어. 내가 사람을 죽이지 않았다는 건 하늘도 다 안다, 이놈들아……."

들썩거려지는 그의 눈에서는 붉은 핏방울이 뚝뚝 떨어지고 있었고 그것은 얼굴을 타고 목덜미께를 적시고 있었다. 직원들이 엎드려져 있는 그를 일으키려고 하면 할수록 그는 아무렇게나 손을 휘저으며 뿌리치고 있는 중이었다. 마치 장님이 하는 것처럼 아무데나 대고 종주먹을 휘둘러댔으므로 직원들은 코라도 맞을까봐 감히 붙잡질 못하고 있었다. 과장은 그런 직원들의 어정정한 태도에 인상만 쓰고 있었다.

"아, 뭣들 해? 냉큼 들쳐내지 못해!"

빽 소리를 지르자, 직원들이 다시 붙잡으려는 시도를 했지만 칠규의 완강한 발버둥에 나가떨어지고 말았다. 칠규는 붙잡으려는 직원들의 얼굴이며 발이며 닥치는 대로 걷어찼고 주먹을 휘두르고 있었다. 직원이 얼굴을 한 대 얻어맞았는지 벌겋게 뒤로 물러나고 있었다. 그러자 이번에는 함 주임의 고함이 떨어졌다.

"한 대 질러버리고 들어!"

그러자 직원들은 냅다 워커발로 칠규의 옆구리를 힘껏 걷어찼다. 칠규의 몸이 움찔 오그라들었다간, 마치 한없이 오그라들 것처럼 오그라들다가 멈췄다. 그리곤 축 늘어지기 시작했다. 호흡이 힘들었던지 숨이 멎었다가 가느다랗게 숨을 내쉬고 있었다. 그의 감겨진 눈에서 눈물인지 묽은 핏물인지 모를 붉은 것들이 일시에 쏟아져 나오고 있었다. 직원들이 모두 달려들어 칠규의 팔과 다리를 하나씩 잡고 어깨 위에 들쳐 메었다.

그러나 칠규는 더 이상 꿈쩍거리지 않았다. 다만 그의 꿰매진 눈에서 핏물만 번져 나오고 있었다. 건장한 교도관에 의해 메어져 나오는 칠규를 보자 종태는 가만있을 수 없었다. 칠규가 그의 앞을 스쳤을 때 한 마디 했다.

"칠규야, 임마 그게 무슨 짓이야. 나, 종태다."

칠규의 얼굴이 획 옆으로 돌았으나 그건 그저 본능적인 몸짓일 뿐 볼 수는 없었다.

그의 얼굴은 온통 피투성이였다.

"형니임, 나 사람 안 죽였어요……."

종태는 그가 직원들에 떠메어 의무과로 실려가는 것을 보며 그 자리에 한참 서 있었다. 종태는 무언지 모르게 칠규의 고백을 믿고만 싶었다. 그의 불충분한 증거를. 아내가 가출을 해버리자, 다니던 직장도 그만두고 술로써 방황하다가 어느 집 보일러 실로 들어가 추운 몸을 녹이다가 잠이 들어버렸다는 것을. 그리고 우연히도 그 집에서 강도살인이 일어났을 거라는 것을…….

종태는 아침마다 출역을 하면서 9동 하의 비어 있는 칠규의 독방을 바라다봤다. 칠규의 눈꺼풀을 꿰매버린 것이 어쩌면 자신의 탄원서가 판사에게 먹혀들지 않자, 그만 이까짓 세상은 꼴도 보기 싫다면서 자신의 눈을 꿰매어버린 것이었다. 변호사를 살 돈도 없었기에 제대로 변호를 할 수도 없었을 뿐만 아니라 자신의 과거와 아내의 가출과 방황을 낱낱이 적어서 올린 탄원서를 보고도 1심에서 사형이 선고되자 이제는 도저히 가망이 없음을 알고는 스스로 자신의 눈을 닫아버린 것이었다.

소지한테 바늘을 달라고 부탁해서 그 바늘로 자신의 눈뚜껑을 영영 꿰매어버렸던 것이다. 아픔 따윈 죽을 목숨에 비하면 아무것도 아니었을 터였다. 자신이 살인강도의 누명을 쓰고 형장의 이슬로 사라져야 한다는 막막감에 얼마나 많은 날을 치를 떨며 자신과의 싸움을 벌여왔겠는가. 사형을 선고받으면 대개 죄수들은 눈빛부터 달라진다고 한다. 갑자기 눈에 살기가 돌기 시작하고, 불안과 공포감에 사로잡히기 시작한다. 아무리 자신을 붙잡아매어 놓아도 흔들리기 시작한 것은 멈추질 않는 것이다.

죽음에 대한 확실함은 이때까지의 어떤 어려움이나 고통보다도 더 실감이 나는 불안이었다. 칠규는 낮에 운동을 나오면 원예로 와서 꽃만 들여다보다가 직원에 이끌려서 방으로 돌아갔고 비라도 와서 운동시간마저 없는 날에는 뺑끼통 너머로 꽃을 보고 있었던 것이다. 종태는 그가 그러는 것을 여러 번 보았다. 온실을 나오다가, 혹은 온실로 들어가다가 목덜미에 와 꽂히는 그의 강렬한 시선을 느끼고는 우연히 눈을 돌렸는데 그가 거기 있었던 것이다. 종태는 그의 눈빛이 점점 이상한 광채를 띠기 시작한다는 것을 느끼면서 언젠가 그에게 담배를 줘야겠다고 생각했다.

꽃을 사랑하듯이 자신의 목숨을 사랑하기 시작했다는 것도 그때서야 알았다. 점점 조여오는 2심에서의 선고가 어떻게 떨어질지 그는 두려워서 밤에 한잠도 자질 못했는지 낮에 보면 그의 눈은 항상 충혈되어 있었다. 대개의 사형수들이 다 그랬지만 칠규의 눈빛은 유난히도 붉게 충혈되어 있었다. 담배를 주면 피식 웃다가도 슬그머니 건네받았는데 담배만 받는 것이 아니라 꼭 종태의 손목까지 붙잡았던 것이다. 잠깐 동안의 그의 손 붙잡음은 종태에게 이상한 말을 건네고 있는 것처럼 찌릿거렸다.

"형님, 고마워요. 형님이 영등포에서 유명한 주먹잽이였다는 거 다 알아요. 소지한테 들었어요. 나, 죽으면 하늘나라에 가서도 형님을 위해 기도를 할게요. 저 이 안에서 성경책을 보고 있어요. 도망간 마누라를 이젠 용서하기로 했어요. 그 여자를 위해서도 기도를 하고 있어요. 목사님이 그러대요, 용서를 하는 자만이 용서를 받을 수 있다고요. 내 아내는 나한테 시집을 와서 고생만 즉사하게 하다가 바람이 났던 거지요. 일을 나가니까, 얼굴이 예쁘고 반반하니까 남자들이 그냥 두질 않았는가 봐요. 가끔 잠자리에서 한숨처럼 말하는 것을 보고 저는 점점 마누라가 불쌍해졌어요. 내가 불쌍한 것보다 마누라가 더 불쌍해졌어요, 그때는. 그리곤 아예 마누라의 젖가슴도 만지질 않았지요. 마누라는 밤중에 자주 일어나서 울고 있었지만 나는 모른 척해버렸어요. 처음에 집을 나가서는 안 돌아오자, 후회감이 막 들기 시작했지요. 그리곤 나도 그것을 잊어버리려고 매일 술을 마셨던 거지요. 내가…… 왜 그때 그 집의 보일러실에 들어갔는지 아직도 모르겠어요. 경찰서에 잡혀와서 보니까 내가 범인이라는 겁니다. 실컷 두들겨 맞았지요. 처음에는 부인을 하다가 묘하게도 시인을 하고 싶더라구요. 그게 마누라를 잊어버리는 길이다 하고 퍼뜩 생각이 들길래 경찰관에게 내가

186

범인이라고 말을 했지요. 그때 왜 그렇게 말을 했는지, 나도 모르겠어요……."

갑자기 쏟아진 그의 말은 종태의 가슴을 울렁거리게 했다. 마치 동생이 형을 만나서 억울함을 호소하고 있는 것처럼 여겨졌다. 칠규는 자신에게 아무 이유 없이 담배를 건네주는 종태에게 무엇을 느꼈던 것일까. 독방 생활에서 오는 고독감과 죽음에 대한 공포가 그를 그렇게 만들었는지도 모른다고 생각했다. 종태는 그러한 심정을 조금은 이해를 할 만했다.

자신이 밖에서 커다란 일을 저지르기 위해 부하들에게 사시미칼을 준비토록 하고, 원정을 나가기 전의 폭풍과도 같은 고요가 그를 엄습할 때마다 그도 목숨에 대한 불안 같은 것이 있었던 것이다. 언제 습격을 받아 피를 흘리며 쓰러질지 모른다는 불안감이었다. 겉으론 내색하지 않았지만 마음 저 깊은 곳에서는 항상 그러한 불안이 도사리고 있었다.

평상시에는 모르던 것이 막상 위험에 봉착할 때마다 그러한 애착이 들러붙는 것은 왜일까? 칠규의 눈막음에는 그러한 불안으로부터 자신을 닫아 걸어버리는 행위가 되기도 했고 무언의 항변이기도 했으며 자기변호이기도 했다. 자꾸만 밀려드는 시간의 죽음이 더 이상 자신을 파먹지 못하도록 자신의 유일한 불안의 통로를 그렇게 잔인하게 차단시켜버린 건지도 몰랐다.

칠규가 의무과로 실려가서 눈의 치료를 받고 돌아온 것은 일주일이나 지난 뒤였다.

　눈의 꿰맨 자국이 아직 남아 있는 상태로 다시 자신의 독방으로 돌아왔지만 그는 더 이상 운동을 나오려 하지 않았다. 그는 이제 운동도 나오지 않았고 혼자 방 안에서 성경만 보고 있었는데 운동을 담당했던 직원은 그가 운동을 안한 만큼 시간을 벌 수 있어서 입이 찢어져라 좋아하고 있었다. 그가 꽃을 보러 나오지 않는 대신에 가끔 '뺑끼통에 기어올라가서 창살 밖을 내다보고 있다는 것을 안 것은 종태가 온실 안에서 그가 있는 독방 쪽을 훌쩍 돌아보았을 때였다. 그는 온실 안에서 종태를 보지 못했지만 종태는 그의 깊은 눈을 볼 수 있었다. 칠규는 얼마 동안 하염없이 화분에 담겨진 꽃들 바라보다가 눈물을 흘리는 것인지 눈 밑에서 반짝거리는 것이 느껴졌다. 그것은 어쩌면 차갑고 딱딱한 것이었는지 모른다고 종태는 생각했던 것이다. 이미 그의 눈물은 뜨거운 것이 아니라 식어가고 있었는지 몰랐다. 그늘에 가려진 그의 눈빛이 그랬다.

　종태는 직접 담배를 건네주고 싶었으나 그러질 않다. 9동 하에 있는 소지를 통해 그에게 담배를 주었다. 종태는 그날 칠규의 목소리를 듣고서부터 그의 곁에 다가가는 것이 왠지 두려웠다. 자신의 결백을 주장하고 있는 그에게 있어 마치 자신은 커다란 죄인임을 느끼게 하는 그 무엇이 거기에는 있었다. 자신은 이때까지 은영과 기식을 칼로 찔러죽인 사건에 대해 감쪽

같이 완전범죄를 만들고 있지 않은가?

그에 비하면 정말 억울할 수밖에 없는 그를 볼 때마다 양심의 죄에 대한 고통이 끈끈하게 일어나고 있었다. 칠규의 절규가 다름 아닌 자신에게 호소하고 있다는 것이 그를 괴롭혔다. 칠규가 밖으로 나오지 않듯이 온실 안의 종태도 어쩌면 그의 시선이 마주칠까봐 피하고 있었는지 모른다. 가끔 온실 밖을 내다보며 칠규가 밖의 화분들을 바라보고 있다는 것만 알았을 뿐이다.

비가 오는 날엔 아예 뼁끼통에 들러붙어 사는 그였다. 비를 맞고 있는 꽃나무들을 보며 혼자 히죽 웃기도 했고 입술을 꼼지락거려 무언가 말을 하는 것같이 보이기도 했다. 하루종일 꽃과 대화를 나누고 있는 그의 모습에서 종태는 점점 두려움을 느껴야 했다. 비는 온종일 종태가 밖으로 나가지 못하게 만들었으므로 눈을 들어 독방 쪽을 볼 때마다 그가 눈에 띄었고 잊은 듯이 있다가도 불쑥 눈을 돌리면 그가 거기에 있었다.

칠규가 뼁끼통의 쇠창살에 목을 매달아 죽은 것은 비 온 바로 다음날이었다.

그날도 새벽처럼 출역을 한 종태는 점검을 마치고 온실로 돌아오는 도중에 습관처럼 얼핏 눈이 갔는데 독방의 뼁끼통에 하얀 무엇이 팔랑거리길래 처음엔 그가 무언가 들고서 흔드는 줄로만 알았다. 그럴 리가 없는데 하는 생각이 들었다. 이른 새벽부터 칠규가 그를 부를 리는 없기 때문이었다.

종태는 그냥 온실로 내려가려다가 도저히 궁금증을 이기지 못해 슬며시 그쪽으로 다가갔다.

혹시 잘못 본 게 아닌가 하는 의구심으로.

9동에 있는 독방 바깥으로 철조망이 쳐져 있어 사람들이 접근하지 못하도록 해왔지만 독방과의 거리가 불과 한 발짝밖엔 되지 않았으므로 거의 곁이나 다름없었다. 가끔 원예부에서 그 철조망에다 넝쿨류의 화초를 심거나 꽃호박을 심어 넝쿨이 뻗어나가도록 만들기도 했다. 그리고 작업을 하다가 날씨가 더우면 웃통을 벗어서 그 철조망에다 얹어두곤 했던 것이다. 희뿌연 어둠을 뚫고 하얗게 빛나는 그것은 종이였다. 종태가 철조망으로 다가가 바싹 얼굴을 들이밀자 종이에 씌어진 글씨가 희미하게 드러나기 시작했다.

형님, 먼저 갑니다. 형님이 베풀어주신 은혜는 꼭 잊지 않겠습니다. 일부러 형님을 피한 건 아닙니다. 내 스스로 모든 걸 포기하려고 애썼습니다. 형님이 온실 안에서 나를 바라보고 있다는 것도 알고 있었습니다. 나가시면 정말 떳떳이 사시기를 두 손 모아 빕니다.

철규 드림.

종태는 종이에 적힌 글씨를 읽으면서 점점 머리카락이 곤두

섬을 느끼면서도 끝까지 다 읽었다. 읽고 나자 그는 그때서야 가슴이 쿵하고 떨어지는 무엇을 느꼈다. 그리곤 후닥닥 9동으로 뛰어갔다. 9동에서 보초를 서고 있는 경교대가 계호 근무자도 없는 종태를 제지했으나 종태는 눈깜짝할 사이에 그를 제치고 빠져나갔다.

"서라!"

경교대의 고함이 뒤에서 들렸고 뒤따라오는지 워커발 소리가 났다. 종태는 순식간에 9동으로 뛰어들어 담당이 있는 책상께로 달려갔다. 담당은 지금 복도의 중간쯤에서 의자에 앉아 잠시 휴식을 취하고 있는지도 모른다. 그는 종태의 후닥닥거림에 놀라 약간 눈을 크게 뜨고는 무슨 일인가 하고 궁금한 표정을 짓고 있었다.

"담당님! 30방의 칠규가 그냥 그대로 있습니까?"

종태의 갑작스런 질문에 그는 무슨 뚱딴지같은 소리냐며 종태의 아래 위를 살피기 시작했다. 아직 그는 일어설 꿈도 꾸지 않고 있었다.

"담당님! 칠규가 목을 맨 것 같아요."

"그래?"

담당이 용수철처럼 의자에서 벌떡 튀어 올랐다. 그리곤 둘 다 뛰기 시작했다. 30방은 독방만 일렬로 쭉 늘어선 끝방의 두 번째였다.

담당이 사방키를 돌리는 동안 종태는 너무도 궁금하다는 듯이 시찰구를 통해서 안을 들여다보고 있다.

칠규는 방 안에 있질 않고 닫혀진 뺑끼통 안의 어둠 속에서 있는 것처럼 보였다. 종태는 일순 불안한 것이 구체적으로 다가오고 있음을 느껴야 했다. 담당과 자신이 번갈아 안을 들여다보고 있었고 담당이 지금 철문을 따는데도 그는 밖을 내다보지 않고 있으니 말이다. 그의 묵직한 몸이 꼼짝도 하지 않고 있는 걸로 봐서 더욱 그랬다. 담당이 문을 따자, 담당과 종태는 거의 동시에 안으로 뛰어들어갔다.

좁은 문으로 두 사람이 거의 동시에 들어가기란 불가능했는데도 둘은 거의 동시에 뛰어들어가 뺑끼통의 문을 열었다. 아! 하는 소리만 가늘게 나왔을 뿐, 담당도 종태도 그대로 굳어져 버리고 말았다. 칠규는 어둠 속에 머리를 위로 향하고는 고깃간의 고기처럼 매달려 있었다. 그의 얼굴이 새카맣게 변해 있었고 바지를 적신 물기가 번들거리고만 있었다.

"담당님. 죽었어요!"

종태가 소릴 치자 담당은 또 한번 소스라치게 놀라다가 칠규를 마구 흔들었다. 칠규의 몸이 담당의 흔듦으로 허공에서 마구 흔들리다가 꾸르륵 하는 소리를 냈다. 그건 아마 목에서 나는 소리 같기도 했다. 담당이 다시 보안과로 알리려고 뛰어나간 사이, 종태는 그의 목의 옥죄고 있는 끈을 풀고 있었다. 온

몸의 체중이 다 실려버린 끈은 쉽사리 풀려지질 않았다. 종태는 어떻게 그 끄나풀을 풀었는지 모른다. 칠규의 목이 조금이라도 더 다치지 않게 하려고 쇠창살에 묶어놓은 부분을 마구 끌렀을 것이다.

칠규의 몸이 퉁하고 바닥으로 떨어지자 그때서야 담당과 보안과의 기동대가 도착을 했을 것이다. 바닥에 떨어진 칠규의 얼굴은 검게 변해 있었고 직원들이 여럿 달려들어 그를 방 안으로 옮겨놓았다. 직원 중에서 인공호흡을 할 줄 아는 직원이 재빨리 그의 입에다 대고 인공호흡을 가하면서 아랫배를 눌렀지만 이번에도 역시 꾸르륵하는 소리만 났을 뿐이다. 직원이 아무리 인공호흡을 해도 그의 입에서는 쇳소리 같은, 쐐액쐐액거리는 소리만 나왔을 뿐 아무런 도움도 되지 않았다.

"어이, 빨리 업어! 의무과로 옮겨!"

함 주임이었다. 그러자 직원 중 한 사람이 얼른 그를 들쳐 업었다. 직원들이 그를 업고 뛰쳐나가고 함 주임과 담당 그리고 종태만 남게 되었다. 함 주임의 시선이 종태를 향했다.

"어떻게 된 거야?"

이제 함 주임은 마치 그 책임이 종태에게 있는 것인 양 눈을 번득이고 있었다. 지초지종의 결과를 대라는 거였다.

"글쎄 말입니다, 방금 출역을 해서 점검을 마치고 원예로 가는데 30방에서 무언가 하얀 것이 보이길래 다가가서 봤더니 이런 글을 써놨더라구요. 그래서 9동 하 담당에게 뛰어들어와서 알린 겁니다. 문을 여니까 벌써 얼굴이 시커멓게 갔더라구요."

종태는 칠규가 쓴 편지가 자신에게 쓴 것이라고는 말하지 않았다. 자신이 그의 죽음에 어떤 연관이 있는 것처럼 여겨지는 게 싫었던 것이다. 칠규의 편지는 막연히 누구에겐가 형님이라고 쓰고 있었기 때문에 굳이 자신이라고 말하지 않아도 되었다. 종태가 내민 종이를 보고 있던 주임이 얼굴을 쳐들었다.

"형님이라는 건 누구지?"

"모르겠습니다. 아마 바깥에 있는 형님에게 보내는 글이겠지요……."

종태가 그렇게 말하자, 함 주임은 그 종이를 조심스럽게 접어서 관복의 윗주머니에 넣었다. 그리고는 종태의 어깨를 툭 쳤다.

"원예반장, 일단 수고했어…… 그런데 말이야, 나중에 조사를 하게 되면 왜, 귀찮아질지 모르니까 종태는 그저 모르는 일로만 알고 있어. 저 자식의 가족들이 와서 살려내라고 막 떠들텐데…… 이번 일은 순전히 담당이 제일 먼저 발견한 것으로 보고서를 작성해야 돼, 알아?"

"예."

"그럼 됐어, 수고했어."

주임이 불쑥 손을 내밀었다. 악수를 하자는 뜻이었을 게다.

종태는 미덥잖게 손을 내밀어 그가 흔드는 대로 내맡기고 있었다. 지금 주임은 사건의 뒷부분까지 미리 계산에 넣고 있음이 틀림없었다.

일개 재소자인 종태가 먼저 발견했다는 것은 사건의 규모에 비해 있을 수 없는 일이었다. 그래서 종태에게 함구할 것을 지시하고는 서둘러 사방을 빠져나가는 것이었다. 종태는 잠시 그곳에 남아 방 안을 휘둘러보았다. 칠규가 뺑끼통으로 가기 전에 벗어 벽의 못에 걸어둔 퍼런 바지가 후줄근하게 걸려 있었다. 그리고 텅 빈 것 같은 사물 보따리가 하나 처량하게 매달려 있는 것이 보였다. 0.43평의 좁은 방구석엔 그가 방금 막 갠 이불이 단정히 개어져 있었고 출입구 쪽에는 아침 배식을 받기 위해선지 플라스틱 밥그릇들이 나란히 놓여 있었다. 그리고 식구통이 있는 개구멍 위에 그가 삐뚤삐뚤하게 볼펜으로 써놓은 글귀가 보였다.

심령이 가난한 자는 복이 있나니 천국이 저희 것임이요, 애통하는 자는 복이 있나니 저희가(내가) 위로를 받을 것임이요, 의에 주리고 목마른 자는 복이 있나니 저희가 배부를 것임이요, 의를 위하여 핍박을 받는 자는 복이 있나니 천국이 저희(나의) 것임이라(마태복음 5장 10절).

종태는 그가 적어놓은 성경구절을 읽으면서 정말 알 수 없는 회한에 젖어들었다. 칠규가 이때까지 밖으로 일절 나오지 않으면서 스스로 죽음의 고행길을 걸어가고 있었다는 것이 절실하게 느껴지고 있었다. 이제 어쩔 수 없는 자신의 억울한 재판에 대해 더 이상의 어떠한 애착도 가지지 않았을 만큼 초연해진 그를 보는 것만 같았다. 종태는 그가 쓴 글씨를 한 번 손바닥으로 쓸어보았다. 마치 그의 차디찬 얼굴을 만지기라도 하듯이.

칠규의 시체가 안치된 병동으로 가보고 싶었다. 의무과 옆의 병동과 화장실 사이의 시체 보관실에는 굳게 자물쇠가 채워져 있다는 것을 알고 있지만 왠지 그곳으로 가서 문상이라도 했으면 하는 바람이었다. 칠규의 가족들이 며칠째 보안과 앞에서 농성을 벌이고 있다는 사실은 보안과에 출역하고 있는 재소자들에게서 들어서 알고 있었다.

시골에서 올라온 노모와 형제들이 전부였고 전부 힘없는 농사꾼이거나 도시에 나가 살더라도 서민티가 줄줄 흘렀고, 아는 게 없어서인지 무작정 칠규를 살려내라는 몸부림만 땅바닥에다 해대고 있었다.

"아이구우, 이놈덜아. 죄인으로 가둔 것도 억울한디 우짜쌓꼬 이 감방에서 죽여버렸디야. 창살에 목매다는 것도 못지키고 뭣 한다야? 아이구우 이놈덜, 지 자식이 죽어나자빠지면 저렇

코롬 모른 체하지는 안할 것이여. 죄도 없이 붙잡혀간 것만도 억울한디, 고눔이 너무 억울해서 에라 창살에 목줄을 걸어뿌린 거지야아. 이눔덜아, 내 새끼 안 살려내면 한 발짝도 못 물러날 팅께 알어서 햐. 으흐흐흐……."

위협을 하자는 건가? 중무장한 차림새의 경교대와 직원들이 군복을 입고서는 땅바닥을 내리치며 우는 가족들을 에워싸고 있었다. 아들을 잃어 슬픔에 빠진 그들이 무슨 난동을 더 이상 부리겠는가마는 구치소측은 안 그랬다. 으레 그래야 되는 것처럼 무슨 시위대를 내쫓아버릴 것처럼 그들의 행동반경이 더 이상 커지지 못하도록 하겠다는 듯이 그들 가족을 에워싸고 있었다. 정말 기가 찰 노릇이었다.

"사람을 쥑여놓고 이게 뭔 짓들이여? 군인덜이 우릴 들어내겠다는 거여 뭐여? 난 죽어도 그놈을 보기 전엔 여길 못 떠난다아, 흐흐흐으……."

노모의 울음이 더 애달팠다. 종태는 낮에 일부러 보안과 쪽의 동정을 살피러 화단을 정리하는 척하고 일을 나갔다가 그들 가족들이 땅바닥에 철퍼덕 앉아 하소연하는 소리를 들었다. 직원들이 더 이상 나아가지 못하도록 막아서 가까이 가지는 못했지만 멀리서나마 볼 수 있었다.

종태는 그들 가족을 보고 나자 병동으로 가보아야겠다는 생각이 더 간절했다. 그래서 담당을 꼬셔서 병동 쪽으로 작업을 나가자는 제의를 해서 승낙을 받아냈다. 여기서의 작업이란 일정하게 정해진 것도 있었지만 그때그때 일을 만들어 할 수도 있었다.

"반장, 갑자기 거긴 왜?"

담당의 뜨악한 질문이었다. 마치 종태가 담당인 것처럼 작업 장소를 이리저리 바꾸는 것에 대해 조금 불쾌한 모양이었다. 원예부 출역수들이야 전부 종태의 의사를 고분고분 따르고 있었으니 별로 문제될 것은 없었다.

"그놈이 죽기 전에 자주 원예로 와서 꽃을 구경했거든요. 그러더니 며칠 안 나타나더라구요. 그놈이 강도살인이라고는 하지만 너무 억울한 것 같아서요. 내가 보기론 아마 그놈이 진범이 아닌 것 같아요."

종태는 자신의 가슴 속에 담고 있었던 말을 꺼내놓았다.

"이젠 어쩔 수 없는 일 아닌가. 이미 죽어버렸으니……."

담당은 그쪽으로 작업을 나가는 것에 대해 썩 기분이 좋진 않은 모양이었다. 괜히 죽은 원혼이라도 자신에게 달라붙어버릴 것 같은 기분 나쁜 예감 때문이었는지도 모른다. 이곳에서의 죽음은 너무 초라해서 정말 의지할 데 없는 원혼이 하늘로 가지 못하고 아무에게나 들러붙어버릴 것처럼 예감이 그리 좋질 않았다. 그래서 직원들도 죽은 시체 옆에는 가까이가려 들지 않았고 시체를 넣어둔 창고를 사건이 수습될 때까지 방치하다가 쥐들에 의해 뜯어 먹히는 사례도 종종 발생하고 있었다.

영선공장이 있는 곳을 지나서 3감시대 바로 밑에 있는 의무과로 가자, 종태의 가슴이 느닷없이 울렁거리기 시작했다. 자신도 모르게 북받쳐 오르는 무엇이었다. 마치 자신이 다가가고 있다는 것을 알고 있는 것 같은 착각이 들기도 했고, 그가 밖에까지 나와 자신을 맞는 것처럼 느껴지기도 했다.

의무과와 병동이 한 건물에 붙어 있었고 그 건물 뒤편으로 화단이 길쭉하게 이어져 있었다.

종태는 그 자리에 우뚝 멈춰서서 잠시 생각에 잠겼다. 머리를 숙였는지는 모르겠지만 아무튼 그는 마음속으로 이렇게 빌고 있었다.

칠규, 너 저 세상으로 가선 억울하게 살지 마라. 지금 보안과 앞에는 너희 부모형제들이 다 와 있다. 그리고 난 너의 결백을 믿겠다. 그게 종태의 중얼거림이었다. 그리고서 종태는 배식을 맡은 상덕에게 빵과 마실 것을 꺼내놓으라고 말했다. 상덕이 작업을 나갈 때마다 매번 지참을 하게 되는 푸대에서 먹을 것들을 내어놓자 그는 그 건물의 귀퉁이에 그것들을 가지런히 놓았다. 저 세상으로 가기 전에 잔뜩 배나 부르고 가라고……

다시 겨울이 찾아왔는가. 구치소에서는 한 번 사건이 일어날 때마다 경계가 삼엄해졌고 직원들의 계호가 옥죄어 들었다. 전

199

같으면 조금은 자유스러울 수 있는 것도 까다롭게 굴었다. 어차피 직원들이야 자신의 공장에 출역하고 있는 재소자들을 일일이 감시를 한다는 것이 피곤한 일임에 틀림이 없었지만 위에서부터 내려온 지시사항에는 어쩔 수가 없었는지 매번 투덜거리면서도 그 지시를 이행하느라 애를 먹고 있었다. 출역수들이 뻥끼통에만 갔다가 와도 일일이 검신을 했고 작업을 마치고 나면 으레 검신을 했던 거지만 더욱 철저해지는 것이었다.

"이야, 이거 완전히 곱징역이구먼."

"이거 더러워서 원, 징역 살겠나."

모두들 그렇게 투덜대고 있었다. 담당들도 귀찮기는 마찬가지였는지 재소자들의 그런 불평에 짜증을 내고 있었다.

"아, 이런다고 죽을 놈이 안 죽나? 괜히 위에서 생트집을 잡는 거라구."

사실 그랬다. 위에선 죽는 것을 빨리 발견하지 못했다고 9동하 담당을 중징계해서 지방으로 내쫓아버렸고 새로운 담당이 9동을 맡게 되었으며 전 직원들에게 계호 철저를 엄명으로 내렸던 모양인지 직원들이 먼저 못살겠다는 표정들이었다. 일벌백계. 인과응보의 원칙은 이런 데에서도 드러나고 있었다. 책임을 물어놓고도 그것도 또 못마땅해서 직원들을 들들볶는 모양이었다.

종태는 온실 밖으로 함부로 나돌아다니지 못하도록 동료들

200

에게 지시를 했다. 이럴 때일수록 직원들의 눈에 벗어나지 않는 게 훨씬 현명했다. 그저 이러한 폭풍이 쉬 물러가기만을 기다리는 게 최고였다. 자신이 담배를 대주는 놈들에게도 신중에 신중을 기하고 있었다. 꼭 이럴 때일수록 어정쩡하게 담배를 들키는 수가 많았던 것이다. 종태는 소 내의 불안한 기류를 미리 알고 있었다. 기강을 잡으려고 대들 때 무슨 사건이라도 터진다면 그 벌은 쉽게 풀리질 않음을 알고 있었다. 그것은 오랜 징역에서 터득한 일종의 경험이었다. 종태는 원예 담당으로부터 얻어들은 정보를 통해 보안과의 분위기를 읽고 있었다.

아니나 다를까. 종태가 염려했던 대로 문제가 터졌던 것이다.

문제는 취장에서 터졌는데 밥그릇 밑에다가 담배를 넣어 배달을 하던 용식이가 담배를 잘못 집어넣어 엉뚱한 방으로 들어가 버린 것이다. 그 방에서는 아닌 밤중에 웬 떡이냐는 식으로 헐레벌떡 담배를 나눠 피우다가 덜컥 직원에게 들켜버린 것이었고 그 방에 있던 모든 재소자들이 조사를 받게 되었다. 전 인원을 뿔뿔이 독방으로 처넣어서 한 놈씩 조사를 하자, 그 담배가 정말 우연히도 엉뚱하게 방으로 굴러든 것과 범인이 취장에 있다는 것을 알아낸 것이었다.

이번에는 취장에 출역하는 이들을 상대로 조사가 진행되었고 몇몇 주모자급인 우두머리들이 전부 독방으로 처넣어졌다.

용식이가 걸려들었다는 소식을 듣고 종태는 내심 겁이 났다. 만일 고문을 못 이겨서 용식이 사실대로 불어버린다면 자신은 이제 빼도 박도 못할 처지였다. 지금 온실 안에 쥐죽은 듯이 박혀 있었지만 마음은 온통 조사계로 가 있었다. 재소자인 자신은 그곳에서 벌어지는 일에 대해서는 전혀 알 도리가 없었다.

"담당님, 지금 조사계에서 용식이가 조사를 받는데 어떻게 되어가나를 알 수 있겠습니까?"

종태가 못견디겠다는 듯이 묻자, 담당도 자신의 발등에 곧 불이 떨어진 것처럼 당황하는 눈빛이었다. 사실 캐고 들어가면 모두 공범이나 마찬가지였다.

"글쎄…… 내가 슬쩍 알아보지. 그리고서 일을 해보자고. 처음에는 용식이가 혼자 총대를 걸머지는 게 낫겠는데……."

담당은 무슨 골몰한 얼굴로 종태를 바라보다가 답답했는지 담배를 꺼내 물었다. 지금 온실 안에는 그들 둘만이 있었다. 다른 출역수들은 아예 온실 안으로 들어가질 않고 밖에서 일을 하고 있었다.

"내가 야간에 독방으로 찾아가서 용식이한테 일침을 놓지. 그러면 반장까지 물고 들어가지는 않겠지."

"그렇게 한 번 해보시지요. 아마 용식이도 쉽게 불지는 않을 겁니다. 만일 불어버렸다면 그놈은 나한테 죽을 겁니다. 넌지시 그렇게 말을 하십시오."

"알았어……."

담당은 종태의 말에 힘을 얻은 듯이 그제야 겨우 웃었다. 그리고 슬며시 자신이 피우던 담배를 종태에게 내밀었다. 반쯤 탄 상태였다.

"……."

종태는 말없이 받아들어 몇 모금 연거푸 빨아 당겼다. 누가 들어오지나 않을까 하는 조급한 마음으로 힘있게 뻑뻑 빨아들이고 나니 금방 필터가 있는 데까지 타버렸다. 종태는 얼른 난로의 뚜껑을 열고 그 안으로 던져 넣어 버렸다. 담배꽁초가 뛰어들자마자 금방 불길이 붙어서 타버렸다. 필터가 타는 냄새가 코끝으로 스며들어왔다.

구치소에서는 악운이 한 번 있게 되면 연거푸 일어나는 게 통례였다. 그건 아무래도 이상했다. 종태는 그동안 칠규의 시체가 있는 곳엘 매일 한 번씩은 다녀왔을 것이다. 그저 갔다가 그냥 돌아오는 것이었는데도 거길 갔다가 오면 마음이 안심이 되었던 것이다. 용식이가 담배를 대준 사람을 불지 않고 담 너머로 우연히 날아온 것이라고 우기는 동안에도 불안해서 도저히 온실 안에만 있을 수가 없었다. 칠규가 누워 있는 근처만이라도 갔다가 와야 직성이 풀리는 거였다.

그 동안 칠규의 가족들과 구치소측이 원만히 합의를 한 모양인지 바깥에서의 일은 무사히 무마가 된 모양이었다. 이번에는 횡사한 칠규의 시신을 가족들이 인수를 하지 않으려고 하자, 구치소 측에선 검찰로 보고를 해서 무의탁 공동묘지로 안장을 하려는 절차를 띄워놓고 있었다. 그래서 다시 칠규의 시신은 그곳에서 빠져나가질 못하고 있었다. 감옥에서 목매 자살한 시신을 거두어가려는 이는 없었다. 액운을 불러들이는 게 겁이 났던지 가족들조차 인수하기를 거부했던 것이다.

검찰에서의 매장 지휘서가 떨어질 동안, 영선에서는 나무로 칠규의 묘비를 만들고 있었고 아침에 출역을 하자마자 출역 관구부장은 출역수들을 쪼그리고 앉도록 하고는 상여꾼을 뽑고 있었다. "여러분들도 알다시피 9동 하에서 목매 자살한 놈의 매장 지휘가 내려오면 곧 공동묘지로 가서 매장을 할 텐데, 여기서 스스로 바깥으로 나가서 일하고 싶은 사람은 손을 들도록!"

"……."

관구부장의 말뜻은 이랬다. 여러분 중에서 차를 타고 바깥으로 나가 매장 작업을 나가고 싶은 사람은 거수로 표시를 하라는 거였다. 담 안에서만 살아온 재소자들은 틈만 있으면 바깥으로 나가기를 원했지만 그게 쉽지를 않았다. 바깥으로 나가는 작업이 거의 없었고 설사 있다고 하더라도 절차가 얼마나 까다로웠던지 오히려 귀찮을 때가 더 많았던 것이다.

사람들이 서로 얼굴을 마주보며 결정을 못 내리고 있었다. 한 번 바깥으로 나가볼까. 땅이나 파는 건데 뭐. 술이라도 한 사발 주겠지 뭐. 대개 이러한 말들만 하고 있었지 섣불리 손은 들지 않았다.

그러자 관구부장이 다시 소릴 쳤다.

"밖으로 나가고 싶은 사람!"

"예, 제가 가겠습니다."

종태가 오른손을 들자 관구부장이나 다른 출역수들이 전부 눈을 동그랗게 떴다. 전혀 의외라는 뜻이었다. 관구부장이나 전 출역수들이 다 알다시피 종태는 출역을 하면서도 손 하나 까딱하지 않고 있었다. 그걸 모를 사람은 없었던 것이다. 그런데 스스로 자원을 해서 나가겠다니.

"또? 다섯 명만 지원을 받겠다!"

관구부장이 다시 소리를 지르자 이번에는 너도나도 손을 들기 시작했다. 아마 종태가 밖으로 나가겠다고 하니까 밖으로 나가면 무슨 좋은 일이 생길 거라는 기대에 부푼 마음 때문이었다. 관구부장이 이번에는 여럿 중에서 지원자를 추리고 있었다.

"너…… 너…… 그리고 너…… 너도 가!"

이렇게 다섯 명이 지목되자 해산이 되었다. 종태는 해산을 하고 온실로 돌아오면서 스스로 생각을 해도 잘한 일이라고 느꼈다. 마지막으로 칠규의 몸에 한 줌 흙이라도 얹어주고 싶었다. 그렇게 해야만 그에게 할 도리를 다한 것 같은 생각이 들었다. 안에서의 복잡한 것에서부터 탈출하고 싶은 마음도 없지 않았으나 그것보다는 칠규의 무덤을 자신이 만들어준다는 것에 더 의미를 두고 싶었다.

덧없는 것이 징역 안에서의 죽음이란 말도 있었다. 가족들이 인수를 거부할 만큼 이곳은 악연의 늪이었다. 이곳에서 죽으면 아무도 시신을 거두어가려 하질 않았다. 아까 아침에 영선공장에서 나무로 만든 칠규의 나무패를 봤다.

김칠규지묘.

한쪽 나무에 검은 붓글씨를 휘갈겨 쓴 그의 나무비가 그렇게 쓸쓸해 보일 수가 없었다. 그저 맨송한 나무 판때기에 장난처럼 아무렇게나 쓴 글씨가 그랬고 영선의 출역수들이 그걸 들고 장난을 치는 모습이 그랬다.

"야, 이 새끼. 되게 재수 없다. 이런 곳에서 뒈져버리다니 말이야. 하기야 어차피 사형을 받을 바에야 차라리 목이나 매서 죽어버리는 게 더 나았는지도 모르지."

"무죄를 주장했다는데……."

누군가 그렇게 말을 했다.

"무죄 좋아하네? 야, 누가 죄 있는 놈이 어딨어? 재수 없는 놈만 이곳엘 들어오는 거지. 바깥에서 죄 짓고 안 들어오는 놈이 더 많아. 돈 없고 빽 없는 놈만 조질 나게 붙잡혀 들어오는 거지, 안 그래?”

칠규의 나무비를 들고 발로 툭툭 차는 그들의 모습에서 종태는 울컥 화가 치밀었으나 뭐라 나무라진 않았다. 다만 그의 발놀림만 노려보고 있자, 그는 종태의 시선을 의식했는지 발놀림을 그만두었다.

“하여간 말이야, 징역에서 뒈져버리면 지만 섧다니까. 무죄라면 끝까지 우겨야지.”

“맞는 말이야, 이곳에 붙잡혀 들어온 이들 중에 무죄로 억울하게 들어온 놈이 무지 많을걸.”

“변호사 살 돈 없으면 꼼짝없이 뒤집어쓰는 거라구.”

그때였다. 담당의 책상 위에 놓여진 인터폰에서 벨이 울렸다. 담당이 집어들고는 ‘예예, 다 됐습니다.’ 연발하고 있었다. 아마 나무비를 이야기하는 모양이었다. 이제 곧 공동묘지로 떠날 모양이려나. 종태는 얼른 온실로 돌아와서는 담당에게 말했다.

“담당님, 인터폰이 왔는데 영선으로 곧 시체가 나갈 모양입니다.”

“그럼 갔다가 오지. 바람이나 쐬고 오는 것도 좋잖아?”

“그럼요.”

종태는 담당의 옆에 앉았다. 아마 이쪽으로도 연락이 올 것이다. 그러면 나가면 되는 거였다. 지금 나가면 아마 저녁쯤이나 되어야 돌아올 것이다. 종태가 나간다는 말에 배식 담당인

상덕이 비닐봉지에다 먹을 것들을 잔뜩 싸주었다. 밖으로 나가면 어차피 돈도 쓸 수 없기 때문에 미리 먹을 것을 챙겨주는 것이었다. 종태는 퍼런 새마을모자를 눌러쓰고는 그것들을 받았다. 다섯 명이 먹기에 충분할 정도였다. 아니, 같이 따라나가는 담당들도 같이 먹기에 충분했다. 또 다른 출역수들도 먹을 것을 들고 올 것임이 분명했으므로 먹는 것에 대해선 모자람이 없을 것이다. 종태는 온실을 나서면서 담당에게 다녀오겠다는 말을 건넸다.

보안과 앞으로 나오니, 하얀 앰뷸런스가 한 대 세워져 있었다. 종태 말고도 다른 네 명의 출역수들이 함께 서 있었는데 조금 있으려니까 입에 마스크를 한 의무과 소지들에 의해 칠규의 시신이 들것에 의해 옮겨져 나오고 있었다. 봉고차의 뒷문이 들려지고 그 안으로 들것이 실려지고 있는 동안 출역수들을 계호할 직원들이 권총과 카빈총을 수령해 나오고 있었다. 계호할 직원으로는 출역담당 관구부장과 직원이 두 명에다 경교대가 두 명이었다. 출역수들보다도 직원들의 숫자가 더 많았다. 아마 만일을 생각해서 직원의 숫자를 많이 늘린 모양이었다.

출역수들은 삽이며 괭이 같은 연장을 차에 실었고 직원들은 통증을 끊어서 정문 근무자에게 넘겨주었으며 정문 근무자가 와서 안을 샅샅이 살피고는 출역수들의 머릿수를 헤아린 다음

돌아갔다. 차가 시동을 걸면서 정문 쪽으로 빠져나갔다. 앞좌석엔 부장과 담당이 한 명 탔고 뒤에는 시체를 사이에 두고 양 옆으로 출역수들과 직원과 경교대가 나란히 앉아 있었다.

정문에서 다시 뒷문을 열어 사람 숫자를 헤아리고는 겨우 출발을 하였다. 일단 정문을 통과한 차는 좌회전을 해서 도로를 달리고 있었다. 구치소와 앞에 있는 교도소의 하얀 담을 끼고서 달렸으며 곧 경인도로가 나타나자 거기서 다시 좌회전을 했다. 지금 종태가 타고 있는 앰뷸런스는 경광등을 번쩍거리면서 차들 속으로 뛰어들었다.

차가 흔들거릴 때마다 하얀 천으로 뒤집어씌워진 칠규의 시신에서는 썩는 냄새가 흘러나오고 있었다. 직원들은 미리 준비한 마스크를 하고 있었지만 출역수들은 그저 코를 내맡기고 있는 판이었다. 종태는 한 번 천을 걷어 들춰볼 생각이었으나 다른 사람들을 생각해서 그만두었다. 또 봐야 별로 기분 좋을 것도 못되었다. 다만 칠규의 마지막 얼굴이라고 생각하니 한 번 보고 싶었던 것이다. 처음에 칠규의 목줄을 풀어 내릴 때에 본 시커먼 얼굴이 떠올랐다. 그 모습은 얼마나 검었던지 그 자체가 온통 암흑이었던 것처럼 느껴졌다. 그리고 지금 가만히 있으니까 칠규의 몸에선 아예 씻지도 않아서인지 뻥끼통의 냄새가 나고 있는 것 같기도 했다. 그랬다. 분명히 뻥끼통 냄새였다.

얼마를 달렸을까. 담당은 끄떡끄떡 졸고 있었고 경교대들과 출역수들만이 출역수들이 갖고 나온 빵과 우유들을 먹고 있었다. 냄새가 나건 어떠한 기분과는 상관없이 칠규의 시신을 앞에 두고도 먹는 것에, 그리고 이야기를 나누는 것에 히히덕거리고 있었다. 가끔 앞좌석에 탄 부장과 담당이 뒤를 돌아볼 뿐이었다.

"내가 생각해도 이놈은 분명히 무죄인 것 같애."

누군가 그렇게 말했고,

"왜?"

한 사람은 빵을 입에 물고 그렇게 반문하고 있었다.

"억울하니까 스스로 목숨을 끊어버린 거지."

억울하니까? 종태는 '억울하니까' 라는 말에 퍼뜩 정신이 들었다.

남의 죄를 뒤집어쓰고 억울해하다가 스스로 죽어버린 칠규를 다시 한 번 내려다봤다. 어쩌면 자신이 죽여 버린 은영과 기식에 대한 범인으로 또 억울한 놈이 영등포 구치소엘 들여와 있는 건지도 모른다는 생각이 들어서였다. 경찰이란 아무 놈이나 비슷하기만 하면 잡아다 족치면 진범이 되기도 했다. 정황에 맞는 증거야 어떻게든 만들 수도 있었다. 비슷한 것끼리 맞추다가 보면 정말 완벽한 증거가 되기도 했으니까.

"나도 여러 번 징역을 살아봤지만 정말 억울할 때도 있었어.

주범이 안 잡히면 하범이 주범으로 되는 거 말이야. 내가 아무리 짖어봤자 씨도 안 먹히더라구. 그게 문제라구, 우리나라는."

"그러니까 유전무죄 무전유죄라는 거 아뉴? 돈 없으면 무죄도 못 벗는다는 거."

"세상이 어떻게 되려고 그라는지……."

"없는 놈은 그저 도둑질이나 해먹고 살라는 세상이지, 한 마디로……."

이제 그들은 서로 동지가 되어가고 있었다. 빵을 씹으면서, 주검을 앞에 두고서 자신의 처량한 신세 한탄을 하고 있는 중이었다. 젊은 경교대들만이 그저 빵이나 씹으면서 그들이 하는 말들을 듣고만 있었다. 아직 세상을 몰랐으므로 그들은 그저 군의 복무를 위해 이곳에 와 있을 뿐이었다. 훈련소를 거쳐서 법무부로 배치되어 재소자들을 계호하는 임무만 충실히 하다가 제대를 하면 단지 한때의 군생활의 추억거리로만 남을 뿐이었다. 어쩌면 아직 삶의 복잡한 단계에 돌입하기 전의 순진 무구한 젊은이들이었다.

차가 야트막한 곳에 이르자 시동이 꺼졌다. 앞좌석에 타고 있던 직원들이 먼저 내렸고 뒷좌석의 직원과 경교대가 차례로 내려서는 빙 둘러서서 계호를 펴고 있었다. 이제 출역수들은 그들의 시선 안에서 칠규의 시체를 들어내고 있었고 두 명은 미리 부장이 지시를 해준 땅을 파고 있었다. 공동묘지치고는 너무 황량했다. 민둥산에 그럴듯한 나무 하나 서 있질 않았고 잡풀만 가득해서 버려둔 산임이 분명했다. 군데군데 보이는 묘지는 쥐가 파먹은 것처럼 흙더미가 부스러져 있었고 약간의 둔덕만 아니라면 그게 묘라는 것을 금방 알 수 없는 그런 처지였다. 이미 삭아서 쓰러진 나무비는 땅 위에서 썩고 있었고, 어디로 달아났는지 묘비가 보이지 않는 것도 허다했다.

경인지역의 구치소, 교도소에서 무연고로 죽은 재소자들을 묻는 곳이었으므로 정말 가족들의 발길이 전혀 없었을 터였다. 그것도 교도소 안에서 횡사하거나 병사를 했다면 죽어서도 서러운 무덤들이었다.

출역수들이 묏자리를 파고 나무관도 없이 시신을 내리는 동안, 흙으로 퍼서 떠 담는 종태의 눈에 알지 못할 물기 같은 것이 번져 나오고 있었다. 다른 출역수들에게 그걸 보이지 않으려고 애를 쓰면서 흙만 부지런히 퍼서 던졌다.

"어이, 원예반장 이리 와서 좀 쉬지, 그래?"

"……."

종태는 흐르는 땀방울을 훔치며 슬쩍 눈가의 물기를 닦아냈다. 이제 칠규의 몸뚱어리가 흙에 묻혀 보이지 않았고 조금만 더 흙을 얹는다면 둥그런 봉분이 다 완성될 터였다. 더러는 뗏장을 뜨러 삽을 들고 나갔고, 그러면 앉아 있던 직원과 경교대도 얼른 일어나서 총을 들고는 그들의 뒤를 따라가고 있었다.

212

직원들은 출역수들의 움직임에 따라 따라붙었다.

"어이, 전부 이리 와서 좀 쉬었다가 하지 그래."

종태가 쉬질 않자, 이번에는 부장이 전부가 쉬도록 채근하고 있었다. 마치 그래야 종태가 쉴 것처럼. 그러자 주춤거리며 삽을 놓기 시작한 출역수들이 하나 둘 부장이 있는 곳으로 모여들었고 종태도 마지막으로 손을 털면서 그쪽으로 갔다.

"참이라도 좀 먹고 해. 어디 세월이 좀 먹나?"

부장의 그 말이 있자, 출역수들은 구치소에서 나올 때 가지고 나온 먹을 것들을 주섬주섬 늘어놓기 시작했다. 맨 먼저 관구부장과 직원들에게 권했고 나머지는 저희들끼리 둘러앉아 먹기 시작했다. 칠규의 시체만 묻지 않았다면 어디 소풍이라도 나온 기분이었다. 따스한 햇볕이 얼굴이 약간 따갑도록 내리쬐어서 금방 얼굴이 타버릴 것 같았다.

"사람이 참 저렇게 죽는 걸 가지고 아둥바둥거리며 살겠다고 말이야……."

관구부장이 출역수가 내민 두유의 팩을 따 마시면서 그렇게 말했다. 부장의 얼굴이 오랜 교도관의 생활에서 쉬이 늙어버린 탓인지 온통 검은 주름투성이였다. 그는 출역수들이 땅을 파고 시체를 파묻고 있을 동안에도 쭉 앉아만 있었다. 다리에 힘이 없는지 아예 땅바닥에다 말뚝이라도 박아버린 것처럼 내내 앉아만 있었다.

"나도 교도관이지만 구치소 안에서 죽는 놈이 제일 불쌍하게 보여. 하필 왜 교도소에서 죽는지 몰라."

종태는 그런 말을 조용히 뱉아내고 있는 부장의 얼굴을 흘끗 바라보았다. 삶에 지쳤는지 아니면 재소자들에게 지쳤는지는 모르겠지만 어쩐지 나이보다도 더 늙어 보였다. 허리에 차고 있는 권총의 무게도 감당하지 못할 것처럼 피로한 기색이었다.

"부장님은 교도관 생활을 하면서 죽는 사람을 많이 봤겠죠?"

종태의 물음이었다.

"그럼, 한 30년 가까이 교도관 생활을 하면서 온갖 풍상을 다 겪었지. 사형장이 있는 서울구치소에도 있었고, 대전교도소에도 있었고, 교도소라면 거의 안 다닌 데가 없을 정도야. 내가 교도시절 때에는 사형을 집행하기도 했어. 처음에 사형을 집행하려고 차출이 되었을 때에는 정말 겁이 나더라고. 내가 사람을 죽여야 한다니 말이야. 처음에 직원 다섯 명이 차출이 되었는데 서로 그걸 안 하려고 뒤로 뺐지만 할 수 없었지…… 사방에서 끌어낼 때부터 마치 도살장으로 끌려가는 소처럼 안간힘을 써대는데 창살을 거머쥐고 놓지 않으려는 손가락을 하나하나 펴면서 억지로 끌고 나오는 데만도 한참이나 걸렸지. 사형수가 끌려나가지 않으려고 떼를 쓸 때에는 다섯 명이서 훌쩍 떠메고 나갈 수도 있지만 그렇게 하진 않지. 스스로 제 발로 걸어나가도록 해야겠다는 마음뿐이었어. 그러나 그게 어디

214

쉬웠겠어? 나중엔 눈물을 흘리며 한 번만 살려달라고 애걸복걸하는 놈을 강제로 끌어다놓고 머리에 보자기를 씌울 때엔 내가 무슨 죄가 있어서 이런 짓을 하고 있나 하고 서글픈 마음이 들더군. 차라리 짐승이라면 또 모르겠는데 수갑을 채워놓은 죄수를 순전히 힘으로 끌어내는 게 괴로웠지. 검사와 의무과장의 절차가 끝나고 목사가 기도를 하고 나서 조용해지는 것을 보면 더 겁이 났어. 차라리 계속 악을 써대다가 강제로 죽인다면 또 모르겠는데 악을 쓰다가 뚝 그쳐버리면 그게 더 괴롭더라고. 천천히 눈알을 굴리며 바라보는 것이 마치 저승에 가서도 너희들을 기억하겠노라고 말을 하는 것 같아서 영 기분이 좋질 않았지…… 과장의 마지막 수신호가 있으면 우리는 그저 뒤편에서 마룻바닥이 쿵 하고 떨어지도록 돼 있는 키를 당기기만 하면 되었는데도 마음 저 구석 편에서 불안한 것이 치밀어 오르더라구. 구역질이 날 만큼 말이야…… 푸우."

관구부장은 목이 마른지 두유를 한 모금 들이켰다. 그리고는 담배를 한 개비 빼서 물었다. 담배를 집어든 그의 손가락이 앙상했다. 손가락 사이의 하얀 담배가 쓸쓸하게 보였다. 그때 누군가 당치도 않은 말을 꺼냈다.

"관구부장님, 이곳까지 나왔는데 우리도 담배 한 모금 주시죠?"

그러자 관구부장은 소리를 낸 장본인을 물끄러미 바라보았다. 평소 같았으면 어림도 없었을 말이었으나 지금 한 청년의 시체를 묻고 난 뒤라서인지 그는 그저 묵묵히 바라보기만 하다가 다시 그의 호주머니에서 담뱃갑을 통째로 꺼냈다. 그리고는 출역수들에게 내밀었다.

"안에 들어가서는 절대 담밸 했다는 소린 하지 말어, 알았어?"

"어이쿠, 우리가 누굽니까? 이런 데서 하루 이틀 살아봅니까? 걱정 마십쇼."

출역수들은 얼른 담뱃갑을 받아 하나씩 뽑아서는 담배에 불을 붙였다. 부장의 앞이라서인지 손바닥으로 가리고 피우는 모습들이 마치 손위 어른의 앞에서 하듯 했다. 관구부장은 담배를 주긴 했어도 자못 염려스러운 듯이 그들을 바라보고 있었다. 펫장을 뜨러 갔던 인원들이 돌아오자 그 수는 더 늘어났다. 이제는 직원들과 경교대들도 어울려 앉아 자연스럽게 담배를 피우고 있었다. 관구부장이 허락을 했으니 밑의 직원들이야 제지할 리가 없을 터였다.

"부장님, 그럼 죽은 시체를 치우는 건 누가 합니까?"

궁금했는지 또 누가 물었다.

"그야, 우리들이 키를 당기고는 한 10분쯤 있다가 의무관이 제대로 죽었는가를 검시한 다음에 대롱거리는 시체를 마룻바닥의 지하에 내려놓기만 하면 의무과의 소지들이 들어와서 흘

216

러내린 똥이며 분비물을 닦고서는 뒤처리를 다 하지. 그걸로 끝이야. 그리고는 그 날 나가서 줄창 술이나 퍼마시는 거지. 완전히 곤드레가 되어서 쓰러질 지경이 되어서야 전부 여관으로 가는데, 사람을 죽인 날은 집으로 들어가지 않는 게 그곳의 미신이야, 악귀가 따라 올까봐 그러는 거지…… 여관에서 자고 아침에 목욕을 한 후에야 집으로 돌아갔는데 한 며칠간은 휴가를 주지. 나는 집으로 돌아가는 것도 겁이 나서 아침에 일어나면 또 술을 마셔댔지. 그러다가 술김에 집으로 돌아가는 거야…….

"……."

출역수들은 부장의 넋두리 같은 말을 들으면서 조용히 담배만 빨고 있었다. 이젠 누구 하나 말참견하거나 질문을 던지는 이도 없었다.

"대개 사형을 하면 가족들이 있어도 시신을 찾아가지 않는 법이야. 객사라고 해서 연락을 해도 가족들이 나타나질 않지. 일정한 기간이 지나고 나면 검사의 지휘를 받아서 이곳으로 데려와서 매장을 하는 거야. 여기 있는 묘지는 모두 그런 것들이지. 난 여태까지 여길 숱하게 왔었어. 올 때마다 느끼는 건데, 차암 기분이 이상해지거든…… 뭐랄까, 삶이란 것은 결코 아둥바둥거리며 살 필요가 없다는 것 같은, 자꾸 그러한 체념 같은 게 들어. 사실 생각해봐. 이곳에 오는 전부가 다 욕심을 부리다가 그렇게 된 거 아니겠어? 너희들도 이런 꼴 안 보려면 일찌감치 욕심을 버려야 돼. 조금만, 조금만 더 하다가 결국 이렇게 되고마는 거야. 죽을 때 보면, 전부 다 착해 보이지만 살인을 할 땐 아무것도 눈에 보이지 않는 건지도 몰라……."

우연이었을까, 관구부장의 눈이 종태의 눈과 마주쳤다. 부장은 눈을 돌리다가 우연히 종태의 눈과 마주친 것뿐이었다. 그러나 정작 놀란 것은 종태였다. 종태의 눈이 일순 흔들렸다간 잠잠해졌을 것이다. 부장은 얼굴을 돌려서 먼 하늘에 떠 있는 구름떼를 바라보고 있었다. 종태는 그런 부장의 옆얼굴을 훔쳐보았다. 귀 밑으로 흘러내리는 주름살이 언뜻 보였다. 그것은 직업에서 오는 쓸쓸함이었는지 모른다고 생각했다.

서로 그렇게 말이 없다가 누군가 빨리 하고 들어가자는 말에 그들은 벌떡 일어나서 칠규의 마지막 봉분을 만들었다. 그리고 뗏장을 씌웠다.

마지막으로 남은 것이 있다면 묘비를 세우는 일이었는데 그것은 종태가 하기로 마음먹었다. 영선에서 아무렇게나 만든 나무판대기를 칠규의 묘 앞에 세우고는 삽 등으로 내리쳤다. 한 번 내리칠 때마다 쑥쑥 들어가는 묘비는 종태의 마음을 허전하게 만들고 있었다. 칠규야, 잘 가라. 하늘나라에 가서 너의 억울함을 말해주라…… 묘비는 종태가 내리치는 삽날의 무게만큼 내려가다가 든든하게 세워졌다. 드디어 칠규의 가난한 집이 만들어진 것이다. 그러고 나서 종태는 마치 다음번에라도 혼자 찾아오려는 듯이 칠규의 무덤과 그 옆에 있는 무덤들의 위치를 눈여겨보고 있었는데 아마도 칠규의 무덤 위치를 반드시 새겨 두려는 표정이었다. 종태가 그러고 아직 서 있을 때 이미 차 안으로 돌아간 사람들은 종태가 왜 그러고 있는지를 모르겠다는 듯이 종태가 서 있는 밖을 내다보고 있었다.

그들을 태운 앰뷸런스가 차들에 밀리고 밀리면서 점점 고척동에 가까워왔을 때, 종태는 자신의 내부에서 바깥에 대한 강한 미련이 불쑥 치밀어 오르는 걸 느꼈다. 그러면서 이대로 구치소로 들어가 버리면 이젠 영영 밖으로 나오지 못할 것 같은 불안감이 물밀듯이 엄습했다. 어스름 속을 오가는 사람들의 모습이 포근하게만 보였고 그들에게서 멀어지는 것이 두려워졌다. 바깥의 모든 것이 따스한 주황색의 빛깔이라면 지금 종태가 기어들어가고 있는 곳은 춥고 어두운 검정색이라고 생각되었다. 하얀 담과 녹슨 쇠창살만이 가득 쳐져 있는 곳이었다.

요즘 들어 부쩍 불안해지는 것은 왜인지 모른다. 도무지 알 수 없는 허전함 같기도 하고 앞날에 대한 불안감 같기도 했다. 더구나 용식의 담배사건이 명쾌하게 끝맺음을 하지 않고 있는 상태여서 더욱 그랬다. 사실, 종태가 바깥으로 출역을 자원해서 빠져나온 것은 칠규에 대한 애틋함도 있었지만 알 수 없는 답답함에 짓눌려 있는 기분이어서 잠시 바깥바람이라도 쐬고 싶었던 것이다.

구치소의 정문을 들어서자, 바깥에는 재판을 받고 출소를 기다리는 가족들로 만원이었다. 종태는 그 사람들을 보자 갑자기 친밀함이 뜨뜻하게 배어나오는 것 같았지만 그저 마음뿐이었다. 이젠 도저히 가까워질 수 없는 사람인 것처럼 여겨졌다. 자신이 형기를 살고 나오면 이미 그들은 이 지구를 떠나 멀리 달나라로 이주해버릴 것만 같이 느껴졌다. 시간이란 얼마가 지나고 나면 모든 것을 잊게 만들었으며 녹슬게 만들었고 시들하게 만들기 때문이었다. 지금 그가 느끼는 것들이란 불확실한 미래에 대한 예견 같은 것이었다.

그들은 일단 보안과로 들어가서 여럿이 보는 앞에서 철저하게 검신을 받았고 직원의 인솔로 사방으로 들어갈 수 있었다. 감방으로 들어가니 벌써 각방마다 이부자리를 펴고 있는 중이었다. 담당이 책상의 의자에 앉아 있다가 일어서는 것이 보였다.

"반장, 오늘 바깥 구경을 했겠구먼, 그래, 어땠어?"

"담당님, 우선 좀 씻고 들어가겠습니다. 천천히 이야기를 하지요."

"그래, 알았어. 씻고 오라고."

종태는 사방에서 비누를 넘겨받아 세면장에서 오래도록 씻었다. 자신의 기억에서는 어느 정도 말끔히 지워진 것 같은 칠규였지만 냄새가 어디에선가 슬슬 배어나오는 것만 같았다. 양치질을 했고 다시 한 번 세수를 했으며 발을 또 한 번 씻었다. 그러고 나니 조금은 개운해진 것 같았다.

담당은 의자를 돌려 종태를 바라보고 있었다. 그러는 담당의 손에는 책이 들려져 있었다.

"기분이 좀 어때?"

"그저 그랬습니다. 교도소의 공동묘지를 처음 구경했는데 기분이 좀 이상해지더라구요…… 여기서 개죽음을 당하면 모두 그런 데로 간다는 것을 알고 왔지요. 산다는 것에 대해서 조금 생각이 깊어지는 느낌입니다."

종태의 진지한 말에 담당은 그저 웃다가 그만 그치고 말았다.

"우리는 평생 이런 데서 그런 것들을 봐야 돼. 이게 직업이니깐. 별의별 사람들이 다 들어오듯이 이곳은 그런 사람들의 집합소인 셈이지. 개중에는 우리가 알기로도 정말 억울한 사람이 있는가 하면 그와는 반대로 교묘히 법망을 빠져나가는 사람도 있거든. 그러니까 판사도 잘 모르는 거야. 단순히 증거만 가지고 재판을 해야 되니 안 그러겠어? 사람의 일이란 그리 단순하지만은 않은 것들이 너무 많아. 출역수들 중에는 죽은 칠규에 대해 무죄일 거라는 생각을 하는 사람들이 있지만 그것도 사실은 모르는 거야. 하나님만 아는 거지······."

종태는 아무런 대꾸도 하지 않았다. 처음의 생각과는 달리 더 이상 담당과 얘기를 나누는 것이 싫어졌던 것이다. 종태는 일어나서 자신의 방 앞으로 걸어갔다.

"담당님, 방문 좀 열어주십시오."

그렇게 말하고 있는 종태의 표정이 조금은 굳어져 보였다. 담당이 어슬렁거리며 일어나 다가왔고 허리춤에서 사방키를 뽑고선 키를 우측으로 비틀었다. 육중한 철문이 덜커덩 열려졌다. 방 안의 사람들을 보자 와락 친밀감이 몰려들었다.

"아이구, 형님. 오늘 수고했수다. 고생 많았지요."

그렇게 말하는 놈은 소지인 수다쟁이였다.

"······."

종태는 아무런 대꾸도 하지 않고 곧바로 뺑끼통으로 들어가 버렸다. 이럴 때는 그저 담배나 한 모금 빠는 게 제일인 것이다. 뺑끼통 안에서 비닐 창문을 통해 복도 쪽을 봤으나 담당은 이미 그 자리를 떠버렸는지 보이지 않았다. 아마 담당은 벌써 자리로 돌아가서 책이나 보고 있을 게 분명했다. 종태는 서서히 담배를 꺼내서 입에 물고는 불을 붙였다. 오므린 손바닥 안으로 빠알간 불빛이 밝아졌다간 어두워지고 있었다. 종태가 빨아들일 때마다 손바닥뿐만 아니라 얼굴까지 붉게 달아오르고 있었다. 종태는 지금 바깥에서의 외출에서 돌아와 있다는 것이

비로소 실감이 드는 기분이었다. 밑에서 올라오는 냄새가 그걸 확연히 말해주고 있었다. 종태는 지그시 눈을 감았고, 모든 것을 잊어버리려는 듯이 자꾸만 잡생각들을 날려버리고 있었다. 담배 연기처럼.

19

방황하는 영혼들

이곳의 하루는 너무나 단순해서 매일 하는 일들이 너무나 단조로웠다. 매일 일어나서 하는 일이 점검이었고 매끼니 때마다 하는 것이 식사였으며 그것들은 매일 해도 끝이 나지 않는 똑같은 일들이었다. 방 안에 있는 재소자들이나 밖에서 일을 하고 있는 출역수들이나 모두 지겹기는 마찬가지였다. 눈에 보이는 거라곤 퍼런 수의뿐이었고 하얀 담벼락이나 한복들뿐이었다.

면회를 가거나 재판을 나가거나, 움직이는 것들은 모두 검정 고무신에 퍼런 것들뿐이어서 보이는 것들마다 모두 칙칙하게만 느껴졌다.

오늘 아침엔 또 7동 하에 있는 독방에서 일대 소동이 일어났다. 그 방에는 감호가 붙은 전과 10범이 있었는데 보이는 것들마다 마구 삼켜버려서 부랴부랴 의무과로 업혀갔다. 처음엔 소지더러 바늘과 손톱깎이를 넣어 달래서 먹어치우더니 나중엔 벽에 옷을 걸기 위해 박아둔 쇠못을 흔들어 빼서는 모두 삼켜버린 모양이었다. 종태는 원예부들과 마침 7동의 바깥쪽에서 화단 작업을 하고 있었다.

그때 철문이 꽈당 열리는 소리가 났고 워커발의 직원들이 우르르 몰려 들어가는 것을 보았다.

그리고 담당이 급히 인터폰을 하는 소릴 들었다.

"7동 하인데요, 독방에 있는 은수가 바늘이랑 손톱깎이를 죄다 삼켜버렸습니다…… 네, 알겠습니다."

그리고는 곧 기동대 대원들이 들이닥쳤다. 은수가 급히 업혀져 의무과로 가는 것을 보며 종태는 이상한 불안감이 또 엄습하였다. 근래 들어서 자꾸 사건이 터지고 있는 것이 아무래도 이상했다. 봄이라서일까? 벌써 봄은 지났으며 초여름의 초입이었다. 아직까지도 재소자들은 봄을 타는 모양인지 까닭조차 모르는 마음의 불안에 그렇게 자신을 학대하고 있었다.

여기에서의 봄은 가장 잔인한 계절이었다.

이유 없이 자신의 몸을 파괴시켜 보려는 꿈틀거리는 심리가 강하게 작용하고 있었다. 자학함으로써의 반성이랄까. 아니라면 못난 자신에 대한 경고일까? 아무튼 재소자들은 봄날이 되면 흔들리기 시작하는 마음이 오래도록 이어지고 있었다. 방 안에선 걸핏하면 싸움질이었고 한 번 싸움이 났다 하면 적어도 코뼈가 부러지거나 갈빗대 한 대 정도는 금이 갔으며, 검방을 하는 직원과의 사소한 말다툼에서도 스스로 화를 못 참아 문짝에다 머릴 들이박거나, 시멘트 바닥에다 머릴 짓찧었다. 겨우내 갇혀 있으면서 응어리진 것들이 봄이 되면서 녹는 모양이었는데 그렇게 잔인하게 화풀이를 해대는 것이었다.

종태는 이제 그러한 것들을 너무 많이 봐 왔기 때문에 아예 만성이 되어버린 터였지만 한 번씩 그걸 볼 때마다 가히 기분이 좋질 않았다. 그렇지 않아도 불쑥불쑥 이러한 꽉 짜인 생활에 터져버리고 싶도록 울화통이 치밀곤 했던 것이다. 무언가 마음대로 잘 되지 않을 때 특히 그랬다.

취장에서 일을 하고 있던 용식이가 뺑끼통으로 가다가 불시의 검신에서 담배가 나왔다고 해서 다시 조사를 받는다는 말을 듣고 종태는 화가 치밀었다. 저번에도 밥통에다 담배를 넣어 전달을 하는 과정에서 잘못되어 들통이 난 적이 있었는데 이번에도 또 어처구니없이 들켜버린 것이다. 한심한 놈, 그것도 하나 간수를 못해서 그래. 종태는 이제 용식에게는 더 이상 담배를 대어주지 않겠다는 것은 물론이거니와 까딱 잘못 했다간 용식이가 다 불어버릴지도 모른다는 불안이 가득 차오르고 있었다.

개새끼, 한 번도 아니고 두 번씩이나 들키다니. 종태는 낮 동안 작업을 다니면서도 용식에 대한 생각으로 가득 차 있었다. 요즘같이 어수선한 시기에 걸리기라도 한다면 정말 빼도 박도 못 한다는 것을 잘 알고 있었다. 잔뜩 독이 오른 윗선에서는 그냥 가만두지 않을 것이 분명했다. 요즘 들어서 함 주임의 눈빛이 독사처럼 빛나고 있다는 것을 종태는 알고 있었다. 한 놈만 걸리면 줄줄이 엮어낼 인물이었다. 종태는 지금 그게 더럭 겁이 났던 것이다.

용식은 아직 독방에도 수용이 되질 않았다. 붙잡혀간 이래로 계속 보안과 지하실의 조사실에서 조사를 받고 있는 것인지 얼굴조차 보이질 않았다. 그게 더욱 궁금해지는 것이었다. 종태가 담당을 졸라 보안과 지하실로 내려가 보라고 했는데 담당도 용식의 건에 대는 별로 아는 바가 없다고 했다.

"혹시……?"

종태는 일순 불안해졌다.

"담당님, 좀 자세히 알 수 없는 겁니까? 혹시 불었다면 일이 커질 게 뻔한데요."

"글쎄…… 주임이 혼자 조사를 하고 있는데 곁에 오지도 못하게…… 뭔가를 알아낸 것 같기도 하고…… 아닌 것 같기도 하고…… 도무지 모르겠어."

담당은 애매한 표정만 짓고 있었다. 종태는 그럴수록 더 조바심이 났고 손바닥엔 땀이 고이기 시작했다. 용식이 잡혀갈 때 어떻게서든지 접근을 해서 일침을 놓아두는 것이 좋았을 걸 하는 후회가 밀려들기 시작했다. 아무래도 그때가 용식에게 말을 전하는 것은 쉬운 편이었던 것이다. 아직 조사의 초기 단계였으므로 담당을 시켜서 슬며시 이야기만 던져놓았어도 용식에겐 커다란 위안이 될 수도 있었기 때문이었다.

"담당님, 어떻게 빨리 알아보는 수가 없겠습니까?"

"글쎄, 이 안에선 어렵고…… 언제 퇴근을 하면서 함 주임을 밖에서 만나서 같이 술을 한잔하면서 슬쩍 물어보는 수밖에…… 그러면 대충 돌아가는 이야길 들을 수는 있겠지……."

순간 종태의 눈빛이 반짝 빛났다. 그렇게 하면 될 것이었다. 사석에서 만나는 게 훨씬 좋을 것 같았다.

"그럼, 담당님…… 밖에서 한 번 만나십시오. 술값은 모두 대겠습니다. 대충 얼마면 되겠습니까?"

"…… 한 50만 원이면 되겠지……"

그 정도의 액수라면 둘이서 일식집 같은 데로 가서 한 잔 술을 걸치기에는 적당할 것 같았다. 그 정도라면 충분한 액수였다.

"그럼, 보고전을 써주십시오. 50만 원은 술값으로 쓰시고, 50만 원은 떡 값으로 건네주십시오. 그러면 되겠습니까?"

종태의 후한 제의에 담당은 크게 고개를 끄덕였다. 술값에다 차비까지 얹어준다면 주임도 싫어할 리가 없었다. 그러고 나면 함 주임과의 관계도 한결 끈끈해질 게 분명했다. 종태의 돈으로 자신이 얼굴 좀 내밀 수도 있는 일이었다.

"됐어, 내가 만나서 모든 걸 알아보지. 걱정 말어."

담당의 웃는 얼굴에서 종태는 비로소 안도의 숨을 내쉬었다. 하루가 다르게 초조했는데 마음이 조금 놓이는 것이었다. 종태는 책상 서랍에서 보고전 용지와 인주와 볼펜을 꺼내 담당에게 내밀었다.

"담당님, 이걸로 쓰십시오."

종태가 내미는 볼펜을 잡고 담당은 써내려가기 시작했다. 물론 돈을 수령해가는 이는 담당의 처제였고 돈 액수는 백만 원으로 기재했다. 보고전을 다 쓰고서 마지막으로 원에 담당이라는 글 뒤에 자신의 이름을 쓰고는 도장을 꺼내 인주를 묻히고는 쿡 찍었다. 그 보고전은 보안과장의 전결을 거쳐 영치계로 넘겨지게 되면 곧 돈이 밖으로 나갈 수 있는 거였다. 대신에 종태의 통장에서 그만큼의 돈이 빠져나가는 것은 당연했다.

담당은 퇴근을 하기 전 아침에 그렇게 말했다.

"어젯저녁에 내가 슬쩍 함 주임에게 술 한 잔 사겠다고 말을 건넸는데 쾌히 승낙을 했어. 오늘 저녁에 시내에서 만나기로 약속을 해놨으니까 염려 말어."

"알았습니다. 잘 구워삶으십시오."

종태는 퇴근을 하기 위해 서두르는 담당의 바지 호주머니에 100알들이 우루사를 한 봉지 넣어주었다. 그러자 담당은 힐끗 종태를 바라보고는 웃다가 온실을 나가버렸다.

"수고하셨습니다, 담당님!"

바깥에 있는 출역수들의 인사를 받는 모양이었다. 종태는 그냥 온실에 앉아서 다음 담당이 나타나길 기다렸다. 원래 담당이 어젯밤에 야근을 하면 다음날 아침이면 퇴근을 했고 다음 담당이 근무 교대를 오게 되어 있었던 것이다. 원칙으로는 전번 근무 담당과 교대를 할 담당끼리 서로 인수인계를 하면서 원예부의 할 일과 특기할 사항들을 일러주고 나가는 것이 보통인데 본부 담당은 미리 근무지를 빠져나가버린 것이다. 다음 근무자가 대충 알아서 하리라는 생각에서였는지 모른다. 사실 여기서의 일이란 모두 출역수들이 척척 알아서 하고 있었으므로 담당이야 눈을 감고 있어도 작업은 돌아가게 되어 있었다. 재소자가 도망을 가는가, 다른 부정을 저지르지는 않고 있는가만 감시하면 되었다. 직원들이 전문적인 지식을 가지고 있는 것도 아니었고 출역수 중에 바깥에서 경험이 있는 자들을 뽑아 놓았기 때문에 그리 신경 쓸 일도 없는 것이다.

새로 온 담당은 처음에는 제법 눈에 힘을 주고는 계호를 하는 것 같더니 차츰 눈이 감기는지 꾸벅꾸벅 졸았다. 그때마다 종태는 배식 당번을 불러 먹을 것들을 가져오게 만들었고 같이 먹었다.

바깥에서는 서로 술이라도 한잔하고 나면 금방 사귀어지듯이 이곳에서는 먹는 것으로 직원과의 관계가 쉽게 친밀해질 수 있었다. 둘이 먹으면서 이것저것을 이야기하다가 보면 담당의 성격이 파악되어졌고 깐깐하다, 무르다는 것까지 알 수 있는 거였다.

"담당님, 요즘 보안과 분위기가 좀 심상찮은 것 같아요?"

"왜?"

"그저 그런 생각이 좀 들어서요."

종태는 넌지시 담당의 정보를 떠보고 있는 중이었다. 담당은 오징어를 찢어 씹으면서 질겅거리며 말했다.

"글쎄, 요즘 담배가 많이 나도는 모양인데…… 보안과 지하실에 취장에 출역하던 놈이 잡혀와 있는데 좀 규모가 큰가 봐. 지금 며칠째 조사를 하고 있는데 주임이 쉬쉬하고 있는 걸 보니까 말이야."

"그래요?"

종태는 일부러 궁금한 표정을 나타내 보였다. 용식의 일이 궁금한 건 사실이었다. 그래서 지금 그걸 묻고 있는 중이잖는가.

"지독한 놈인 것 같아, 주임이 조이는데도 쉽게 입을 열지 않는 걸 보니…… 그런데 함 주임이 그리 호락호락하지 않지. 어떠한 감언이설을 다 동원해서라도 살살 꼬드기니까 지도 곧 넘어가고 말거야."

담당의 그 말에 종태는 더럭 겁이 났다. 종태가 알기로도 함 주임은 교묘하게 일을 푸는 습성이 있다는 것쯤은 알고 있었으나 지금 담당의 말을 듣고 보니 그게 바짝 궁금해지는 것이었다.

"그래요?"

종태가 담당의 곁으로 바짝 다가앉았다. 그건 일종의 관심이 있다는 표시였다. 종태는 윗 호주머니에서 인코라민 알약을 꺼내서 우유와 함께 담당에게 내밀었다.

"이거 드십시오. 피로엔 이게 최곱니다. 나도 매일 이걸 먹습니다."

종태가 내민 빨간 알약이 담당의 손바닥에 넘겨지고 담당은 종태가 따준 우유팩의 주둥이에 입을 대고는 알약을 넘겼다.

"함 주임이 또 그런 방법이 있구만요."

종태는 다시 화제를 그쪽으로 몰아가고 있었다. 그러자 담당은 함 주임에 대한 치사를 늘어놓기 시작했다.

"함 주임은 말이야, 일단 사건이 터지면 모두 자기가 맡는데, 위에서는 그런 함 주임의 노련한 수법을 믿는 거지. 재소자가 안 불면 질질 시간을 끄는 거야. 그리고는 직원들 아무한테도 지하실로 들어오지 못하도록 만들지. 완전히 재소자와 자기만이 하루종일, 아니 며칠 동안 같이 지내는 거지. 그러면서 그가 재소자한테 자꾸 선심을 쓰고 있다는 것을 보여주는 거야. 가령, 밥도 손수 타다 주고, 물컵에 물도 따라주고…… 이미 조사를 받고 있는 놈은 두 손에 꽁꽁 수갑이 채워지고 또 그 위에 포승줄로 꽁꽁 묶여 있으니까 마음대로 먹지도 못하잖아? 심지어는 가끔씩 그걸 풀어주기도 하면서 마음을 녹게 만드는 작업을 하는 거지…… 그렇게 며칠 동안 같이 지내다가 보면 아무리 독한 놈도 슬슬 마음이 허물어지게 마련이지. 함 주임은 그걸 노리는 거고. 또 어떤 것이 있는 줄 알아? 지하실로 직원들을 못 내려오게 만드는 것도 다 이유가 있어. 직원 중에서 누군가가 연관이 있다는 것도 캘 수 있는 거야. 그건 무슨 말인고 하면, 계속 그렇게 가둬놓고 있으니까 직원 중에 관련이 있다면 그 직원이 자꾸 그쪽으로 내려오게 되어 있어. 그러면 함 주임은 대강 눈치를 채게 되는 거라구. 그리고 더 큰 이유는, 함 주임이 재소자의 입을 열게 하기 위해서 몰래 담배를 피우도록 하기 위해서야. 당신도 한번 생각을 해봐. 고문을 하다가 갑자기 선심을 베풀고, 담배까지 몰래 주는 데 지까짓 게 아무리 강심장이라고 한들 배기겠어? 그리고는 꼭 그래, 일단 모든 걸 다 불면 자기가 최선을 다해서 비밀은 지키겠다, 그리고 저엉 원한다면 다른 교도소로 이송을 시켜주겠다고 약속까지 하는데 안 불겠어? 함 주임은 그런 사람이야."

"……."

종태는 지금 담당의 말을 들으면서 갑자기 가슴이 터져버릴 것처럼 답답해졌다. 이미 어쩌면 배후가 종태라는 것도 알고 있는지도 모를 일이었다. 종태는 지금 점점 구체적으로 불안이 손에 잡히는 것처럼 느껴졌다. 온실 안에 그대로 있어야 하는 자신이 답답해지는 것이었고 그렇다고 달리 어찌해볼 도리도 없었으므로 그저 내일 담당이 출근하기만을 기다리는 수밖엔 별다른 도리가 없었다. 가만히 생각을 해보면 칠규가 죽고 난 다음부터 계속 따라붙는 불안의 늪에서 빠져나오고 있지 못하는 것만 같았다. 예전의 자신이 아니라는 생각도 했지만 마음을 대범하게 먹으면 먹을수록 답답해지는 것이었다.

"함 주임은 돈을 무지하게 밝히지."

담당의 느닷없는 말에 종태는 얼른 얼굴을 돌렸다. 담당은 지나간 추억처럼 쓸쓸하게 내뱉고 있었다.

"나도 저번에 비둘기를 하나 날리다가 걸린 적이 있었어. 함 주임한테 돈보따릴 싸들고 가서 쇼부를 쳤지만 지독한 사람이야. 그 사람은 바늘로 찔러도 피 한 방울 나지 않을 사람이지. 그러니까 맨날 이 안에서 사건만 일어났다 하면 전부 그 사람이 맡아서 처리를 하고 있다니깐."

종태는 이제 그에 대해서 더 이상 물어볼 것도 없었다. 자신도 지난번에 당했지만 그만큼 돈을 밝히는 인물이라면 아마 저번에 빼내간 1억 중에서 얼마의 돈이 그의 수중으로도 들어갔을 게 뻔했다. 과장이 혼자 독식을 했다고는 보지 않았다. 종태는 온실 밖의 하늘을 올려다보았다. 비가 오려는지 하늘이 뿌옇게 보였다. 화분이 놓여진 마당에 비둘기들이 내려앉아서 먹이를 줍느라 이리저리 옮겨 다니고 있는 게 보였다.

"어이! 비둘기떼를 쫓아!"

종태가 소릴 질렀다. 그때까지도 밖에서는 미처 비둘기떼들이 다가온 걸 몰랐던지 종태의 말소리를 듣고서야 부랴부랴 비둘기떼를 쫓는 것인지 비둘기들이 후드득 날아오르는 게 보였다. 이곳의 비둘기들은 얼마나 먹성이 좋은지 잔반을 실컷 먹고서도 화단에 심어놓은 꽃대를 꼭꼭 쪼아 따먹어서 꽃도 피지 못하도록 만들었다. 겨우내 원예에서 키워낸 화초들이 퍼런 잎만 매달고 있기가 일쑤였으므로 담당은 아예 비둘기들을 보는 족족 잡으라고 지시를 하곤 했지만 이곳의 수많은 비둘기들을 어떻게 다 잡을 수가 있겠는가. 그저 야단을 쳐서 보는 대로 쫓아내는 수밖엔 도리가 없었다. 종태는 출역을 해서 비둘기를 잡아 양념으로 요리를 해서 구워먹은 일이 있었지만 비둘기 고기는 기름기만 많고 별로 맛이 없었다. 도리어 사식당에서 몰래 빼내온 양념만 버렸었다.

어떻게 하루가 지나갔는지 모른다. 종태는 저녁 폐방을 알리는 나팔소리를 듣고서야 겨우 하루가 깨어지고 있다는 것을 알았다. 방으로 들어가기 위해 전 출역수들이 모여들어서 검신을 받을 채비를 하고 있는데 보안과장과 함 주임이 나타났다. 그

235

들은 직원들이 일일이 출역수들의 가슴과 허리께, 아랫도리 부분을 더듬으며 검신을 하고 있는 장면을 바라보았다. 따라서 직원들은 평소에는 잘 하지 않던 정밀 검신을 하고 있는지도 모른다.

"신발 벗어봐!"

출역수 한 명이 신발을 벗어서 안을 들여다 보여주고 있었다. 그리고 나선 다시 쇠붙이가 있으면 삐익 소릴 질러대는 검신대를 통과하게 했다.

"바지를 내려! 팬티까지"

오늘은 과장의 입회가 있어서인지 담당들도 귀찮아하면서도 일일이 원칙적으로 검신에 임하고 있었다. 방으로 먹을 것을 들고 들어가려던 출역수들이 상당수 붙잡혀 나오고 있었다.

"너, 이거 어디서 났어?"

"샀어요."

"카드 내놔봐!"

출역수가 그 말에 주춤거렸다. 얼굴빛이 일순 변하고 있었다. 그러자 담당은 더욱 소릴 빽 지르며 다그쳤다.

"카드 내봐, 어디!"

"카드를 공장에 두고 왔어요."

"이 새끼! 거짓말 하네. 너, 이리 나와"

담당이 그를 붙잡아내서 따로 옆에 꿇어 앉혔다. 출역수의

236

거짓말이 금방 들통이 났던 것이다. 대개 출역수들이 들고 들어가는 것들은 모두 사방에서 삥땅을 친 것들이었다. 그랬으므로 검신을 받는 직원들 옆에는 지금 많은 사람들이 꿇어 앉아 있었다.

"이 사람들, 모두 조사를 해서 처리해!"

과장이 눈살을 찌푸리며 지시를 하자, 옆에 섰던 함 주임이 고개를 앞으로 숙이면서 읍하는 자세로 말을 받았다.

"옛, 알겠습니다."

과장이 찬바람을 일으키며 보안과로 돌아가자 직원들은 흘끔거리며 검신의 강도를 낮추고 있었다. 비록 함 주임이 남아 있었지만 그래도 과장의 눈총보다는 덜했다.

"너, 이거 어디서 났어?"

함 주임이 일일이 꿇어 앉아 있는 출역수들의 무릎께를 툭툭 걷어차며 묻고 있었다.

"……."

벌써 덜미가 잡혀버린 출역수들은 시선을 내리깐 채로 땅바닥만 바라보고 있었다. 더 이상 변명을 해봐야 득이 될 게 하나도 없다 생각에서였다. 출역수들이 낮 동안 실컷 먹고도 다시 밤참으로 들고 들어오는 것만도 적지 않은 양이었다. 그것은 모두 삥땅의 산물이었고 부정의 답례였다. 먹고 먹히는 먹이사슬처럼 이곳은 맨 층에서부터 부정의 싹이 사라지질 않고 있었다.

"누가 줬느냐고!"

"…… 아는 후배가 줬어요……"

"아는 후배? 무슨 개뼈다귀 같은 말을 하고 있는 거야! 너 뭘 줬어?"

주임이 다그치자 출역수는 당황했다. 그는 생사람 잡지 말라는 애매한 표정까지 지었다.

"아이구, 주임님도. 제가 주긴 뭘 줍니까? 그저 바깥에서 아는 후배가 고플까봐 준 건데요."

"그으래? 내가 불러다 족쳐볼까?"

"……."

그러자, 이번에는 출역수도 완전히 손을 들었다는 듯이 고개를 꺾었다. 그건 부정으로 건네받았다는 일종의 수긍이었다.

"어이, 담당. 이놈을 독방에다 집어넣어!"

함 주임은 그랬다. 기분에 따라 그날의 일진이 달라졌다. 자신의 기분이 좋으면 그냥 지나가는 거였고 조금이라도 기분이 나쁘면 독방에다 처넣었다. 조사를 하면 털면 털수록 먼지가 난다는 것은 분명했다. 출역수들이 가장 두려워하는 사람이 바로 함 주임이었다. 일을 하다가도, 간혹 뻥끼통엘 가다가도 함 주임이 저만치 나타나기만 하면 얼른 가던 길을 되돌아서 다시 공장으로 들어가 버렸다. 함 주임은 간혹 불시에 출역수를 불러 세워서 손수 검신을 했는데 하필 그럴 때마다 담배를 가진 놈이 잘도 걸려들었다. 그래서 출역수들은 그를 가리켜 족제비라고 불렀다.

종태는 담당이 출근하기를 기다렸다.

그러나 그는 벌써 9시가 지났는데도 아직 원예로 나타나지 않고 있었다. 아직까지 보안과 앞에서 아침 점검을 받고 있는 모양인지 다른 날 같으면 벌써 나타났을 시간이었는데도 그는 나타나지 않고 있었다. 종태는 초조하게 기다리면서 이제나 저제나 9동에 있는 중문 쪽을 노려보았다. 언제나 담당이 근무를 나올 때는 그 중문을 통해서 원예로 왔기 때문이다. 지금 종태의 앞에는 새벽부터 근무를 나온 야간조 담당이 어젯밤의 피로에 지쳐 잠이 들어 코까지 골고 있었다. 종태는 담당을 내려다보고 있다가 측은한 맘이 들다가도 오히려 초조해하는 자신이 더 측은해지는 느낌이었다. 에라, 될 대로 되라지 하고 생각을 먹었다가도 금세 초조해지는 것이었다.

오늘따라 담당은 교회당으로 직원 교육을 받으러 올라갔는지도 모른다는 생각이 들었다. 아침 조회를 그곳에서 하는 걸 본 적이 있기 때문이다.

담당이 나타난 것은 한참 뒤였다.

근무를 마치고 퇴근을 해야 할 담당이 부스스 일어나서 시계를 들여다보고 '에이, 미친놈들, 여직까지 무슨 지시 사항이 많다고 아직 안 와.' 하고 몇 번 하품을 하고 난 뒤에, 그리고도 담당이 사과 하나를 다 베어먹고 난 뒤에 9동의 중문 쪽에서 어슬렁거리며 나타났다. 종태의 눈이 번쩍 뜨였다.

"담당님, 근무 교대하러 옵니다!"

종태가 먼저 발견을 하고서 말하자 담당은 의자에서 일어나서 바깥으로 나갔다. 걸어오고 있는 담당과 오늘 아침 퇴근을 하는 담당이 중간쯤에서 무언가 인수인계를 하고는 서로 헤어지는 것이 보였다.

"담당님, 어제 일은 어떻게 됐습니까?"

종태가 묻는 것은 함 주임과의 내막을 묻는 것이었다. 담당이 의자로 가 털썩 눌러앉는다. 그리고는 피로한 듯 담배를 빼서 불을 붙였다.

"대충은 잘 됐어. 어제 진하게 술 한잔했지. 차비도 집어넣어 줬고……."

종태가 듣기론 잘 됐으면 잘된 거지 '대충'은 이라는 말은 또 뭔가? 그게 궁금했다.

그래서 다시 담당의 얼굴을 쳐다보았다.

"요즘 소내에서 자꾸 일이 터지는가 봐. 어쩌면 그것 때문에 이번 일이 더욱 쉽게 해결된 건지도 모르지……."

"무슨…… 다른 일이라도 또 터진 겁니까?"

종태는 한편으론 긴장이 풀리면서도 또 다른 호기심이 발동하고 있었다.

"담배 사건이야 별로라지만, 저쪽 2동 하에서 기동대가 쇠창살이 몽땅 잘려져 있는 걸 발견한 모양이야. 그래서 지금 발칵 뒤집혔어. 오늘 아침에 점검이 늦어진 것도 다 그것 때문이야. 그래서 지금 조사를 하고 있는 중인데…… 함 주임이 그러더군, 용식일 죄어서 담배를 대준 배후가 누구라는 걸 알아냈지만 더 큰 사건이 터져버려서 골치가 아파죽겠다고. 그러면서 이번 것은 그대로 없던 것으로 하겠다는 거야. 물론 종태라는 걸 안다는 거야……."

종태는 뜨끔했다. 어제 저녁 폐방을 하기 위해 검신을 받고 있었을 때, 주임이 와 있었지만 종태 쪽으로는 눈길을 주지 않고 있었던 것이다. 종태로서도 내심 조마조마했는데 끝까지 눈길이 마주치지 않았다는 것에 안도했던 터였다. 그런데 이미 함 주임이 모든 걸 알고 있었으면서도 일부러 모른 체하고 있었다는 뜻이기도 했다. 그게 이상했다.

"뭐, 다른 말은 없었구요?"

종태는 마른 침을 삼키면서 그렇게 물었다. 2동에서 쇠창살이 잘려진 것을 알았다면 그걸 캐내기 위해 눈에 불을 켜고 있을 것이 분명했다. 종태는 여태까지 자신이 불안했던 것이 구체적으로 드러난 것에 대해 더 두려워지고 있었다.

"…… 있지. 함 주임이 예삿사람이야? 한 번 먹이를 물면 끝까지 놓치지 않는 그런 인간인데, 그냥 있겠어? 나보고 어떻게 하겠느냐고 물었어. 처음엔 그게 무슨 뜻이냐는 식으로 바라보고 있었는데, 슬슬 웃더라구. 그때야 나는 아차 싶더라구. 함 주임은 이미 내가 찾아오든지 누군가 찾아오길 기다리고 있었던 거야. 그걸 노리고 있었던 거지. 좋게 흥정을 하자는 거야, 한 마디로…….”

“…….”

종태의 두 눈이 조금 크게 떠졌다. 이제야 그럴 것이라는 예측이 맞아들어가는 느낌이었다. 자신이 한 번도 예측하진 않았지만 지금 담당의 말을 듣고 보니 마치 자신이 이전부터 예측이라도 하고 있었던 것처럼 여겨졌다. 그 사람은 충분히 그럴 위인이라는 생각에서였다.

“얼마면 되겠습니까?”

단도직입적으로 물었다. 그게 종태의 특기라면 특기였다. 남자가 더 이상 길게 물어 볼 필요가 없었다. 흥정이란 짧으면 짧을수록 좋다. 그는 재빨리 그런 쪽으로 생각이 돌았다.

“글쎄, 아직 함 주임은 용식이한테 물건을 대준 것밖에 모르고 있으니…… 한 1억이면 어떨까?”

종태의 눈이 또 한번 크게 떠졌다. 그러자 담당은 너무 큰 액수를 불렀는가 싶었는지 스스로 멋쩍어하며 실실 웃었다. 그러한 담당의 얼굴을 보자, 종태는 아마도 이번 것은 함 주임이 혼자 선에서 처리를 해서 독식을 하거나, 어쩌면 원예 담당과 짰

을지도 모른다는 생각까지 들었으나 담당까지 거기에 끼워 넣고 싶진 않았다. 그것보다도 2동 쪽의 일이 더 급해졌다.

"2동에서는 어떻게 된답니까?"

그건 쇠창살 절단 사건을 묻는 말이었다.

"글쎄 말이야, 이때까지 그렇게 교묘하게 쇠창살을 절단한 적은 없었거든. 일단 그 방 사람들을 전부 독방에다 집어넣고 조사를 하고 있는데, 모르겠어. 아마 쇠가 잘려진 부분이 시커멓게 녹이 슬어 있는 걸로 봐서 이미 오래 전에 잘려진 것이 분명한데, 왜 그랬는가가 궁금한 거지. 이때까지 그걸 통해서 탈주한 놈은 없었거든, 어쩌면 탈주를 하려고 마음을 먹었다가 그냥 포기를 했거나, 탈주를 하려고 마음을 먹긴 먹었는데 갑자기 재판이 끝나서 이감을 가버린 게 아니냐는 생각이 들어…… 정말 이상한 일이야……."

담당은 깊게 담배를 빨아들이며 허공으로 연기를 흩뿌리고 있었다. 그의 꺾여진 목에 목젖이 툭 불거져 나와 있었다.

"그럼, 지금 방에 있던 사람들은 왜 독방엘 처넣어뒀지요?"

"아, 그거야…… 일단 조사를 해봐야 할 거고, 혹시 그 방에 있는 놈이 범인일지도 모르니까 그런 거지. 그건 그렇고, 아까 번에 얘기했던 이야기는 어떻게 하지?"

담당은 용식의 담배건을 얘기하는 모양이었다. 종태는 이제 자신이 어떠한 표정을 연출해야 할지 몰랐다. 담당의 빤히 쳐다보는 눈빛이 그때만큼 어려워 보인 적은 없었다. 두 가지가 다 자신이 저지른 일이었는데 지금 종태는 쓰다달다 할 겨를이 없었다.

"좋습니다, 담당님. 함 주임이 내 카드에 들어 있는 돈이 얼마라는 것을 알고 있는데 어쩌겠습니까? 그러겠다고 해주십시오."

종태는 그렇게 말하면서 자신의 카드에 들어 있는 돈이 야금야금 빠져나가고 있다는 것을 느꼈다. 저번에도 그랬고 이번에도 그랬지만 묘하게도 피할 수 없는 사건에 연루되면서 합의조로 그 돈이 자꾸 빠져나가고 있음을 알면서도 어쩔 수가 없었다. 우선 입막음을 하는 데에는 돈밖엔 없었으므로.

"그래도 되겠어?"

담당의 눈이 이상하게 놀라고 있었다. 많은 액수의 돈을 조금도 깎지 않고 쉽게 말해 버린 데 대해 놀라는 눈치였다. 종태는 굳이 깎고 싶지 않았다. 그래봐야 괜히 돈은 돈대로 쓰고 함 주임의 눈 밖에 나는 꼴이 되고 말 것이었다. 차라리 이럴 때 팍팍 써서 함 주임을 자신의 편으로 만드는 것이 오히려 나았다.

"그럼요, 담당님이 알아서 하십시오. 그 대신 형기의 삼분의 이면 가출옥 대상이 되니깐 그거나 한 번 밀어달라고 하십시오."

"알았어!"

이제 담당은 흡족한 모양이었다. 아마 함 주임에게 자신의 섭외능력이라도 인정받을 모양이었다. 담당이 담배를 불쑥 내밀었다.

"한 대 피울래?"

"……."

종태는 담당이 내민 하얀 담배를 사양했다. 별로 피우고 싶은 마음이 없었다. 차라리 피우더라도 혼자일 때 피우고 싶었다. 종태는 지금까지 자신의 통장으로 굴러들어오던 돈의 액수보다도 더 크게 빠져나가는 것에 기분이 나빠졌던 것이다. 괜히 헛고생만 하는 것 같은 기분이었다. 어차피 이렇게 된 거라면 좀 더 통이 크게 담배 장사를 해야겠다고 마음먹었다. 그리고 한 번 물을 먹여놓은 주임에겐 이제 더 이상 문제가 생기더라도 그리 크게 문제 삼지 않을 수도 있다. 여기에서는 그런 거래를 만들어놓는 것도 필요하다는 생각을 하면서 종태는 스스로를 안심시키고 있었다. 이곳에서 악명 높은 주임을 꼼짝 못하게 휘어잡아놓는 것이 무엇보다도 필요했다. 그리고 잘만 하면 나중에 가출옥을 따내는 데도 그러한 관계가 작용할 것은 분명했다.

가출옥이란 어차피 뒷돈을 주고 거래를 해야만 하는 것이었다. 대개 형기의 삼분의 이만 살면 가출옥 대상이 되었다. 행형 성적이 온전하고 재범의 우려가 없어지면 주어지는 그런 좋은 제도였지만 가출옥 자체가 높은 사람들이 뭉칫돈을 긁어모으는 비리의 온상이었다. 물론 약을 쓸 재소자를 물색해서 선이 닿도록 한 직원들도 떡고물을 만질 수 있었지만 대개는 높은 분의 독차지였고 조금이라도 생각을 해준다면 그러한 일을 더욱 쉽게 할 수 있도록 용이한 보직을 주는 정도였다. 소위 말하는 노른자위라는 보직은 돈가루도 생기고 육신도 편한 곳을 일컫는 말이었다.

종태는 이제 담배 사건보다도 2동의 쇠창살 사건이 더욱 마음에 걸렸다.

지금 있던 재소자들을 족쳐봐야 아무것도 얻을 순 없겠지만 결론이 어떻게 날지가 궁금했던 것이다.

이곳은 보통 안에서 일어난 일에 대해 쉬쉬하는 경향이 많아서 좀처럼 밖으로는 새나가질 않았다. 직원들만 알고는 함구를 해버리면 바깥에서는 쥐도 새도 몰랐다. 교묘하게 뺑끼통의 쇠창살이 잘려있었고 몸을 오므리고 들어가면 사람 정도는 충분히 빠져나갈 수가 있었는데도 아직까지 탈주가 일어나지는 않았으니 천만다행이었지만 보안과에서는 극비로 한 채 지하실에선 독방에 있는 재소자들을 하나씩 불러올려서 신문을 하고 있었다. 그게 또 함 주임이 맡은 역할이었다.

"봉사원, 그 방에 온 지 얼마나 됐지?"

"아마, 한 너댓 달은 됐습니다."

"그런데 혹시 밤중에라도 누가 일어나서 그걸 자르는 걸 몰랐단 말야?"

주임은 봉사원을 신문하고 있었다. 봉사원이란 그 방에서 가장 덕망이 높은 사람을 임명해서, 관에서 지시를 하는 것을 듣고 들어가서 자율적으로 방의 규율을 지키도록 하는 제도에서 세워둔 것이었지만 유명무실한 허수아비였다. 실질적인 힘은 감방장이 쥐고 있었고 봉사원이란 그저 일주일에 한 번 교회당으로 올라가서 과장이나 계장이 일방적으로 지시하는 관규를 듣고 와서 방 사람들에게 알려주는 정도였다.

"그런 걸 들었다면 아마 담당님한테 몰래 이야길 했을 겁니다. 그런 소린 못 들었는데요……."

"……."

함 주임이 노려보았다. 개새끼. 니가 아무리 입으론 그렇게 말은 있지만 너희들은 전부 한 통속 아냐? 하는 식이었다. 사실, 여기서는 재소자들끼리 똘똘 뭉쳐서 서로 눈감아주고 모른 척할 뿐이었다. 누가 나서서 싸움을 말리거나 나무라는 사람도 없었다. 담배를 피우더라도 같이 나눠서 피웠고 부정을 하는 것을 보면서도 서로가 감춰주려고만 할 뿐이었다. 주임이 그걸 모를 리가 없다. 자신이 질문을 던져놓고도 막상 기대했던 대로 대답이 나오자 울컥 화가 치밀었던 것이다.

"좀 수상한 놈은 없었나?"

"……."

주임의 질문이 너무 막연해서 봉사원은 눈알만 굴리고 있었다. 무언가 생각하는 얼굴이었지만 주임은 그것도 일종의 쇼라고 생각했다.

"낮에 운동을 나가는데도 굳이 운동을 나가지 않겠다고 하고 남는 놈이나, 이발 면도를 가는 데도 잘 나가지 않는 놈이 없었냐 말이야!"

"…… 없는데요."

주임은 이제 봉사원에게 분통을 터뜨리고 있었다. 위에서 빨리 범인을 색출하라고 지시를 내렸으므로 함 주임도 느긋하게 조사를 할 순 없었다. 약간의 꼬투리라도 잡혔다면 고문이라도 하겠지만 가만히 있는 재소자들을 마구 고문할 수는 없었다. 만일 그렇게 했다가 출소한 사람들에 의해서 바깥에서 더욱 문제가 커져 버리면 일이 더욱 크게 번질 수도 있기 때문이었다.

가능하면 안에서 범인을 잡아내고 안에서 적당히 처리해야 했다. 법무부로 보고를 해봐야 소장의 신상에 이로울 것이 하나도 없었다. 까딱 잘못하다간 소장이 옷을 벗어야 할 판이었다. 그러므로 그러한 탈주 사고가 일어나지 않도록 범인을 가려내서 독방에 처넣고는 문제를 축소할 수도 있었다. 위에서의 문책이 항상 문제를 축소하게 만들었다. 가령, 담배사건에 연루된 직원이 받은 액수가 2천만 원이면 그걸 백분의 일로 줄여서 상부로 보고를 했고 결과로는 문제 직원을 파면시켰다는 것으로 끝마무리를 지어버렸다. 공무원이라는 신분이 그랬다. 사건이 크면 클수록 지휘 책임을 물어봐야 자신의 자리가 위태했던 것이다. 위에서 함 주임에게 특별히 지시를 내린 까닭 역시 그래서였다. 가능하다면 직원들에게도 비밀에 부쳐서 조용히 해결하기를 바랐던 것이었는데 몇몇 직원들이 이미 알았고 원예 담당은 종태에게까지 말을 건넸던 것이다.

"잘 생각해봐! 혹시 누가 수상하지나 않았는지를!"

"예, 생각을 해봤습니다만…… 우리 방엔 그럴 만한 사람은 없는 거 같습니다. 혹시 그 전에 누가 자르지나 않았나 하는 생각이 드는구만요."

"야! 누가 너더러 그런 것까지 추리하라고 했어? 사실대로만 말하란 말야!"

"…… 없습니다, 내가 알기로는……."

봉사원은 이제 주눅이 들어 있었다. 말끝마다 트집을 잡아대니 도무지 겁이 날 지경이었다. 차라리 무조건 모른다고 하는 게 백 번 나았다.

주임은 곰곰이 생각에 빠진 것처럼 조용했다. 봉사원의 말마따나 이미 쇠창살은 그 이전에 누가 자른 것이 분명했다. 잘려진 부분이 시커멓게 녹이 슬어 있다는 것으로도 그런 생각은 들어맞는 거였다. 그러나 막연하게 언제였느냐가 중요했는데 한 달, 두 달 정도라면 지금 그 방에 있는 놈들 중에도 범인이 있을 수 있었다.

분명히 그 방 안에서 여러 명이 탈주할 것을 모의해놓고도 내부의 사정에 의해서 탈주를 결행하지 못하고 차일피일 미루고 있을 것이라고 생각했다. 녹이야 삥끼통 안에서 새어나온 가스로 인해 쉽게 녹슬 수도 있는 것이었다.

함 주임은 매일 출근과 동시에 한 사람씩 불러올려서 신문하고 있었지만 단서가 될 만한 말을 하는 놈은 한 명도 없었다. 그럴수록 주임은 분명 한두 명이 아닌, 여러 명이 동시에 탈주할 것을 공모한 것이라는 생각이 짙어졌다. 어쩌면 방 전체가 다 도망칠 것을 결의했는지도 모른다는 생각까지 들었다.

종태에게는 하루하루가 칼날 같은 나날이었다.

가끔 잠을 자다가도 악몽을 꾸었고 벌떡 일어나보면 새벽이었다. 어떤 날은 은영의 하얀 얼굴이 보였다가 또 어떤 날은 기식의 얼굴이 보였다가 하면서 그들이 서로 공모해서 자신에게 칼을 꽂는 장면에서 벌떡 꿈이 깨어지는 것이었다. 그럴 때면 그때부터 잠이 달아나서 한숨도 자지 못했다. 이리 뒤척, 저리 뒤척 하다가 멀리서 들려오는 교회의 새벽 찬송가 소리를 듣기도 했다.

어서 돌아오오

어서 돌아만 오오

지은 죄가 아무리 무우겁고 크기로……

그 찬송가의 가사가 자꾸만 자신에게 하는 소리인 것만 같았
다.

새벽의 어둠 속으로 들려오는 그 소리에 귀를 기울이다가 보
면 어느새 희붐하게 날이 밝았고 기상을 알리는 나팔소리가 들
렸다.

따따딴따따

딴따딴따따

따따딴따따

이렇게 기상을 알리는 나팔소리를 재소자들은 곡조를 제멋
대로 달아 불렀다.

일어나라, 도둑놈들아

밥먹고 좆통수나 불어라

대가리수 모자라면

관구부장 불알에

방울 소리 난단다.

재소자들은 그랬다. 하는 말마다 음담패설이었고 욕설이 들어가지 않으면 아예 안 되었다. 입에 들러붙은 것이 욕이었다.

종태는 아직 어두컴컴한 바깥으로 나오면서 알 수 없는 서글픔이 밀려오는 걸 느꼈다. 점점 시들어가는 게 아닌가 싶을 정도로 징역을 사는 게 귀찮아지고 있었다. 짙은 어둠을 볼 때마다 한 번 마음을 굳게 먹고 훌쩍 담을 넘어 바깥으로 달아나고 싶었다. 그리고는 멀리 외국으로 달아나버릴 생각까지 들곤 했다. 요즘 들어서 그는 가끔 그런 생각이 드는 거였다.

매일 새벽마다 앉으면서 번호를 대면서 머릿수를 헤아리는 것도 지겨웠다.

끼니 때마다 대가리 수를 헤아리는 것이 구치소의 습관이었고 머릿수가 맞아야만 하루가 순조롭게 지나갔다.

하룻동안 사방을 돌면서 화단이나 매만지는 것이 원예가 할 일이었지만 종태는 마지못해 따라다니는 정도의 그런 들러리에 불과했다. 그저 담당과 같이 앉아서 쓸데없는 잡담이나 나누는 것으로 시간을 때우고 있었다.

"함 주임이 용식이는 원주교도소로 이송을 보내겠다는군."

"…… 그래요?"

"아마 용식이가 자원을 해서 가는 거겠지. 반장한테 미안하니까 이송을 가겠다고 했겠지, 뭐."

"……."

종태는 가만있었다. 사실 용식이가 담배의 출처에 대해 물었다고 해서 별로 감정이 상하지는 않았다. 전 같았으면 벌컥 화가 났을지도 모르겠지만 지금의 종태는 그때와는 뭔가 달라져 있었다. 모든 걸 그대로 받아들이기로 작정을 한 사람처럼 순순히 듣고만 있었다. 종태는 요즘 들어서 마음의 공허를 메우기 위해 교회당엘 오르내리고 있기도 했으니까. 목사의 설교를 듣고 있으면서 자신을 비우느라 애를 썼지만 어디 그게 마음대로 되는 건 아니었다.

"모든 욕심의 근원은 마음입니다. 마음을 어떻게 먹느냐에 따라서 인생이 달라질 수 있습니다. 하나님께서는 그러한 인간의 나약함을 아시고 독생자 예수 그리스도를 이 땅 위에 보내신 것입니다. 성경에서는 말합니다. 너희 죄가 주홍같이 붉을지라도 양털과 같이 희게 하겠다고 말입니다. 인간의 죄를 어떻게 인간이 사할 수가 있겠습니까? 오직 그리스도 예수를 통해서만 구원을 얻을 수 있습니다. 예수 그리스도를 믿기만 하면 이전의 모든 죄악도 다 죄사함을 받을 수 있습니다. 입으로 자신의 죄를 시인하십시오. 그러면 긍휼이 많으신 주님께서는 모든 죄를 다 사해주실 것입니다……."

목사의 설교를 듣고 있으면 전혀 낯선 세계의 말처럼 들렸지만 종태로서는 그것도 수양이라고 생각하고 있었다. 특히 죄를 자복하고 회개를 하기만 하면 자신의 죄가 사해진다는 것에 대해서는 번쩍 정신이 들었던 것이다. 마음으로부터 일어나고 있는 번민과 괴로움이 어떠한 것으로도 치유될 수 없는 것처럼 여겨졌으나 목사의 설교에서 조금씩 위안을 얻고 있었다.

종태는 낮에 작업을 나가서도 교회당에서 집회가 있는 날은 담당에게 이야기를 하고는 교회당으로 올라갔다. 작업을 나가 괜히 하릴없이 작업을 하고 있는 동료들을 지켜보고 있는 것보다는 나았다.

처음에는 마음으로부터 부담스러워지고 생소했지만 온화한 목사의 얼굴을 바라보는 것으로도 위안이 되곤 했는데 예수를 믿기만 하면 곧 목사처럼 평온해질 수가 있을 것인가 하는 생각이 들곤 했다.

담당은 종태가 기독교 집회를 나가겠다는 말에 처음엔 약간 놀라는 기색이었으나 곧 그것이 종태의 진심이라는 것을 알고부터는 종태가 부탁하기만 하면 자신이 직접 계호를 해서 교회당까지 올려주고 돌아갔다. 교회당에는 미결수들이 많았지만 기결수인 출역수들도 많았다.

사람들은 이곳에 들어와서야 비로소 신앙에 눈을 뜨는 모양이었다. 방 안에 갇혀 지내면서 답답한 마음과 내일의 불안한 재판과 바깥에 있는 가족들에 대한 염려로 종교에 귀의하는 모양이었다. 그들은 출역수인 기독교 거실의 회장이 인도하는 대로 통회하며 눈물의 기도를 올렸고 우렁차게 찬송을 불러대고

254

있었다.

집회가 있는 날은 모처럼 많은 사람들이 모여들어서 자리를 꽉 메웠고 서로 아는 얼굴이라도 보면 통성명을 하곤 했다. 물론 공범이 있는 재소자는 관에서 못 올라오도록 조치를 취하고 있었지만 그래도 몰래 옷을 바꿔 입고선 올라오는 이도 있었는데 그들은 순전히 신앙적인 호기심보다는 그저 바깥바람이라도 쐴 겸 해서 올라오거나, 공범을 만나러 오는 이들도 있었다.

종태는 더듬거리며 찬송을 따라 부르다가 통성기도 시간에 자신도 모르게 뜨뜻한 물기를 느꼈다. 눈에서 아직 눈물은 나지 않았지만 그저 눈시울이 뜨거워지는 것이었다. 아직 제대로 기도도 못했지만 그저 죄를 용서해달라고 하면 죄사함을 받는다는 목사의 말만 떠올리고는 그대로 따라했던 것인데 갑자기 눈시울이 축축해진 것이었다. 여기 사람들은 이미 종태가 어떠한 인물이라는 것까지 다 알고 있었으므로 종태가 교회당에 나타날 때부터 그들의 관심의 대상이 되었지만 종태는 일부러 어떠한 내색을 드러내지 않고 있었다. 괜히 눈시울이 뜨뜻해져서 고개를 들지 못하고 있었다.

영등포에서 내로라하는 주먹이 종교에 빠져 눈시울이 뜨거워진다는 것은 어쩌면 자신이 생각해도 창피한 일이었다. 그랬으므로 그는 아예 고개를 들지 못했다. 나직막이 입속으로 기도를 하며 입만 달싹거릴 뿐이었다.

"자, 우리 기도합시다."

이제 단상에는 외부에서 들어온 목사란 사람이 성큼 서 있었다. 그리고는 유창한 말로 기도를 하기 시작했다.

"하나님 아버지, 오늘도 이곳으로 저를 보내어 주시어서 여러 죄인들을 만나게 하여 주시니 감사합니다. 이 세상은 온통 죄악뿐이어서 죄인이 아닌 사람이 하나도 없는 줄 믿사옵나이다. 주여, 이 죄인의 죄를 용서해주시고 이들의 고통을 보며 저도 죄인인 것을 알게 하옵시니 진실로 감사를 드립니다. 밖에 두고 온 가족들과 이 안에서 고통 중에 있는 저들을 굽어 살펴 주시어서 하루빨리 이 고통에서 벗어나 가정으로 돌아갈 수 있게 하옵소서. 사랑이 많으신 주님, 주님께서는 의인을 부르러 이 땅에 오신 게 아니라 죄인을 부르러 이 땅에 오신 줄 믿습니다. 우리들의 나약함을 용서하여 주시어서 하루빨리 죄의 본성에서 벗어나게 하시고 새로운 삶이 이어지게 하옵소서. 저들의 기도를 들어주사 재판에서 좋은 결과를 얻게 하셔서 주님께서 영광을 받으시기를 예수의 이름으로 간절히 기도드립니다. 오늘 하루의 삶을 책임져 주시고 이 예배가 하늘에까지 상달되게 하여 주시옵소서, 예수님의 거룩하신 이름으로 기도드립니다. 아멘.

목사의 기도는 간절했다. 한 마디 한 마디 할 때마다 성화에서 보듯 예수가 땀방울을 흘리듯이 간절하게 기도를 했는데 종태는 그러한 것이 좋았다. 남을 위해 헌신하는 목사의 그러한 것이 조금씩 마음을 녹이고 있었다.

자신이 이때까지 말로만 듣던 사이비 목사와는 거리가 먼 것이었다. 이곳에 들어오기 위해서 먹을 것과 입을 것을 준비해서 오는 것이 어찌 욕심을 품은 사람의 짓이겠는가. 종태는 이때까지의 자신의 삶과 비교를 해보면서 스스로 부끄러움 같은 것이 솟구치는 것을 느꼈다. 목사가 남의 삶을 위해서 간 것이라면 자신은 여태까지 남의 삶에 칼을 들이대며 산 것이었고 노략질하는 삶에 불과했다.

정의니 의리니 하면서 자신을 방어해왔던 것들이 너무나 허구란 것을 알게 되었다.

목사의 설교를 들으면서, 내면으로부터 솟아나는 것은 참회개를 해야 한다는 것이었다. 종태는 가만히 입술로만 은영에 대한 회개를 했고 기식에 대한 회개를 했다. 그리고 자신이 이때까지 담배 장사를 해서 돈을 끌어모은 것에도 회개를 했다. 방에 있을 때 목사나 중에 대해서 욕을 했던 것도 같이 회개를 하고 있었다. 남을 비방한다는 것은 무조건 죄악이라는 것만 알고 있었다.

목사가 예배를 마치고나서 일일이 악수를 할 때, 종태도 목사의 악수를 받았다. 목사의 손바닥에는 따스한 온기가 느껴질 만큼 부드러웠다. 가슴 저편으로 알 수 없는 뿌듯함이 밀려오기 시작했다.

종태는 온실로 돌아오자 성경책을 펴들었다. 아까 본 성경구절을 펴서 다시 읽으면서 목사의 말을 떠올리고 있었다.

주를 믿는 자들마다 심판을 받지 아니하나니 이는 그리스도의 피로 말미암음이니라.

종태는 그 말이 깊이 인상적이었다. 주를 믿는 자는 심판을 받지 아니한다는 말이었는데 종태에게는 그것보다 더 좋은 말은 없었다. 자신이 알게 모르게 지은 죄만 해도 엄청날 것이었지만 오직 그리스도의 피로 말미암아 모든 게 사해진다는 말에 공감하고 있었다.

그러나 죄의 습성이란 그리 쉽게 하루아침에 뿌리뽑혀질 성질의 것이 아니었다. 종태는 일상에서 다시 자신도 모르게 죄악으로 빠져들고 있었다. 성질이 나면 그대로 욕설이 튀어나왔고 심하면 발길질을 해댔던 것이다. 죄와 선의 이중성에서 곡예를 하는 것처럼 너울너울 춤을 추고 있었다.

방 안에 들어가면 역시 담배를 피웠고 그 담배는 도저히 끊을 수가 없었다. 그러면서 성경은 보았던 것이다. 그래도 방 안의 재소자들은 종태에게 놀리거나 함부로 말들을 하지 못했다.

"원예반장님, 요즘 성경에 푹 빠진 것 같아요?"

"그저 수양 좀 하느라고 보는 거지……."

자신은 생각지도 않은 말이 튀어나갔다. 그건 종교를 긍정하는 말이었기 때문이다.

"그럼, 반장님도 아예 9동 하의 기독교 거실로 내려가시지요?"

"뭐, 그럴 것까지야 있나. 여기서 성경이나 보는 거지. 꼭 기독교를 믿는다고 티를 낼 필요는 없잖아?"

"그야 그렇죠, 하지만 다른 놈들은 쥐뿔도 없으면서 그저 예수를 믿는 척하면서 기독교 방에서 거드름이나 피우니 말이죠, 그게 아니꼬워서 원."

"……."

종태는 다시 엎드려서 성경책에 눈을 돌리고 있었다. 말은 쉽게 씌어 있지만 오묘한 뜻은 깨닫질 못하고 있었다. 전부 좋은 말이라는 것만 알 수 있었다. 방 안은 으레 떠들썩했다. 종태가 성경을 보고 있든 말든 간에 떠들 것은 죄다 떠들어야 제대로 잠이 올 것처럼 야단들이었다. 그 애기들이란 여자 이야기, 섹스 이야기, 자신의 무용담 등이었다. 그들은 이제 배가 고프기 시작하면 폐방을 하면서 가지고 들어온 것들을 내어놓고 먹어가면서 떠들어대고 있었다.

20
어처구니없는 일들

종교란 인간의 심성을 교화하기도 하지만 우매하게도 만들었다. 종태의 경우, 모든 것에 대해 처음부터 깡그리 뜯어 고쳐져야 한다는 생각부터 들기 시작했다. 자신이 이제까지 믿고 의지해왔던 모든 것들은 종교에 비하면 정반대의 것들이었다. 그가 신봉해왔던 의리라는 것도 이곳에서 쓰이지 않게 되면서 점점 그 색깔이 퇴색해가고 있었고, 남자들만의 세계였지만 의리라는 건 별로 존재하지 않는 곳이 또한 이곳이어서 제 입과 제 몸뚱어리만 건사하면 그만이었다. 재소자들은 여기에서 어떻게 빨리 빠져나가느냐만 골똘히 생각하고 있지 남의 일에는 전혀 관심이 없었다. 만약 관심이 있다면 자신의 눈과 귀와 입의 쾌락만 추구할 뿐이었다.

흔히, 남자들의 세계란 더없이 의리와 배짱이 통할 것같이 생각되어지지만 실상은 그렇질 못했다.

종태는 점점 주먹잽이들이 오랜 징역에서 왜소해져가고 있다는 것을 알 수 있었다. 그것은 곧 이곳의 특수한 환경이 주는 패배감이었고 우울감에서 비롯된 것이라고 생각되었다. 종태 자신도 이곳에 있으면서 점점 종교를 찾게 되었고 미래에 다시 주먹의 세계로 돌아가고픈 생각이 옅어지는 중이었다. 그것은 자나 깨나 칼부림의 세계에서 살아야 한다는 강박관념에서였다. 자신이 가장 아꼈던 은영과 기식을 제 손으로 죽여버린 마당에 나가더라도 다시 그쪽 세계로 돌아간다는 것은 기약할 수 없었다.

모든 것이 허탈하게만 여겨졌다.

아직 징역을 반도 못살아서 느끼는 허탈이었다. 그러던 중에 의정부 교도소에 가 있는 상호에게서 서신이 날아들었다.

형님,

이곳에서 몇 번이나 형님께 편지를 드린다는 것이 제대로 되지 않았군요.

저는 그쪽에서 재판을 끝마치고 의정부로 이송을 오는 재소자 편으로 형님이 원예에 출역하고 있다는 소식을 들었습니다. 저는 의정부에서 아마 다음 달이면 나갈 수 있을 것 같습니다.

지금 일이 잘 되고 있어서 가출옥을 먹을 것 같습니다.

저는 여기에서 영농반에 출역하고 있습니다. 생전 처음 만져보는 농삿일이지만 그런대로 재미도 있는 것 같습니다.

한 번 바깥으로 영농을 나가면 재미있는 일도 많습니다. 벼 포기에서 보물을 찾기도 하고요. 아마 형님은 아실 겁니다. 내가 지금 무슨 말을 하는지를.

그리고 형님,

여기에서 수원의 쌍칼을 만났습니다. 지금은 내 밑에서 일을 하고 있는데 수원에서도 크게 싸움이 붙었다고 합니다. 내가 그냥 서신으로 이렇게만 적고 있다는 것을 형님은 모두 아실 겁니다.

담당님들하고도 매우 친하게 지내고요. 저는 처음에 여기 와서부터 지금까지 쭉 왈왈거리는 위치에 있습니다.

가끔 형님이 생각났지만 낮에 영농을 하고 돌아오면 편지 쓸 시간이 없었습니다.

나가면 곧 형님을 면회가겠습니다.

내내 건강하십시오.

1994. 6. 12일

의정부에서 상호가.

종태는 상호의 편지를 읽으면서 서신상에서 무슨 말을 하고

262

있는지를 훤히 알 수 있었다. 영농을 나가서 보물찾기를 한다면 벼 포기에 숨겨둔 담배를 의미하는 말이었고, 수원의 쌍칼이 큰일을 저질러서 왔다면 살인을 의미하는 것이었다.

그곳이나 이곳에선 일일이 서신을 모두 검열해서 들여보내고 있었으므로 상호가 그렇게밖엔 적지 못했을 것이다. 그러나 종태는 상호의 말뜻을 전부 알아차렸다.

벌써 시간이 그렇게 흘렀던가. 종태는 상호가 가출옥으로 나온다는 말에 잠시 시간의 흐름을 의식해야 했다. 물론 편지에 씌어있는 대로 일이 잘되고 있다는 것으로 미루어서 나름대로 직원과 가출옥 건에 대해 손을 쓰고 있다는 뜻이었다. 의정부란 원래 중형인 경우가 많아서 상호와 같은 짧은 형기는 가출옥을 먹기가 훨씬 쉬웠다. 교도소에서 가출옥을 먹는다는 것은 곧 돈과의 연관성이기도 했다.

종태는 온실에서 담당의 잠을 지켜주면서. 성경을 보고 있었다.

그때, 갑자기 2감시대에서 벼락치는 보고 소리가 들렸다.

"충성!"

그리고서 곧 바깥에서 일을 하고 있던 시우가 안으로 뛰어들어왔다.

"반장님, 주임이 이쪽으로 오고 있는데요."

"알았어."

종태는 얼른 잠이 든 담당을 흔들어 깨웠다. 담당이 부스스 잠을 깼다.

"담당님, 주임이 이쪽으로 오고 있는 모양입니다."

담당은 얼른 모자부터 집어들어 썼다. 그리고는 몇 번 눈을 껌벅거려서 잠의 흔적을 지웠다. 그는 슬슬 바깥으로 나갔다. 바깥에 저희들끼리 작업을 하고 있는 원예부들의 곁에 있어야 했다. 종태도 그의 뒤를 따라 나갔다.

그들이 나가서 얼마 되지 않아서 함 주임의 모습이 나타났다. 함 주임 특유의 재빠른 걸음이 무슨 급한 일이라도 있는 것처럼 보여졌다.

"근무 중 이상 없습니다!"

담당이 거수경례를 하자, 주임은 힐끗 보고는 한 마디 했다.

"담당은 거기 있고, 종태는 온실로 들어와 봐."

"……."

종태는 일순 담당을 쳐다봤다. 담당은 무슨 영문인지를 몰라 오히려 종태에게 무슨 일이라도 일어났냐는 식이었다. 주임이 먼저 온실로 들어가고 나서 종태는 담당의 한 번 들어가 보라는 눈짓을 받고는 온실로 들어갔다. 주임은 방금까지 담당이 앉았던 의자에 앉았다. 종태는 그리로 다가갔다.

"종태, 너 혹시 2동에 있을 때 말이야, 5방에 있었나?"

"……예."

종태는 주임의 말에 잠시 뚱하다가 대답했다

"그럼, 그 방에 있을 때 혹시 쇠톱 같은 거 갖고 있지는 않았나?"

"아닌데요……."

주임은 잠시 종태를 노려보았다. 그리고는 얼른 얼굴을 다시 활짝 폈다. 그게 그의 특유의 버릇이었다. 표정이 변화무쌍한 것이 그의 노련한 술책이었다. 종태는 그의 질문에 조금쯤 함정이 있겠다는 생각으로 바짝 긴장을 했다.

"그래?"

주임은 잠시 생각에 잠기는 듯, 눈을 깜박이다가 다시 종태를 바라보고 있었다. 종태는 일부러 그의 시선을 그대로 받았다. 지금 주임은 종태의 표정을 살피고 있는 중이었다.

"그럼, 의정부 교도소로 이송간 상호가 갖고 있는 것을 못 봤나?"

"못 봤는데요…… 그땐 우리 방에 그런 것이 들어올 리가 없죠."

"……."

주임은 또 말을 않고 있었다. 이번에는 호주머니에서 부스럭거리면서 무언가를 끄집어내었다. 종이였다. 주임은 종이를 펴서 글씨를 읽었다.

"종태가 있었고…… 에…… 그 다음에도 여러 재소자들이 들

265

락거렸는데, 하여튼 그 방에 있던 사람들 명단이야. 그 방에서 뭔가 나왔거든. 그래서 한 번 물어본 거야.”

주임은 아직까지 종태가 모르고 있는 줄 알고서 그렇게 말하고 있었다. 종태는 그게 뭡니까? 하는 표정으로 주임의 얼굴을 바라보고 있었다.

“뭐, 별 거는 아니고…… 혹시 아는가 해서 물어본 거야. 어때? 여기서 일을 하는 건?”

주임은 이제 유화적인 제스처를 쓰고 있었다. 그러나 종태는 끝까지 무표정한 얼굴로 짧게 대답만 했다.

“그저 그렇습니다. 꽃이나 보면서 사는 거지요.”

“종태가 이제 얼마나 살았더라? 한 몇 년 남았지?”

“아직 3년은 남았습니다.”

호오, 그래? 주임은 그런 표정이었다. 종태는 가출옥에 대한 얘기를 꺼내려다가 그만 두어버렸다. 괜히 엉뚱하게 연막을 치려다가 도리어 의심을 살 염려가 있었다.

“아직 가출옥이 되려면 멀었군…….”

“…….”

주임은 다시 종이를 접어 안주머니에 넣고는 자리에서 일어났다. 돌아갈 모양이었다.

“애들한테 마실 거라도 가져오게 하겠습니다.”

“아니, 됐어. 다음에 또 들르지.”

"⋯⋯."

주임이 밖으로 나가자 종태는 우두커니 그 자리에 서 있었다. 담당의 '계속 근무하겠습니다.'라는 소리가 들렸고 담당이 금방 안으로 들어왔다.

"반장, 뭘 묻던데?"

"내가 출역을 하기 전에 2동 하 5방에 있었거든요. 그때 그 방에 혹시 톱날을 갖고 있었나를 물어보려고 온 것 같아요."

종태는 무덤덤하게 말하고 있었다.

"그래? 반장이 그 방에 있었어?"

"⋯⋯예."

"오호, 그럼 주임은 혹시 종태가 있을 때 그런 게 아닌지를 알아보려고 왔구먼."

"나도 못 봤는데 어떻게 알겠어요? 그저 모른다고 했지요."

"저 자식, 또 누굴 잡으려고 저렇게 설쳐대는지, 원⋯⋯."

담당은 잠이 깨버린 것이 서운했는지 입맛을 쩍쩍 다셨다. 그는 담배를 한 개비 물고는 불을 붙였다. 향긋한 담배 연기가 종태의 코를 후볐다. 종태는 지금 같은 심정에서는 담배라도 피우고 싶었다. 그러나 굳이 담당 앞에서 담배를 피우기는 싫었던 것이다. 조금이라도 틈을 보일만한 짓은 하기 싫었다. 담배를 피움으로써 종태의 복잡한 심사를 담당이 눈치를 챌 수도 있기 때문이었다.

"담당님, 화장실 좀 다녀오겠습니다."

종태는 온실을 빠져나와 화장실이 있는 데로 갔다. 그리고는 얼른 허리춤에서 담배를 빼서 물었다. 탁으로 긋자, 금방 불이 일어났다. 담배연기를 한 모금 빨고는 밑을 향해 내뿜었다. 이 제야 답답했던 기분이 조금은 녹아지고 있었다. 종태는 화장실에 있으면서 점점 다가오는 불안 같은 걸 느껴야 했다.

벌써 함 주임이 어떤 냄새를 맡았는지도 모른다는 불안감이 었다.

종태는 아까 함 주임의 무언가를 골똘히 생각하는 것 같은 표정이 떠올랐고 그게 무얼 의미하는 것인지를 깊이 생각하고 있었다. 아니다. 알았더라면 절대 그렇게 자신에게 물어올 리가 없을 것이다. 단순히 정보를 얻기 위해 자신에게 왔던 것뿐이라고 생각했다. 그게 오히려 편했다. 그렇게 생각하는 것이 더 옳았다.

"함 주임, 쥐도 새도 모르게 다녀오시오. 본부에서 알면 당장 모가지요. 다행히 몇 명이 안 된다니까, 내가 미리 그쪽에다 소장한테 연락을 해두겠소."

"알겠습니다, 소장님."

"재소자들에게 물어볼 땐 그저 쇠톱날만 물어보시오. 창살이 잘렸다는 건 절대 말하면 안 되오, 알겠소?"

"옛, 알겠습니다. 우선 상호라는 놈이 있는 의정부부터 가겠습니다. 그리고는 원주엘 들렀다가 마지막으로 전주로 내려가겠습니다."

함 주임이 그렇게 말하자 소장은 고개를 끄덕였다.

"그건 함 주임이 알아서 하시오. 이따 갈 때 서무과에서 경비를 타서 가고…… 차는 경교대 지프차를 붙여놨으니까 그걸 타고 가시오."

"알겠습니다."

함 주임은 소장실을 물러나왔다. 이제 자신은 의정부 교도소와 원주교도소, 전주교도소로 내려가야 할 판이었다. 그것은 2동 하에서 일어난 쇠창살 사건에 대한 소장의 밀명이었다. 굳이 밝히지 않고 그대로 묻어버리는 것이 지금 정년을 얼마 남겨놓고 있지 않은 소장에겐 더 유리했으나 혹시 아직도 구치소에 남아 있으면서 갖고 있을 쇠톱을 찾아내야만 탈주를 막을 수 있다는 생각에서였다. 소장은 아직까지도 쇠창살이 잘렸다는 보고는 일체 하지 않고 있었다. 만일 보고를 했다면 소장은 벌써 직위 해제쯤은 당했을 터였다. 그래서 다른 소장에게 협조를 구하고서 몰래 조사를 하고 있는 중이었다.

함 주임은 2동 하 5방에 있다가 재판이 끝나서 다른 교도소로 넘어간 사람들의 명단을 뽑아냈는데 전부 다섯 명이었다. 그들은 지금 세 개의 교도소로 뿔뿔이 흩어져 있는 중이었다.

일단 그들을 만나보는 것이 제일 신속한 해결책인 것 같았다. 그래서 함 주임이 소장에게 그렇게 보고를 했던 것이었고 소장도 오랜 고심 끝에 내린 용단이었다.

함 주임이 며칠째 보이지 않자 재소자들뿐만 아니라 직원들까지도 의아해하고 있었다.

그렇게 빨빨거리며 촐랑거리던 주임이 보이지 않자 우선 눈에 가시 같은 게 빠져버린 듯 시원했다. 직원들도 함 주임이 없으니 대충 근무를 해도 은근슬쩍 넘어가서 편했다. 출역수들은 출역수들대로 뼹땅을 치는 데에 걸림돌이 없어져 버린 것처럼 쾌재를 부를 수 있었다.

함 주임은 열흘 간 보이지 않았다. 구치소의 모든 공기가 너그러워지는 기분이었다. 과장은 매일 그 시간이면 사방을 순시했는데 평상시와 똑같이 나타나선 담당들의 인사만 받고 사방을 나가곤 했다. 과장의 순시란 어떤 부정을 잡는다는 것보다는 예방한다는 차원이었고 그 밑의 주임들이나 관구부장들이 바로 부정을 잡아내는 일꾼들이었다. 그런 가운데서도 함 주임의 후각은 특별히 독특해서 한 번 찍었다 하면 그대로 걸려드는 것이었다. 그래서 출역수들은 함 주임의 나타나는 것이 제일 무서웠는지도 모른다.

"아니, 주임님이 여길 웬일이십니까?"

상호는 깜짝 놀랐다. 보안과 사무실에 누군가 접견을 왔다고 해서 나왔는데 함 주임이었던 것이다.

"그냥, 이곳에 이송을 왔다가 한 번 불러본 거지. 그동안 잘 있었나?"

함 주임이 웃었다. 상호는 바깥의 농장에 나가 일을 하다가 연락을 받고 들어왔으므로 옷에 흙이 묻어 있었다.

"맨날 그저 그렇지요. 농사나 짓다가 나가는 거지요, 뭐."

상호는 아직도 함 주임의 방문에 대해 경계의 마음을 풀지 않았다. 무언가 낌새가 이상했다. 그건 오랜 징역을 산 그의 직감 같은 것이었다.

"나도 간부로 있으면서 여기저기를 많이도 떠돌아다녔지. 여기 의정부에는 간부로 처음 임관을 하고 나서 한 1년쯤 근무를 한 곳이지. 요즘도 농장에 나가면 담밸 하나?"

함 주임은 그렇게 묻고는 빙긋 웃었다. 그건 의미 있는 웃음이었다.

"요즘처럼 맑은 교도소에 그게 있겠습니까? 요즘은 담배의 그림자도 구경하기 힘듭니다."

"상호가 나한테 거짓말을 하는군. 흐흠, 여긴 아무리 담배를 없애도 없어지지 않는 곳이지. 밖에 나가면 벼 포기마다 수북이 담배가 숨겨져 있어, 안 그래?"

함 주임이 다시 상호의 눈을 빤히 들여다보며 그렇게 물었다. 상호는 이제 어쩔 수가 없었다. 바른대로 이야기를 한다고 해도 문제될 것은 없었다. 함 주임은 지금 이곳의 주임이 아니라 영등포 구치소에 근무하는 주임이었기 때문이었다.

"그렇지요, 출소한 사람들이 그렇게 숨겨두지요. 담당들도 그건 이해를 해줍니다. 다만 밖에서만 하고 안에는 들여가지 않도록 막고 있지요."

"그거 솔직한 대답이군…… 그런데 말이야…… 상호가 재판을 받기 전에 영등포 구치소에 있을 때에 2동 하 5방에 있었지?"

"…… 그랬나?…… 왜요?"

상호는 잘 모르겠다는 투로 은근슬쩍 둘러대고 있었다. 함 주임이 씨익 웃었다.

"거기서 톱날이 나왔더군. 그래서 2동 하에 있었던 사람들을 살펴봤는데 거의 다 출소를 하고 징역을 사는 사람은 몇 안 돼. 너, 차종태 알지?"

"……예. 그런데요?"

상호는 일부러 천천히 대답하고 있었다. 함 주임의 질문이 있고 난 다음에 잠시 생각을 했다가 대답을 하는 것이었다.

"지금 원예에 출역을 하고 있어. 언젠가 내가 물었더니 종태는 그걸 시인하더라구. 이미 지난 일이구 그것 때문에 큰 문제가 있었던 것도 아니라서 말이야. 쇠창살은 도로 이어놓았거든…… 누구든지 재판이 진행 중일 때는 불안해서 모두 탈주를 하고 싶어하지. 종태가 사실대로 얘길 했어. 너도 알다시피 종태는 나와 가출옥까지 약속을 했던 거 알지?"

"예……"

상호는 함 주임의 말을 들으면서 머리가 몹시 복잡했다. 지금 주임은 분명 혼선을 깔아놓고 있기는 한데 자신에게 무얼 원하고 있는지 파악이 되질 않았다. 아직도 함 주임의 말은 핵심을 뱅뱅 돌고 있는 중이었다.

"종태 말로는 상호 네가 그걸 잘랐다는 거야. 물론 네가 영등포 구치소를 떠났다고 해서 하는 말이라는 건 알지만……."

"……."

상호는 아무 말도 않고 있었다. 함 주임과 시선이 마주쳤다가 삽시간에 흩어졌다. 책상 위에 올려진 상호의 손끝이 조금 떨렸다.

상호는 얼른 손을 아래로 떨어뜨렸다.

"그때 어딜 갔었나? 지금 경찰에서 은영이라는 여자의 수사를 하면서 그 쇠창살에 묻은 지문이 상호의 것이라는 게 밝혀졌어. 그리고 은영의 범인으로 자네가 지목되어 있어. 아직 여긴 형사들이 안 온 모양이지?"

"……."

상호의 눈동자가 딱 멎어 있었다. 아래로 내린 상호의 주먹에서 우두둑 뼈마디를 꺾는 소리가 났다. 함 주임은 상호의 표

273

정을 놓치지 않고 있었다. 그가 한 말은 전부 지어낸 말이었지만 슬슬 먹혀 들어가고 있었다.

"경찰이 와서 쇠창살을 가져갔어. 그 지문과 은영의 칼에 묻어 있는 지문이 모두 상호의 것이라는 거지. 종태도 그런 말을 했어. 자신의 애인이 변심을 해서 기식이와 일본으로 도망치려는 것을 알고는 고민하고 있었는데 네가 멋지게 해결해주겠다고 큰소리쳤다는군. 경찰은 그걸 믿고 있어."

"형님이 직접 그런 말을 했어요?"

상호는 버럭 소릴 질렀다. 그게 그의 실수였다. 종태가 배신을 할 리가 없을 거라고 믿고 있었지만 함 주임의 말을 듣고 있자니 속에서부터 부글부글 끓어오르는 분노가 갑자기 튀어나온 것이다.

"그래."

함 주임은 단호하게 말했다. 모든 것이 거짓말이었지만 상호의 그런 말투에서 주임은 힘을 얻고 있었다.

"종태 형이 모두 그렇게 나한테 뒤집어씌운 게 확실해요?"

"그렇다니까…… 네가 한 짓이라고. 아마 형사들이 찾아왔을 때도 그렇게 말했을 걸?"

상호는 이제 두 주먹을 불끈 쥐었다. 사나이로서의 의리라는 게 깡그리 무너지고 있었다. 종태가 먼저 배신을 하다니. 실제로는 누가 죽인 건데. 자신은 그저 따라나갔다가 종태가 칼로 찌르는 것을 보고 그저 따라왔을 뿐이었다. 그런데도 지금 종태는 모든 걸 자신한테 미루는 모양이었다.

"아마도 경찰이 여기까지 오지 않은 것은 더 정확하게 증거를 확보해가지고 오려는 모양인가봐. 종태의 말로도 충분히 승산이 있다는 얘기지. 쇠창살의 증거도 있겠다, 칼에 묻은 지문도 있겠다, 뭐가 문제겠어. 난 다만 너한테 미리 알리려는 것뿐이야. 이곳에 출장을 왔다가……."

"주임님, 가거든 종태 형에게 전해주십시오. 남자끼리 의리를 저버리면 내가 다 불어버린다고요. 내가 왜 형의 애인을 죽입니까? 내가 어디 한두 살 먹은 어린앱니까? 두 년놈이 달라붙어 있는 것을 보고 눈에 불을 켠 사람이 누구겠습니까? 난 그저 따라나갔을 따름입니다. 그런 엄청난 죄명을 쓰긴 싫다고 얘길해 주십시오."

함 주임은 흐뭇하게 미소를 지었다. 의외의 소득을 올린 개가였다.

"알았어. 지금 종태는 독방에 갇혀 있거든. 내가 가서 그렇게 말을 하지. 사나이의 의리를 저버린 걸 상호가 펄펄 뛰며 이를 갈더라고…… 그리고 모든 게 다 종태가 저지른 게 아니냐고 말이야…… 또, 뭐 더 할 말은 없어?"

"난 어차피 하범이니까 그대로 불어버린다고 해주십쇼. 그것뿐입니다."

"알았어. 내가 나가면서 먹을 것 좀 넣어주고 가지. 넌 어차피 하범이겠구먼. 그런데도 종태는 독방에 있으면서 곧 풀려날 거라고 믿고 있어. 자신은 다만 상호 네가 쇠창살을 뚫고 나가는 것을 도운 죄밖엔 없다고 하고 있지. 이제 곧 진실이 밝혀지겠군 그래……."

함 주임이 나가고 나자 곧 직원이 들어왔는데 직원의 손에는 수갑이 들려져 있었다. 상호는 이제 모든 걸 체념하고 있었다. 어차피 법정에 나가서 진실을 밝히면 되는 것이었다. 상호는 그렇게 생각하고 있었다.

정말 의외의 효과였다.

함 주임은 지프차를 타고 오면서 속으로 웃음이 나오고 있었다. 이제 모든 게 다 밝혀졌으니 빨리 서울로 가서 소장에게 보고를 할 생각에 찌릿한 전율이 흐르고 있었다. 그는 종태가 살인범이라는 것에 대해 내심 놀라고 있었다.

함 주임은 의정부 교도소에서 미리 소장에게 보고를 할까 하고 생각을 하기도 했으나 섣불리 건드렸다가 다된 밥에 코를 빠뜨리는 결과가 될까봐 보고를 하지 않았다. 자신이 직접 가서 보고를 하고 조치를 취할 생각이었다. 아무것도 모르고 있는 종태야말로 구치소에 갇혀 있는 생쥐나 다름없었다.

차는 지금 시속 100킬로로 북한산을 넘고 있었다. 운전수인 경교대원은 지프차에 붙은 경광등을 켜면서 반대 차선으로 차를 몰았다. 그렇게 달리다가도 멀리서 차가 나타나면 다시 제 차선으로 돌아오고 있었다. 함 주임은 의자의 등받이에 머리를 기대고 있었지만 조금도 졸립지 않았다. 항상 늠름하게 어깨를 펴고 출역하고 있던 종태의 쩔쩔매는 모습이 눈에 선했다. 엄청난 살인을 저지르고도 감쪽같이 출역을 하고 있는 그가 죽이고 싶도록 미웠다. 함 주임은 이날 이때까지 원칙 안에서만 살아왔으므로, 그리고 그 원칙 안에서만 자신의 요령껏 돈을 긁어모아 왔으므로 살인을 한 놈에게까지 관용을 베풀고 싶진 않았다.

차가 구치소에 도착하자마자 함 주임은 소장실로 곧장 올라갔다.

"어떻게 단서는 잡았나?"

소장이 의자의 팔걸이에 팔을 얹으면서 물었다.

"예, 정확한 사실을 알아냈습니다. 지금 원예에 출역을 하고 있는 차종태란 놈이 범인입니다. 그리고 의정부에 있는 상호란 놈이 공범이고요. 그런데 소장님, 보통 큰 건수가 아닙니다."

"왜?"

소장은 담배에 불을 붙이며 그렇게 말했다. 함 주임이 바짝 다가앉았다. 그리고는 낮은 목소리로 속삭였다.

"저번에 일어난 살인 사건인 영등포의 은영이라는 여자가 종

277

태의 애인인데 종태가 그 사건의 진범이라는 겁니다."

함 주임의 말에 소장은 무슨 뚱딴지같은 소리냐는 식으로 놀라고 있었다.

"제가 알기로는 확실합니다. 상호에게 유도신문을 했더니 상호가 그대로 다 불었습니다. 그날, 쇠창살을 뚫고 영등포로 나갔다가 마침 남녀가 성관계를 하고 있는 현장을 덮친 겁니다. 그건 정말 우연인 모양이었는데 종태가 모든 걸 처리했고 상호는 그저 옆에 있었던 모양입니다. 확실합니다, 소장님."

함 주임은 지금 열에 들떠 있었다. 자신이 올린 개가가 너무나 큰 예상 밖의 일이었기 때문이다.

"그래? 함 주임 수고했소. 그런데 어떻게 한다? 사실 그대로를 검찰에 보고해야 할 텐데 그렇게 되면 나나 보안과장이나 함 주임이나 모두 지휘책임을 물어서 파면을 시킬 텐데."

소장이 함 주임의 얼굴을 들여다보자 함 주임의 얼굴이 노랗게 변하고 있었다. 조금 전까지만 해도 열에 들떠 있던 그가 갑자기 안색이 굳어지고 있었다. 그건 미처 생각지 못한 결과였다. 이때까지 자신이 세운 공만 열심히 계산하고 있던 터였다. 지금 소장의 말을 듣고 보니 그도 그럴 것이 본부에서 그 엄청난 일에 대해 관대한 처분이 내려지리라는 보장이 없었다.

구치소의 쇠창살을 뚫고 탈주를 했다면 또 모르겠거니와 그 놈들은 살인을 했고 또다시 유유히 구치소로 들어왔는데도 그걸 몰랐다면 목이 열 개라도 당해낼 재간이 없었다.

소장은 다시 담배를 꺼내 물고 있었다. 그러는 그의 표정이 마치 죽은 사람의 표정처럼 백지장 같았다. 함 주임이 라이터를 꺼내 그의 담배에 불을 들이밀었는데도 그는 아직 얼이 빠진 채로 그대로 물고만 있었다. 어차피 함 주임의 손도 떨리고 있었다.

"소장님, 담뱃불이……."

함 주임이 그렇게 말하자 소장은 신경질적으로 담배를 뻑뻑 빨았다. 연기가 삽시간에 공중으로 흩어지고 있었다. 함 주임도 이런 때 담배를 피우는 것이 제격이다 싶었지만 감히 소장 앞에서는 피울 수가 없었다. 그저 타는 입술만 핥고 있었다.

"보안과장을 내 방으로 불러!"

소장이 소리치자 주임은 얼른 전화기를 들고 교환을 불렀다.

"김 양, 나 함 주임인데 보안과장 좀 대줘."

교환이 구내전화를 연결하는지 찌직거리는 소리가 들렸고 이내 과장의 목소리가 들렸다.

"저는 함 주임입니다. 의정부에서 방금 왔습니다. 지금 소장님이 급히 올라오시라는데요."

저쪽에서는 알았다는 소리를 하고 찰깍 끊었다. 보안과장은 금방 소장실로 올라왔다. 보안과 청사와 정문 바깥에 있는 소장실과는 불과 2, 300미터의 거리였다. 보안과장이 들어서자

279

소장은 고개를 번쩍 들었다. 소장은 아직 덜 탄 담배를 비벼끄고는 말을 꺼냈다.

"보안과장, 큰일났소. 함 주임이 의정부엘 다녀왔는데 2동 하에 있던 차종태란 놈과 의정부 교도소에 있는 상호란 놈이 둘이 공모해서 바깥으로 나갔다는 거요. 그리고 은영이라는 여자와 남자 하나를 죽이고 들어왔다는 건데 이걸 어찌하면 좋겠소?"

소장은 어깨에 얹힌 계급장인 무궁화가 열 개나 되었지만 흔들리고 있었다. 과장이 눈을 동그랗게 떴다. 그리고는 옆에 서 있는 함 주임을 쳐다봤다.

"제가 조사를 하기로는 그렇습니다. 상호란 놈이 다 불었습니다. 처음엔 단지 쇠톱을 누가 갖고 있느냐는 문제만 알아가지고 올 생각이었는데…… 유도를 하다가 보니 그놈이 죄다 불어버렸습니다……."

"……."

과장도 어이가 없는지 입을 반쯤 벌리고 있었다. 그러다가 털썩 의자에 앉더니 담배를 빼물었다. 이번에도 얼른 한 주임이 라이터의 불을 갖다 댔다. 함 주임이 과장의 맞은편에 조심스럽게 앉았다.

"보안과장은 어떻게 했으면 좋겠소? 검찰이나 본부에 보고를 한다면 우린 틀림없이 파면이오. 이렇게 될 줄은 꿈에도 몰랐소, 이 안에 있는 놈들이 어떻게 탈주를 해서 사람을 죽이고 다시 들어온단 말이오?"

소장이 역정을 내자 보안과장이 머릴 조아렸다.

"면목 없습니다, 소장님."

"지금 그런 말할 때가 아니오. 무슨 대책이 나와야지, 대책이 말이오."

"……."

소장실의 세 명은 이제 누구도 섣불리 말을 꺼내지 않고 있었다. 괜히 건드려서 덧불만 일으킬 지경이었다. 보안과장은 괜히 함 주임만 노려보고 있었다. 주임은 이제 누구에게도 칭찬을 들을 수 없는 그런 처지였다. 오히려 발등에 불을 떨어뜨린 장본인이었다. 얼마나 시간이 흘렀을까. 셋은 서로 말하지 않기 시합을 하고 있는 사람들처럼 굳게 입을 다물고 있었다. 그리곤 간간이 얼굴을 들었지만 얼굴이 마주치면 아래로 고개를 숙여버렸다. 어떠한 비방책도 없었다.

바깥은 해가 뉘엿뉘엿 지고 있는지 황혼이 안에까지 기어들어오고 있었다. 그들은 여직 실내의 전깃불도 켜지 않은 채 그대로 앉아만 있었다.

간혹 여비서인 부속실의 아가씨가 무심코 들어왔다간 서로 고개를 푹 숙이고 있는 모습을 보고는 질겁하며 뒤로 물러나버렸다. 그리고는 다시 커피를 끓여서 들어왔다간 휑하니 나가버렸다.

“보안과장, 무슨 대책이 없겠소?”

“…….”

보안과장이라고 무슨 대책이 있을 리 없었다. 보고만 하면 당장 모가지가 날아가는 건 시간문제였다. 그런데 어떻게 말을 꺼낼 수가 있으랴. 서로 누군가 말을 꺼내기를 기다리는 중이었다. 마치 그게 그 사람에게 돌려질 책임이라도 되는 듯이.

결국 보안과장이 침묵을 깨고 말을 꺼냈다.

“소장님, 어차피 보고를 해봐야 우리만 모가집니다. 그리고 밖에서 알면 아마 신문에서 대서특필할 겁니다. 그래서 말인데…… 소장님도 정년이 얼마 남지 않았고, 나도 내년쯤이면 부소장으로 나갈 순번이고…… 함 주임도 계장으로 올라갈 순번입니다. 그래서 말씀드리는 건데……

“과장의 의견은 어떤 거요?”

소장이 답답한지 벌컥 물었다.

“그래서 말입니다만, 아예 없던 걸로 해버리는 것이…… 아니면 함 주임의 선에서만 알았던 걸로 해버리는 게 어떻겠습니까? 나중에 문제가 되면, 함 주임 선에서만 처리를 하고…….”

과장은 함 주임이 노려보고 있다는 것을 의식하고는 말끝을 얼버무렸다. 함 주임에게 모든 총대를 메게 할 작정이었다. 함 주임이 탁자 위에 손바닥을 모으고는 우두둑 뼈마디를 꺾었다.

“그건 너무 무리한 것 같은데…….”

소장이 함 주임을 쳐다보며 말을 꺼냈다.

"하여튼 우리가 살려면 없던 걸로 해야만 합니다. 그렇지 않으면 우리 셋 다 옷을 벗고서 진범을 밝혀야 하겠지요…… 우리만 입을 다물고 있으면 됩니다."

보안과장은 조금 자신이 생긴 듯 그렇게 말했다.

"그럼, 함 주임이 만나고 온 의정부 교도소의 상호라는 친군 어떻게 하지?"

"……."

그러자 다시 셋은 침묵 속으로 빠지고 말았다. 그러나 다시 보안과장이 입을 열었다.

"함 주임, 그놈을 이쪽으로 다시 데려오면 어때? 봐주는 재소자인 것처럼 저쪽의 보안과장에게 전활해서 다시 데려와서 우리가 데리고 있는 수밖엔 없습니다. 그리고 그놈이 무슨 사고를 치기 전에 빨리 손을 써야 합니다."

보안과장은 처음엔 함 주임에게 말을 하다가 소장에게로 말문을 돌리고 있었다.

"그럴까……?"

"그게 더 낫겠습니다. 그렇게 하신다면 제가 지금 의정부로 가겠습니다. 보안과장님이 지금 전화만 해주신다면 이송 신청은 나중에 해도 되니까 우리가 먼저 데려와도 될 겁니다."

이번에는 함 주임이 그렇게 단호하게 말을 하고 있었다. 소장은 아직 단안을 내리지 못하고 있었다. 그것도 어차피 모험이라면 모험이었다. 그래도 그쪽이 목숨을 건지는 데엔 더 나을 것 같았다.

"그럼, 그러지. 보안과장은 저쪽 과장에게 전화를 걸어 급히 이송 준비를 하라고 하고, 함 주임은 지금 직원들을 데리고 곧 출발을 해. 직원들에게도 일절 말을 걸지 못하도록 하고.

"옛, 알겠습니다."

보안과장과 함 주임이 일어나 얼른 보안과로 돌아왔다. 보안과장은 잠시 함 주임을 과장실로 불렀다.

"함 주임, 우리가 이러는 것도 어쩔 수가 없어. 소장님이 아직 정년이 남았는데 옷을 벗을 필요가 없어. 함 주임도 그렇고 말이야. 아까 내가 한 말 너무 서운하게 생각하지 말게."

"알고 있습니다. 걱정 마십시오. 지금 곧바로 배치해 직원을 빼서 출발을 하겠습니다."

"조심해서 데려오게. 혹시라도 딴 맘 먹고 튀어버리지 않도록 말일세."

"알겠습니다."

함 주임이 물러가자 과장은 담배를 빼서 물었다. 괜히 건드려서 일만 크게 덧불린 것이었다. 과장은 지금 마음속으로 일말의 불안을 쓸어내리고 있었다.

상호가 영등포 구치소로 왔다는 말에 종태는 자신의 귀를 의심했다. 혹시나 벌써 의정부 교도소에서 출소를 해서 다시 들어왔는가 하고 의아해하고 있었다. 어젯밤에 1동의 독방으로 들어왔다는 말을 소지한테서 들었던 것이다. 종태는 그 소지한테 다그쳤다.

"정말 확실해?"

"형님, 맞다니까요. 자신이 먼저 그랬어요. 원예에 출역하고 있는 형님한테 내가 왔다고 전하라고요. 1동 담당님도 상호라는 사람을 알아보던데요 뭐."

"그래? 뭘로 들어온 거래?"

"아뇨, 어젯밤에 의정부 교도소에서 이쪽으로 왔다는 거구요. 이야기를 들어보니까 만기도 얼마 남지 않았더라구요. 낮에 자꾸 주임이 와서 말도 제대로 못 물어봤어요. 주임이 데려가선 한 나절이 되도록 돌아오질 않았어요. 아마 주임하고는 잘 아는 사인가 보던데요."

"……."

종태는 지금 뒤통수를 맞은 것처럼 얼얼했다. 함 주임이 2동 하의 쇠창살 사건을 조사하고 있었는데 상호를 의정부에서 데려왔다면 혹시 모든 걸 알아버린 게 아닐까 하는 생각이 들었다.

종태는 밤에 한숨도 자지 못했다.

정말 미칠 것만 같았다. 소지의 말로 미루어볼 때, 상호는 저번의 편지에서도 밝혔듯이 이제 곧 출소할 터였다. 그런데 갑자기 밤중에 이곳으로 실려왔다면 자신의 생각이 옳을 것이었다. 그게 아니라면 그렇게 급히 이곳으로 올 하등의 이유가 없었다. 분명히 함 주임이 사건의 조사를 위해 상호를 데려온 것이라고 생각했다. 두 시간마다 근무교대를 하는 감시대의 근무교대 소리를 몇 번인가 들었을 것이다.

종태는 잠이 들지 못하다가 그대로 기상나팔소리를 들었다.

출역수들이 이불을 개는 동안 종태는 뻥끼통으로 들어가서 찬물에 눈꺼풀을 닦아냈다. 눈이 깔깔했다.

종태는 출역 점검을 받으면서 분명히 오늘은 함 주임이 자신을 부르리라고 점치고 있었다. 주임이 부르지 않더라도 담당을 구워삶아 1동 쪽으로 나가보고 싶었다. 소지의 말대로라면 아마 1동 쪽으로 접근도 하지 못하도록 담당에게도 엄명이 내려졌을지도 몰랐다.

종태는 점검을 마치고 온실로 들어오면서 화초에 뿌릴 농약병을 하나 찾아내었다. 여차하면 마셔버릴 생각에서였다. 종태는 그 농약병을 온실 입구의 화분에다 깊숙이 감추어두었다. 지금 담당은 야간 근무의 졸음에서 깨어나기 위해 마당에서 체조를 하고 있는 게 보였다. 종태는 밖으로 나갔다.

"담당님, 오늘은 우리 아침 운동이나 하지요. 4감시대 쪽으로 구보나 하면 안 됩니까?

종태가 그렇게 말하자 담당은 난색을 표했다.

"지금 1동 쪽으론 아무도 갈 수 없어. 보안과장의 지시야."

종태가 일부러 4감시대라고 한 건 4감시대가 1동 옆에 붙어 있어서였다. 그런데 담당의 말을 듣고 보니 어젯밤 종태가 염려했던 대로 엄명이 내려져 있었다.

할 수 없었다. 야간근무를 한 담당이 퇴근을 하고서 본부 담당이 출근을 하면 본부 담당에게 보안과의 돌아가고 있는 상황을 자세히 알 수 있을 것이었다. 지금 종태가 말을 걸었던 담당은 본부 담당이 출근하기 전까지만 와서 근무를 하는 담당이어서 자세한 것을 이야기하기에는 아무래도 부족했다. 또 지루한 시간이 시작됐다. 담당이 온실로 올 때까지 종태는 아무것도 손에 잡히지 않았다.

기다림이란 그렇게 속만 타는 것이었다.

종태는 아침도 뜨는 둥 마는 둥 하고는 온실로 들어와 버렸다. 그리고는 시우가 내미는 비타민과 인코라민 알약만 받아 물로 넘겼다. 도무지 식욕이 없었다. 온실 안에서 가만히 눈을 감고 자신도 모르게 기도를 하고 있었다.

하나님 아버지.

이 불쌍한 죄인을 굽어 살펴주소서.

너희 죄가 주홍같이 붉을지라도 눈과 같이 희게 할 것이라고 하신 주님.

이 죄인의 죄악을 말갛게 씻어주소서.

그리고 주님의 뜻이라면 달게 받겠습니다.

예수님의 이름으로 기도드립니다, 아멘.

종태는 지금 담당이 빨리 뜨기를 속으로 기도하고 있었다. 자신이 믿었던 진정한 주님을 찾았던 것이 아니라 발각이 되면 곧바로 장의 이슬로 사라져버릴 두려움에서 절규하듯이 내뱉은 기도였다. 마치 물에 빠진 사람이 지푸라기라도 잡는 심정으로 한 기도였다. 종태는 아직 기독교의 진정한 의미를 몰랐다. 그저 남들이 하니까 따라 하는 정도였다.

그러나 이때만큼 자신의 삶이 절실하게 느껴졌던 때는 없었다. 젊은 청춘의 나이에 사형을 당한다는 것이 너무 억울한 것만 같았다. 비록 자신이 저지른 죗값이 너무 커서 도저히 용서받을 수 없는 것임에도 불구하고 종태는 지금 점점 다가오는 죽음의 그림자에 섬뜩섬뜩 놀라고 있는 중이었다.

"어이, 반장. 안에 있나?"

담당의 목소리였다. 종태는 비몽사몽간에 듣는 반가운 목소리였다.

"안에 있었군. 함 주임이 빨리 2관구실로 데리고 오라는군.

나랑 같이 가자구."

"……."

종태는 이제 드디어 올 것이 왔다는 심정이었다. 차라리 여기서 농약을 마셔버리는 게 더 나을지도 모른다는 생각이 들었다. 담당이 오늘 근무할 근무표를 작성하느라 열중하는 동안에 농약을 마셔버리리라. 그렇게 마음을 먹었다. 그는 전에 숨겨둔 화분을 바라보았다.

"됐어, 가지."

언제 담당이 일을 끝냈는지 종태를 돌아보고 있었다. 잠깐 종태의 눈과 마주쳤는가 싶었는데 떨고 있는 건 종태 쪽이었다. 종태는 아직 그대로 움직이지 않고 있었다.

"담당님, 먼저 나가 계십쇼. 저는 아까 쓰던 편지의 끝마무리만하고 바로 나가겠습니다."

종태의 말에 담당은 '그럼, 그럴까. 바깥에 있을게.' 하는 말을 남기고 바깥으로 나가고 없었다. 이제 온실 안에는 종태만 혼자 남아 있었다. 그는 재빨리 화분의 농약을 파헤쳤다. 그리고는 온실의 문을 안쪽에서 걸어 잠그고는 병마개를 따서 병째로 다 마셔 버렸다.

그것은 화초의 벌레를 죽이기 위해 물과 20:1 또는 30 :1로 타서 쓰던 맹독성 농약이었다. 아기들 분유만큼 큰 병이었지만 종태는 한참 만에 마셔버린 것이다. 종태는 빙그르르 쓰러져서는 꼼짝도 하지 않았다. 바깥에서 담당과 출역수들이 나누는 말소리가 아득하게 들려오는 나지막한 소리처럼 가물거리며 들려오고 있었다. 종태의 숨이 점점 가빠지면서 의식도 잃어가고 있었다.

 “······.”

 종태의 의식엔 이제 시커먼 그림자만 가득 찼을 뿐 아무것도 남아 있질 않았다.

 “어이, 반장! 빨리 나와!”

 담당이 한 번 불렀으나 종태의 대답이 없었다. 그래도 담당은 아직 하던 이야기를 계속 듣고 있었다. 출역수들의 이야기에 귀를 기울이며 서 있었던 것이다. 그러다가 문득 종태가 아직까지도 나타나지 않자 어슬렁거리며 온실로 갔다. 문을 밀었는데 문이 열리질 않았다.

 “어이, 반장. 안에 있나?”

 문을 탕탕 두드렸는데도 안에선 아직 아무런 기척이 없었다. 이번에는 온실의 옆으로 가서 안을 들여다보았다. 문이 있는 곳은 안이 들여다보이지 않았지만 옆으로 가면 온통 유리뿐이어서 훤히 들여다보였기 때문이었다.

 “어, 없잖아? 어디 갔어?”

 담당은 그렇게 소리치고 있었다. 안에서 문을 잠궜다면 분명히 반장이 있어야 할 텐데 보이질 않는 것이었다. 담당은 온실을 한 바퀴 돌며 종태를 찾았다. 때가 낀 유리창으로 꽃들만 잔뜩 보일 뿐 종태의 모습은 쉽게 보이질 않았다.

"어?"

온실의 한쪽 바닥에 쓰러져 있는 종태가 간신히 보였다. 그때까지도 담당은 종태가 농약을 마셨으리라곤 생각질 않았다. 그저 왜 저러고 있나 하고 의아하게 생각하며 가만히 들여다보았고 끝내 종태가 일어나지 않고 있자, 이상한 예감에 사로잡힌 거였다. 그때서야 담당은 큰일 났다는 생각을 하기 시작했다.

"어이, 모두 이리 와봐!"

담당이 앉아서 꽃모종을 옮기고 있는 출역수들을 불렀다. 출역수들은 느려터진 징역꾼들처럼 느릿느릿 다가왔다. 담당의 속은 지금 타고 있는데도 그들은 무슨 일이냐며 어슬렁거리며 걸어오고 있었다.

"빨리 와! 이 새끼들아! 뭘 그렇게 꾸물거리냐?"

담당이 빽 소릴 질렀다. 그들이 후닥닥 뛰어왔다.

"저길 봐. 종태가 맞지!"

"……."

출역수들도 눈을 휘둥그래 치켜뜨고 있었다. 종태가 왜 저러고 있나 하고 그저 보고만 있었다.

"뭘 봐! 쓰러졌잖아? 종태가 문을 안으로 걸어 잠갔어. 빨리 문을 따봐!"

그때서야 출역수들이 문 쪽으로 뛰어가서 문을 밀었지만 문은 꼼짝도 하지 않았다. 나중에는 발로 걷어찼지만 쉽게 열리지 않았다. 담당이 참다못해 소릴 질렀다.

"영선에 가서 망치를 빌려갖고 와."

담당은 그렇게 지시를 하고서도 씩씩거리고 있었다. 그동안 출역수들은 서로 번갈아가며 문짝을 차댔다. 그러나 문은 아직 열리질 않았다. 나중에 어영부영 쇠망치를 들고 온 것으로 안의 걸쇠가 있는 부분을 몇 번 내리치자 문이 스르르 열렸는데 이미 시간이 왜 오래도록 지난 뒤였다.

문을 열자 온실 안에는 코를 찌르는 듯한 농약냄새가 진동을 하고 있었다. 직감으로 종태가 농약을 마셨다는 생각이 들었다. 얼마나 농약이 독했던지 눈까지 따가울 정도였다.

"반장님, 반장님……."

출역수들이 아무리 흔들었으나 그는 흔들리고만 있을 뿐이었다. 담당은 얼른 보안과로 인터폰을 들었다. 그러나 이쪽의 조급한 생각만큼 저쪽에선 사람의 목소리가 나타나주질 않고 있었다.

"개새끼들, 뭐 하느라고 인터폰도 안 받아. 아, 여보세요,여보세요……."

담당은 전화통의 꼭지를 거칠게 눌러대고 있었다. 그런다고

저 쪽에서 빨리 받는 것도 아닌데도 그는 신경질적으로 계속 눌러대고 있었다. 담당은 지금 전화통을 땅에다 패대기를 해버릴 정도로 답답해졌다.

"아, 여보세요……."

담당이 큰소리로 몇 번인가 불러서야 겨우 저쪽에서 인터폰을 받는 모양이었다.

"예, 보안괍니다……."

"누구야? 이 개새꺄…… 지금 사람이 죽었는데 뭐 하고 있는 거야?"

"엑……?"

담당은 욕부터 퍼부어야 직성이 풀렸다. 저쪽에선 느닷없이 사람이 죽었다는 말에 그렇게 놀라고 있었다.

"여기, 원엔데 빨리 직원 좀 보내줘. 아마 농약을 마셨나봐."

담당은 재빨리 말을 뱉고는 수화기를 쾅 놓아버렸다. 그리고는 얼른 종태가 있는 곳으로 갔다. 출역수들은 아직까지도 어쩔 줄을 몰라 하면서 종태의 몸뚱어리만 흔들어대고 있는 중이었다. 그런다고 종태의 의식이 깨어날 리가 없었다. 그저 죽은 사람에 대한 동료로서의 본능이었다. 담당은 놀라하면서 그저 옆에 서서 지켜보고만 있었다. 종태가 농약을 마시다니. 도대체 알 수가 없었다. 서울에서 큰 내로라하는 건달이 농약을 마시고 자살을 하다니. 도저히 믿을 수가 없었다. 담당은 의자에

293

가서 풀썩 주저앉았다. 그리고는 담배를 빼내서 불을 붙였다. 자신의 앞날에 닥칠 징계가 두려워지고 있었다. 이곳에서는 최하 파면이 되고 말 것이었다. 밖에서는 여러 명의 발자국 소리가 어지럽게 들려오고 있었다. 담당은 눈을 꼬옥 감았다. 직원들이 여럿 들어왔는지 온실 안이 소란스러웠다.

"이 담당, 시말서 써와."

"……."

함 주임은 아까부터 그렇게 말하고 있었다. 그러나 담당은 알았다는 말도, 아무런 대꾸도 하지 않고 있었다. 그저 묵묵히 주임의 얼굴만 노려보고 있을 뿐이었다. 시말서를 쓰지 않겠다는 표시였다.

"어허, 이 사람. 지금 사람이 죽다가 살아났어. 그런데도 그냥 넘어갈 수 있어? 일단 시말서를 쓰고서 해결을 하자구."

"전 못 씁니다. 주임님은 일단 쓰라고 하지만 쓰고 나면 징계가 아닙니까?"

담당이 대들고 있었다.

"그런다고 안 써? 시말서를……?"

"누가 안 쓴다고 합니까? 무슨 확실한 대책이 있어야 쓰죠."

"대책은 무슨 얼어 죽을 대책이야. 위에서는 지금 노발대발인데……."

"전 못 씁니다……."

담당은 끝까지 못 쓰겠다고 우기고 있었다. 일단 시말서만 올라가면 일사천리로 처리가 될 게 뻔했다. 그래서 더욱 못 쓰겠다는 거였다. 말하자면 함 주임으로부터 어떠한 약속을 보장받고서야 시말서를 쓰겠다는 자세였다. 잠시 서로의 눈싸움이 시작되었다. 마치 서로 누군가 먼저 말을 하면 진 거나 다름없는 것으로 눈알에 힘을 주고 있었다.

"어허, 이 사람아. 자네가 그러면 더 크게 다쳐. 그런다고 피할 수가 있나?"

"이 사람이 뭔가 오해를 하고 있나 본데……."

"……."

"저엉 안 쓰겠다면 내가 그대로 자네가 안 쓴다고 써서 위로 올리지 뭐, 할 수 있겠어?"

이제 주임은 협박조로 나오고 있었다.

"그럼, 좋습니다. 저도 주임이 종태에게서 빼내간 2억이라는 돈을 문젤 삼겠습니다. 이젠 어쩔 수 없습니다. 저도 살아야겠습니다."

"이 사람이 큰일 낼 사람이군 그래. 누가 그런 걸 문제 삼으려고 그래? 이 사람 이제 보니 아주 약은 사람이군 그래."

"……할 수 없습니다."

담당은 계속 할 수 없습니다만 연발하고 있었다. 더 이상의 말은 필요치 않은 것처럼.

295

"그럼, 알았네. 뒤는 나도 모르겠네. 그렇게 알게."

함 주임이 훌쩍 자리에서 일어나 밖으로 나가버렸다. 담당은 고개를 숙이고는 머리를 감싸쥐었다. 알 수 없는 분노인지 서글픔인지 모를 것들이 밀려오고 있었다. 개새끼들, 돈을 처먹을 땐 언제고 나한테 시말서를 쓰라고? 종태에게 내가 농약을 먹였느냐 말야. 그리구 종태는 살아난 거잖아? 담당은 그렇게 속으로 부르짖고 있었다. 그러면서 마음속으로는 한 가닥 희망같게도 종태의 소생이 그렇게 반가울 수가 없었다. 조금만 더 늦었다면 종태는 영영 깨어나질 못했을 것이다.